만남의 방식

만남의 방식

정인 소설집

산지니

차례

유서

1.

"편지가 있어!"

아버지 머리맡에 앉아 있던 정혜가 나지막이 외쳤다. 뜻밖의 말에 우리는 울음을 멈추고 고개를 들었다. 울음소리가 갑자기 그친 방안은 침 넘어가는 소리도 들릴 만큼 조용했다. 편지는 아버지가 베고 있던 베갯잇 사이로 비주룩이 고개를 내밀고 있었다. 우리는 눈물이 괸 눈으로 서로를 쳐다보았다. 하나같이 부석부석한 얼굴이었다. 아직 새벽이었고, 자다가 달려온 길이었다.

"별일이다. 유서라니. 언제 그걸 써두었단 말이냐?"

어머니가 코를 팽 풀며 쉰 목소리로 말했다. 나 역시 그렇게 생각했다. 우리는 모두 몹시 놀라고 당황하고 있었다. 노인의 목숨은 밤새 안녕이란 말을 이런 식으로 실감하게 되는 것은 불운이었다.

지난밤, 나는 한 달여 만에 부모님께 들렀다. 연초에 새로 확장한 사업에 눈코 뜰 새 없이 바빠 틈을 내지 못하다가 마침 근처에 들를 일이 있어 불현듯 찾아갔던 것이다. 어머니도 그랬지만 아버지는 전에 없이 날 반겼다. 저녁 식탁에 앉아서는 내가 새로 시작한 일에 대해 이것저것 물어보고, 내가 아직 끊지 못한 담배와 술의 폐해에 대해서도 한참 동안 장광설을 늘어놓았다. 기분 좋게 반주도 한 잔 했고 노래도 두어 곡 흥얼거렸다. 나는 모처럼 효도하는 기쁨에 젖어 두 분 곁에 늦게까지 앉아 있다가 집으로 돌아왔다.

내가 어머니의 전화를 받았을 때는 잠자리에 든 지 불과 서너 시간밖에 지나지 않았을 때였다. 어머니는 거의 숨넘어가는 소리를 냈다. 나는 옷을 입는 둥 마는 둥 달려가면서도 설마 무슨 일이 있으리라곤 생각지 않았다. 어머니는 매사에 겁부터 먹는 사람이었다. 하지만 내가 도착했을 때 아버지는 이미 숨을 거둔 후였다. 순간, 지난밤 내가 아버지를 찾아갔던 일이 더없이 불효였던 것만 같이 여겨졌다. 내가 가지 않았다면 아버지의 저녁이 여느 때와 같았을 것이고, 그랬다면 아무 일도 일어나지 않았을지도 모른다는 생각이 들었던 것이다.

나는 뜨거워지는 눈시울을 끔벅이며 아버지의 얼굴을, 몸을 어루만졌다. 여전히 체온이 느껴지고 자는 듯이 평온한 모습이었다. 그러나 아무리 불러도 아버지는 깨어나지 않았다. 참았던 눈물이 와락 쏟아졌다.

아버지의 죽음은 너무 갑작스러웠다. 평소 지병도 없었고 잔병치레도 거의 하지 않았다. 그럼에도 나이가 들면 죽음에 대한 예감이 있는 것인가. 아버지가 유서를 써두었다는 사실은 퍽 의아했다. 정혜는 편지를 가슴에 안고 흐느꼈다. 이제 그것은 편지가 아니라 유서라는 이름이 어울리는 아버지의 마지막 글이었다.

나는 아버지의 글씨를 잘 알고 있었다. 다정하고 직설적인 어법에, 이제 막 글자를 깨우친 아이처럼 또박또박하면서도 삐뚤삐뚤하게 쓴 글씨. 아버지는 한글을 스스로 깨우쳐 읽고 쓰는 정도여서 맞춤법도 엉망이었다. 그 글씨로 아버지는 내가 군에 있을 때 자주 편지를 써 보냈고, 정혜가 시집갈 때는 사위에게 당부의 글을 써서 신혼여행 길에 넣어주기도 했다. 그때 정혜는 아버지의 글씨가 창피해서 당황했지만 아버지는 당당했다. 그 글씨를 읽어본 지가 꽤 오래되었다는 생각이 비로소 들었다.

정혜는 편지를 빨리 읽으라는 어머니의 재촉에 나를 돌아보았다. 오빠가 읽어. 난 못 읽겠어. 정혜는 편지를 내게 건네고는 얼굴을 무릎에 파묻고 어깨를 들썩여가며 울기 시작했다.

나는 편지를 꺼내 펼쳤다. 아버지의 커다란 글씨가 아프게 눈에 와 박혔다. 한눈에 들어올 만큼 짧은 내용이었다. 그런데 내용은 썩 단순하지가 않았다. 나는 적이 놀란 심정으로 다시 한번 그것을 꼼꼼하게 읽어보았다. 그 속엔 무슨 뜻인지 충분히 알 수 있지만 도저히 알 수 없기도 한 내용이 적혀 있었다. 그것이 유언이라면 여간 난처한 노릇이 아니었다.

내 표정이 미심쩍었던지 어머니가 곁으로 다가앉으며 뭐라고 써놓았느냐고 물었다. 혹시, 통장에 있는 돈을 어떻게 쓰라는 얘길 했니? 어머니는 그것이 가장 궁금한가 보았다. 물론 그 얘기가 적혀 있었다. 하지만 가족 중 누가 들어도 받아들이기가 좀 쉽지 않은 내용이었다.

그동안 아버지가 통장을 갖고 있다는 것은 알았지만 돈이 얼마 있는지는 아무도 알지 못했다. 어머니조차 그것에 대해선 일절 알지 못했다. 그걸 두고 어머니는 이따금 아버지에게 볼멘소리를 하곤 했다. 그때마다 아버지는 싱그레 웃으며 대답했다. 그럼, 당신 감춰둔 돈 좀 내놔봐. 그러면 나도 까놓을 테니까. 그러면 어머니는, 여자 돈과 남자 돈이 같으냐고, 한 집안의 가장이 딴 주머니를 차고 있다고 대거리하며 뾰루퉁해지곤 했다. 그렇다고 어머니가 그것을 꼭 밝히려는 것은 아니었다. 당신을 위해선 절약밖에 할 줄 모르는 아버지가 어머니에게는 비교적 넉넉한 생활비를 주고 있었다. 아버지의 통장에 든 돈은 비자금이자 전 재산이었다. 그 외 아버지가 갖고 있던 부동산과 현금은 나와 정혜에게 몇 년 전에 이미 나눠주었다. 그때 아버지는 당신 것을 나눠주고도 오히려 내게 고맙다는 말을 했다. 정혜와 똑같이 나눠준 것에 대해 내가 아무 불평도 하지 않는 것을 두고 한 말이었다. 그때 나는 그 말을 당연하게 받아들였다.

그러는 게 아니었다는 생각은 한참 후에 들었다. 어쨌거나 그것
은 불로소득이었고 적건 많건 나로선 감지덕지할 일이었다. 그
런데도 아버지의 사과를 은근슬쩍 받았으니 보통 염치없는 짓
이 아니었다. 이제 그 마음을 전할 길이 영영 사라져버렸다. 아
버지가 돌아가시자 이상하게 그 일이 몹시 마음에 걸렸다.

"아이고, 갑갑하다. 뭐라 했는지 빨리 좀 읽어봐라."

어머니가 내 옷자락을 잡아당기며 다그쳤다. 나는 난처한 기
색을 감추지 못한 채 아버지의 유서를 읽기 시작했다.

언제 어찌 될지 모르는 게 늙은이의 일이라 몇 자 적어둔다.
모른 척 말고 꼭 들어주기 바란다. 만약 하나라도 지켜지지
않으면 저승에서도 나는 눈을 감지 못할 것이다. 첫째, 나의
장례는 기독교식으로 해라. 둘째, 내 통장에 있는 돈을 찾아
한 푼도 남김없이 이 사람에게 전해라. 도장은 화장대 뒷면
에 테이프로 붙여두었고, 비밀번호는 엄마의 생일이다. 위의
사항을 반드시 지켜주기 바란다.

나는 유서 아래쪽에 적혀 있는 낯선 사람의 이름과 전화번호
도 마저 읽었다. 아버지가 돈을 전하고 싶어 한 사람은 여자였
고, 사는 곳은 양산이었다. 그 이름과 전화번호를 읽는 순간, 이
상하게도 씁쓸한 배반감이 가슴 밑바닥에서 스멀거렸다. 방 안
은 또다시 메마른 침묵에 휩싸였다. 가슴속에 모래사막이 생긴

기분이었다.

잠시 후, 어머니가 마른기침을 하더니 입술을 지그시 깨물고 나를 바라보았다. 그 눈빛이 놀랄 정도로 새치름했다.

"다른 말은 없고? 딱 그 말뿐이야? … 난, 도대체, 네 아버지가 무슨 말을 하는 건지 모르겠다."

나는 담담한 척 유서를 접어 화장대 위에 올려놓고 어머니를 쳐다보았다. 다들 뭔가 궁리를 하는 듯한 얼굴로 나를 바라보았다. 그 눈길이 여간 부담스럽지 않았다.

"기독교식으로 장례를 치르라는 거고, 어떤 여자에게 아버지 통장에 있는 돈을 다 넘겨주라는 얘기예요."

"그러니 그게 무슨 말이냔 말이다. 장례를 기독교식으로 하라는 것도 아닌 밤중에 홍두깬데, 통장에 있는 돈을 우리는 알지도 못하는 여자에게 주라니? 생각해봐라. 교회라는 데가 죽은 사람 소원이라면 다 들어주는 데더냐? 기독교인이 아닌 사람을 어떻게 기독교식으로 장례를 치른다는 것이며, 돈은 왜 또 생판 알지도 못하는 남을 주라는 것이냐 말이다. 이건 제정신으로 한 말이 아니다. 그거 네 아버지가 쓴 게 맞기는 맞아?"

나는 말없이 편지를 다시 꺼내 어머니 앞에 펴 보였다. 아버지의 또박또박한 글씨가 당신의 뜻을 강요하듯 커다란 얼굴을 내밀고 있었다. 직접 유서를 읽은 어머니의 얼굴이 해쓱해졌다. 이 영감이 죽으면서 노망이 든 거야! 어머니가 바락 소리를 지르며 유서를 낚아채서 마구 구겼다. 엄마, 진정하세요. 정혜가 어머니 앞으로 다가앉아 어깨를 감쌌다. 김 서방이 왠지 한숨을 깊이 내쉬더니 정혜를 쳐다보고 눈짓을 했다. 정혜가 고개를 주억거렸다. 나는 그것이 무엇을 뜻하는지 알 수가 없어서 두 사람을 번갈아 쳐다보았다.

"엄마, 사실은요… 아버지, 그동안 교회 다니셨어요."

놀라서 정혜를 밀쳐내는 어머니의 눈이 겁에 질린 것처럼 보였다. 나는 일요일마다 산에 간다며 등산복을 입고 배낭을 메고 나서던 아버지를 떠올렸다. 그때마다 아버지는 산에 간 것이 아니라 하느님을 만나러 간 것이다. 도대체 언제부터인가. 그러고도 아버지는 나와 함께 제사에 꼬박꼬박 참례했고 천연스레 절도 잘 했다. 그 일이 불현듯 생각나자 나는 그만 혼란스러워졌다.

"일 년 좀 넘었어요. 일요일마다 산에 간다시고는 우리 동네 교회에 오셨어요."

어머니가 정혜를 쏘아보았다. 그 눈빛 속에 물러설 데가 없는 사람의 분노가 서렸다. 어머니의 마음을 무겁게 짓누를 갖가지 염려가 짐작되었다. 나 역시 앞일이 걱정스러웠다.

"정혜 너, 도대체 철딱서니가 있는 애야? 어떻게 아버질, 거기다 끌고 들어가? 너, 이 집안이 어떤 집안인 줄 몰라서 그래? 너 교회 다니는 것만도 얼마나 쑥덕거리는데…. 이렇게 부녀지간에 감쪽같이 날 속이다니. 너, 내 속으로 난 딸 아닌가 보다. 어쩜 이렇게 뒤통수를 때릴 수가 있어? 아버지 장례를 기독교식으로 한다면, 온 집안이 들썩거릴 텐데 그걸 어떻게 감당하라고 이러는 거야!"

"죄송해요, 엄마. 아버지가 말할 기회도 없이 이렇게 가실 줄 몰랐던 거죠. 그때, 영욱이 간 후에, 아버지가 오랫동안 괴로워하시길래 무심코 권했는데… 별 고민 없이 따라오셨어요. … 기독교식으로 하면 모든 게 수월해요. 교회에서 다 알아 장례도 치러줄 거예요."

"지금 그게 문제냐? 어머니 말씀은…."

나는 치미는 부아를 간신히 억누르고 정혜를 향해 으르렁거렸다.

"나도 알아, 오빠. 그런데 분명히 해둘 건, 내가 아버지를 끌고 갔다고만은 할 수 없다는 거야. 아버지가 그렇게 마음먹은 건 오빠 때문이기도 해."

"얘가, 뜬금없이 무슨 말이야? 그게 왜 또, 내 탓이야?"

나는 어처구니가 없어 정혜를 노려보았다. 물론 짚이는 게 없는 건 아니었다.

"올케언니를 생각해보면 알잖아. 아버진, 아버지 생각만 바꾸면, 적어도 우리 가족은 편하게 지낼 수 있을 거라 생각하셨어. 뚜렷이 내세울 만한 종교도 안 갖고 있으면서 집안의 눈치 때문에 언니를 매도하고, 그걸로 오빠와 갈라져 있는 걸 염려하셨다구. 생각해봐. 나는 출가외인이라고 내버려두면서, 언니는 왜 안 된단 말야? 엄마도 인제 그 생각을 바꿔야만 해요. 아버지도

16

그러길 원했단 말예요."

 정혜의 말에 대꾸할 말을 나는 찾지 못했다. 아내와 별거한 지 그럭저럭 이 년이 되어가고 있었다. 아내가 종교에 빠져들 게 된 것은 어렵사리 얻은 아이를 교통사고로 잃으면서부터였 다. 아픔을 달랠 수 없었던 아내는 교회를 드나들기 시작했고, 종교가 주는 위무감에 필사적으로 매달렸다. 아내는 하루하루 회복되었다. 마침내 정신적 공황상태가 극복되었을 때, 아내는 나라는 존재를 잊어버린 듯했다. 날마다 교회 일로 바빠서 얼 굴 보기가 힘들었고, 집에는 먼지가 쌓여갔으며, 걸핏하면 기도 원에 들어가 며칠씩 있다 오곤 했다. 나는 아이도, 아내도 잃어 버리고 세상에 홀로 버려진 기분이었다. 나는 더 이상 비참해지 고 싶지 않았다. 별거를 제안한 것은, 그러면 정신을 차리고 옛 모습으로 돌아올까 해서였다. 그런데 아내는 아무 변명도 하지 않고 순순히 그 제안을 받아들였다. 그 서운함과 괘씸함은 지 금도 내 마음 한구석에 남아 있었다. 언젠가 아버지가 합가를 들먹였을 때 그 마음이 퍼렇게 살아나 지나치게 큰소리로 거절 해서 아버지를 놀라게 했다. 그 일을 두고 아버지가 그렇게까지 고민하고 있었다는 것은 뜻밖이었다. 모르긴 해도 아버지가 전 생애에 걸쳐 이처럼 극단적인 결정을 한 적은 없었다. 더구나 그것이 나 때문이라면 부담스럽기 짝이 없었다. 아버지의 생각 은 아마도 집안의 분위기를 바꾸는 데 아버지가 밑거름이 되리 란 것이겠지만, 나는 아내로 인해 오히려 그 종교를 호의적으로 생각할 수가 없었다.

아버지의 주검은 이제 서서히 창백해져서 혼자 외롭게 누워 있었다. 우리가 흘리던 눈물은 현실적인 문제 앞에서 어느새 말라버렸다. 이런 우리를 아버지의 영혼은 지켜보고 있을 것인가. 그렇다면 아버지께 말하고 싶었다. 아무런 설명도 없는 유서만 달랑 남기고 이렇게 가버리는 것은 너무하지 않느냐고. 지금이라도 깨어나, 이건 이런 뜻에서 이렇게 적어놓은 것이라고 설명해줘야 우리가 납득할 거 아니냐고. 그러나 아버지는 자는 듯 고요한 모습으로 침묵하고 있었다. 마치 모든 죽음은 설명 부족일 수밖에 없다고 말하듯이.

"형님, 더 늦기 전에 장례 치를 준비를 해야지 이렇게 시간만 보내선 안 될 거 같은데요."

김 서방이 내 곁으로 다가앉으며 말했다. 죽음 앞에선 분노조차 미약한 것인지 어머니가 기운 없는 목소리로 맞장구를 쳤다.

"그래야지. 일단 네가 가입해뒀다는 상조회에 연락해라. 아무리 아버지 유언이라도 교회에다 맡기지는 못하겠다. 상조회 사람들이 오면 합리적인 방법이 있을 테지."

나는 마루로 나와 상조회에 전화를 걸었다. 그동안 내가 한 일 중 가장 잘한 일이라는 생각이 드는 순간이었다. 상조회 직원은 가까운 거리에 있는 병원의 장례식장을 추천했다. 손님 수와 교통편을 생각하니 적절한 추천이었다. 내가 좋다고 하자 그들은 병원에 연락해 앰뷸런스를 곧 보내겠다는 말을 남기고 전화를 끊었다.

날은 이제 완전히 밝아져 있었다. 곧 앰뷸런스가 올 것이고, 아버지는 이십 년 가까이 살아온 집을 떠나게 될 것이다. 그 순간부터 이 집안에서 아버지의 흔적은 조금씩 지워질 것이다. 산 자가 죽은 자를 잊는 데는 얼마만큼의 시간이 필요한 것일까. 나는 아직 내 아이를 잊지 못하고 있다. 학교에 입학해 어버이 날 쓴 첫 편지와 사진은 여전히 내 지갑 속에 들어 있다. 이따금 그것을 펼쳐보면서 아이의 모습과 숨결과 체온과 사랑스런 웃음소리를 느끼곤 했다. 만날 수 없다고 해서 다 잊히는 것은 결코 아니었다.

얼마 전에 본 일본영화에서는 살아 있는 자의 기억 속에 영원히 살아 있는, 죽은 자에 대한 얘기를 하고 있었다. 치매에 걸려 요양원 생활을 하는 노인 시게키의 의식 속에는 오래전에 죽은 아내가 여전히 살아 있었다. 생일날 무엇을 제일 갖고 싶으냐는 물음에도 그는 아내의 이름 마코를 들먹였다. 오랫동안 아내를 잊지 못하는 고통에서 노인을 벗어나게 하는 것은, 역시 아이를 잃고 그 충격과 상처를 달래기 위해 요양원에 일하러 온 마치코였다. 그들은 서로가 가진 상처로 상대방을 고통에서 벗어나게 만들었다. 어느 날 드디어 시게키는 아내 마코의 무덤가에 있는 한 그루 나무에 얼굴을 비비며 말했다. '오랜 시간 동안 이 고통이 끝나기만을 기다렸습니다.' 그가 그렇게 아내를 떠나보내기까지 걸린 시간은 무려 33년이었다. 나는 죽어버린 아이를,

아버지를 노인처럼 기억하다가 '이 고통이 끝나기만을 기다렸다'고 말하고 싶지는 않았다. 죽은 사람을 잊지 못하는 것이 얼마나 끔찍한 고통인지, 그것이 살아 있는 자의 생을 어떻게 파편화시키는지를 나는 알고 있었다. 때론 두 사람에 대한 기억으로 괴롭거나 흐뭇할지라도 내 생이 그렇게 되는 것은 원치 않았다. 추억이란 이름으로 저장되어서 이따금 들춰볼 수 있다면 그것으로 족했다. 아버지가 날 위해, 우리 가족의 화평을 위해 시작했다는 신앙생활도, 우리를 혼란에 빠뜨린 유서도 결국엔 그렇게 남게 되기를 나는 바랐다.

2.

조문객들이 한둘씩 들기 시작했다. 추모예배와 입관예배를 마친 후였다. 우리는 다른 친지들이 한 것처럼 굴건제복을 입지 않고 검정색 양복과 한복을 상복으로 입고 손님을 맞았다. 교회에는 고인을 위한 예배만 부탁했고 나머지 일은 상조회에 의뢰했다.

조문객들은 빈소 앞에 마련된 국화를 한 송이씩 뽑아 고인의 영정 앞에 헌화했다. 아버지와 알고 지내던 조문객들은 하나같이 갑작스런 부고에 놀란 심정을 털어놓았다. 그들은 갑작스레 가장을 잃은 우리를 진심으로 위로했다. 그들의 위로는 따뜻하고 고마웠다. 그러나 아버지의 사망소식에 놀라서 모여든 친지들은 오히려 우리를 힘들게 했다. 장례형식이 지금까지와 다르자 하나같이 못마땅한 기색을 노골적으로 나타냈다. 누군가는 술도 한 잔 못 올리는 빈소를 뭐 하러 차려놓았느냐고 불퉁거리고, 또 누군가는 집안 꼴 자알 되어간다고 비아냥거렸다. 우리가 아버지의 유언이라 어쩔 수 없다고 해도 반응은 한가지였다. 큰아버지와 작은 큰아버지는 구겨진 아버지의 유서를 펴서서너 번씩이나 읽고도 연방 고개를 가로저었다. 그 마음과 충격을 이해하지 못하는 것은 아니었다. 새로운 것을 수용하는 데는 언제나 용기와 이해가 필요한 법이었다. 친지들은 마치 작정이라도 한 듯이 인색하게 굴었다. 어쩌면 아버지도 그것을 예상했지만 내가 이겨내기를 바랐을 터였다.

나는 두 분 앞에서 단호하게 아버지 뜻이어서 어쩔 수 없다고 선언했다. 인척관계란 가지를 뻗어나가는 줄기와 같아서 어느 지점에선가는 갈라질 수밖에 없는 것이다. 그것에 연연해 아버지의 뜻을 어기고 싶지 않았다. 의외로 내가 결연하게 나오자 고모는 느닷없이 한구석에 앉아 있는 정혜를 몰아붙였다,

"몹쓸 것. 어쩌자고 지 애빌 교회에 끌고 가서는 집안을 이리 시끄럽게 해. 출가외인이 친정에 오면 고개 숙이고 나 죽었소 하고 있을 것이지 쓸데없이 나대서는….."

고모의 말이 채 끝나기도 전에 정혜가 고개를 쳐들더니 고모는 출가외인이면서 왜 친정 일에 간섭이냐고, 우리 일은 우리가

알아서 할 테니 감 놔라, 배 놔라 하지 말라고 맞받아치는 바람에 더욱 시끄러워졌다. 큰아버지와 작은 큰아버지가 정혜를 나무라면서, 어른이 어른 노릇을 못하니 애가 어른에게 덤빈다고 은근히 어머니를 타박했다. 그 바람에 벌집을 쑤셔놓은 듯 장례식장이 어수선해졌다. 어머니는 벌겋게 부은 얼굴로 흐느끼며 상주들을 위한 휴게실로 들어가 버렸다.

무엇보다 어머니는 유언이 공개된 것에 대해 상심하고 있었다. 집안사람들은 아버지의 통장에 어느 정도의 저금이 있으며, 그 돈을 전하라고 한 여자가 누구인지에 대해 벌써부터 수군거리고들 있었다. 어머니는 그게 염려스러워 유서를 감추고 싶어 했지만 우리가 편하기 위해 기독교식 장례를 치른다고 생각하는 걸 보고 있을 수도 없었다. 그러면 나나 정혜나 불효막심한 자식들이 될 게 뻔했고, 어머니 역시 불효를 눈감은 무능한 어미가 될 터였다.

이럭저럭 아버지가 남긴 유서는 삼삼오오 모여 앉은 친지들의 안줏거리가 되었다. 나는 그들이 잔인하게까지 여겨졌다. 아버지라는 기둥이 스러지고, 죽음의 형식이 달라지자 우리는 어느새 중심부에서 밀려나 외로운 섬의 신세가 되어 있었다. 그것은 꽤나 서글픈 인식이었다.

연거푸 들이닥치던 조문객들이 빠져나가고 나자 잠시 조용해졌다. 나는 빈소 앞에 수북하게 쌓여 있는 국화를 다시 항아리에 꽂아놓고 뻐근한 다리를 펴고 앉았다. 실내에는 국화 향기가 그득하게 고여 있었다. 나는 한동안 국화차는 마시지 못하겠다는 생각을 했다. 향기도 지나치면 악취보다 나을 게 없었다.

아버지는 진동하는 국화 향기 속에서 웃을 듯 말 듯 근엄한 얼굴을 하고 있었다. 어머니는 그 사진을 내놓으며 십 년도 더 된 사진이라 했다. 사업에서 손을 놓으면서 무슨 마음인지 혼자 가서 찍어 왔더라고 했다. 십 년 동안 거의 변하지 않은 아버지의 얼굴 속에는 내 모습이 있고, 정혜의 모습도 있었다. 나는 내 뿌리의 근원을 생전 처음 마주한 기분이었다.

아버지는 비교적 자상하고 다정한 사람이었다. 퇴근시간에는 항상 우리를 위해 무언가를 사들고 왔다. 새콤달콤한 드롭스, 달착지근한 도넛, 팥이 듬뿍 들어간 풀빵이나 설탕물이 주르르 흐르는 호떡 같은 것들이었다. 어머니가 군것질이 아이들 입맛을 다 버려놓는다고 푸념하면, 아버지는 뭐든 먹어본 놈이 아무거나 잘 먹는 법이고 그게 건강을 지키는 비법이라며 더욱 우리를 격려했다. 그때만 해도 나는 세상의 모든 아버지가 다 그런 줄 알았다. 나는 지금까지 아버지를 잘 모르고 있었던 게 분명했다. 아버지가 나 때문에 교회에 다니기 시작했다는 것은 충격일 정도로 뜻밖이었다. 나라면 결코 그런 일은 없을 터였다. 가풍이 센 집안에서 가장 서열이 낮은 위치는 무조건 고개를 끄덕이는 것만이 미덕이었고, 아버지는 항상 그렇게 처신했다. 그랬던 아버지가 나 때문에 하나의 종교를, 그것도 집안의 가풍에 완전히 위배되는 형식의 종교를 선택했다는 것은 이만저만 놀랄 일이 아니었다. 큰아버지는 아직도 외출할 때 두루마기에 중절모를 갖춰 입는 양반이었고, 제사 시간이나 형식도 옛날 방식을 그대로 고수하고 있었다.

나는 건너편 벽에 등을 기대고 앉은 정혜를 바라보았다. 그 사실을 일찍 귀띔하지 않은 게 아버지의 뜻이었다지만(아버지는 아직은 때가 아니라고 했다고 한다.) 만약 그랬다면 아내와 화해하는 문제를 심각하게 생각했을지도 모른다 싶으니 안타까웠다.

줄곧 내 눈길을 피한 채 출입구 쪽을 응시하고 있던 정혜가 갑자기 슬그머니 일어섰다. 그리고는 속삭이듯이 '올케언니가 왔어.'라고 말했다. 고개를 돌리자, 과연 아내가 친척들의 시선 속에 신발을 벗고 있는 게 보였다. 모두 아내를 알아보았지만 누구도 선뜻 아는 척하지는 않았다.

빈소에 들어선 아내는 나를 흘깃 쳐다보고는 항아리에 있는 국화를 한 송이 집어 아버지의 영정 앞에 내려놓았다. 그동안 살이 좀 찐 듯한 아내는 담담한 눈길로 아버지의 영정을 바라보다가 고개를 숙였다. 아내는 오랫동안 고개를 들지 않았다. 이윽고 아내가 고개를 들고 두어 걸음 물러서더니 나를 바라보았다. 쌍꺼풀이 선명한 눈에 눈물이 맺혀 있다가 주르르 흘렀다.

"왔어?"

나는 울컥해지는 감정을 누르며 하나마나한 말을 했다. 어째
선지 더 이상 다른 말을 할 수가 없었다. 그동안 가끔씩 전화
를 한 것 외에는 만난 적이 없었다. 우리는 서로 만나기를 두려
워했다. 나로선 나와 다른 세계에 사는 아내가 낯설어서 참아
내기가 힘들었고, 아내 역시 그런 나를 견디지 못했다. 그렇다
고 아내와 헤어지겠다는 생각을 해본 적은 없었다. 아내는 내게
첫 여자였고, 마지막 여자이길 원했다. 아내가 날 어떻게 생각
하는지는 알려고 해본 적도 없었다. 내가 헤어질 생각이 없었기
에 아내가 먼저 그 말을 하지 않는 걸 다행스럽게 생각하는 것
인지도 알 수 없었다. 아내는 한때 나를 설레게 했던 모습을 여
전히 간직하고 있었다. 그 때문에 아내를 잊지 못할 수도 있었
고, 아내가 이젠 함께 살자고 말하길 기다리고 있는 것인지도
알 수 없었다.

내가 더 이상 말을 건네지 않자 정혜가 한심한 눈길로 나를
쏘아보고는 아내를 휴게실로 데려갔다. 밖에 있던 친척들이 계
속 우리를 흘깃거렸다. 뒤늦게 아내가 온 사실을 알았는지 고
모가 잰걸음으로 쫓아와 휴게실로 뒤따라 들어갔다. 안쪽에서
어머니의 말소리가 들리고 아내가 뭐라고 대답하는 소리가 들
렸다. 이내 숨죽인 울음소리가 문틈으로 새 나왔다. 누구의 소
리인지는 알 수 없었다. 울음소리는 잘못 연결된 벨소리처럼 끊
어졌다 이어졌다 하며 들려왔다. 내가 새로 온 조문객을 맞고
보낼 때까지 울음소리는 계속되었다.

이윽고 정혜가 토끼눈을 하고 나오더니 들어가 보라고 했다.
왜? 여긴 어떡하고? 내가 되묻자 정혜가 목소리를 낮추어 쏘아
붙였다.

"오빠 정말 왜 그래? 마음은 안 그러면서 왜 언니를 소 닭 보
듯 해? 언니라고 여기 오는 게 쉬웠겠어? 오빠 하는 거 보니까
아버지가 괜히 애쓰신 건가 봐, 그새 아버지가 올케를 두 번이
나 찾아갔더래. 마음 돌리고 둘이 합하라고."

"그랬는데?"

바보 같은 질문을 한다 싶었지만 벌써 뱉은 뒤였다. 정혜가
어이없어하는 눈길로 나를 쳐다보더니 한숨을 내쉬며 말했다.

"신앙이 같지 않고선 도저히 어렵다 그랬대."

여전하군. 내가 혼잣말을 하며 방문 손잡이를 잡았을 때 고모
가 입을 비죽이며 방에서 나왔다.

"하이고, 차암. 울 오빠 자식 위해서 큰 노력 하셨구먼. 내, 같
잖아서 못 살겠다. 알고 보니 이 초상이 정혜 때문이 아니고 순
전히 이 집 며느님 때문이구만."

혼잣말처럼 구두덜거렸지만 고모의 목소리는 지나치게 컸다.
정혜가 뭐라고 대꾸하려다가 입을 다물었다. 나는 얼굴을 붉히
며 휴게실로 들어갔다. 어머니와 마주 앉은 채 고개를 숙이고
있던 아내가 한쪽으로 비켜 앉았다. 어머니도, 아내도 눈자위가
붉었다.

"어떻게 알고 왔어?"

자리에 앉으며 내가 묻자 아내가 대답할 새도 없이 어머니가 말을 받았다.

"정혜한테 내가 연락하라 그랬다. 이혼한 사이도 아닌데, 시아버지가 돌아가셨는데 당연히 와야지."

어머니의 말이 미처 끝나기도 전에 노크도 없이 문이 벌컥 열렸다. 작은 큰아버지였다. 술 냄새가 확 끼쳤다. 우리는 엉거주춤 일어났다가 앉았다. 아버지의 바로 윗형인 그는 과묵한 큰아버지에 비해 말도 많고 정도 많은 사람이었다. 작은 큰아버지는 불쾌한 얼굴인 채 위엄을 잃지 않으려 애쓰며 아내를 바라보았다. 어머니가 불안한 눈빛으로 그를 흘금 쳐다보았다. 그는 생각보다 누그러운 음성으로 아내에게 말을 건넸다.

"질부야, 너도 알다시피 우리 집안은 옛 풍속을 많이 따르는 집안이다. 그런 우리 집안에서 맨 처음 네가 교회를 다니기 시작하더니, 오늘은 너희 시아버지 유언에 따라서 기독교식 장례를 하게 되었다. 이건 지금까지 유례가 없었던 일이고, 우리 집안으로선 천지개벽을 겪는 거나 다름없는 일이다. … 나는 이것이 참으로 납득하기 어렵고 불쾌하기 짝이 없다. … 그래서 내 한 잔 했다. 이렇게 술이라도 안 마시고는 이 난감한 상황을 견딜 수가 없어서이다. … 그런데 방금 네 시고모한테 들어보니, 이 불상사가 다 너한테서 비롯되었다는데 맞는 말이냐?"

아내는 대답하지 않았다. 어머니가 눈총을 주었지만 아내는 고개를 숙인 채 방바닥만 내려다보고 있었다.

"…그래, 대답하기 면목이 없겠지. 고모 말씀은, 너희 시아버지가 정필이하고 너하고 어쨌든동 다시 합가하게 만들라고 교회를 다니기 시작했다는 말인데, 우리로선 참으로 이해가 안 되고, 유감스럽기 짝이 없는 노릇이다. … 이런 경우를 두고 하는 말이, 미꾸라지 한 마리가 우물을 흐리게 한다는 것이지. … 그런데도 우리는 까마득히 몰랐다. 왜냐? 네 시아버지가 제삿날이면 꼬박꼬박 참석해서 저 할 도리를 잘했기 땜에 그랬던 것이다. 그러지 않았다면 벌써 오래전에 온 집안이 시끄러웠을 것이다. 동생은 그렇게 지혜롭게 처신했다. 물론 살아 있을 때, 우리가 사실을 알았다면 결코 용서가 되지 않았을 것이다. … 사람은 그렇게 융통성이 있어야 되는 것이다. 그것이 바로 사람으로서 가져야 할 예의인 것이다. 우리가 속으로는, 이 장례식이 죽도록 못마땅하지만, 아우가 원하는 일이었기 때문에 참고 있는 것도 그런 마음에서다. … 그래서 내, 너한테 긴히 부탁을 하는데… 인제 그만하고, 네 시아버지가 원했듯이, 정필이랑 합가해 살면서 융통성을 좀 발휘해봐라. 로마에 가면 로마의 법을 따르라는 말이 있지 않으냐? 너도 시아버지처럼 신앙은 가지되, 우리 집안의 풍속을 잘 따라주면 만사형통이다 이 말이다. … 내가 주제넘게 이런 말을 하게 된 것은, 내 아우의 마음을 헤아려서다. 그놈이, 내 앞서 간 것도 괘씸한데, 우리 모르게 일을 저질러놓았으니 내, 다리 뻗고 잠을 못 잘 판이었다. 그런데 곰곰이 생각해보니, 오죽 자식을 생각하는 마음이면 그랬겠나 싶기도 하더라. … 그래도 이 자리는 괴롭기 짝이 없다. 작별인사도 한 번 안 하고 가버린 아우지만 술은 한 잔 부어주고 싶은데 술도 못 올리지, 밥도 한 끼 못 차려주지… 가슴이 미어진다. … 이런 자리에선 차라리, 기도할 놈은 기도하고, 술 올리고 싶은 놈은 술 올리고, 밥 올릴 사람은 밥 올리면 얼마나 좋을까 싶지만 그러는 게 아니라니, 이 서운한 맘을 술이나 마시며 달랠 수밖에 없다. 그러니 너도, 우리 집안에선 우리 풍속을 따르고, 네 신앙생활은 또 그렇게 하면 안 되겠나 싶어서 이렇게 당부를 한다. 알아듣겠나, 질부야."

나는 작은 큰아버지가 적절하지 않을 때 나섰다고 생각했다. 아내가 어떤 생각을 하고 왔는지 아직 알지 못했다. 그런데 나를 제쳐두고 누군가 먼저 나서는 것은 바람직하지 못한 일이었다. 아내는 아무 대답도 하지 않았다. 작은 큰아버지가 알아듣겠느냐고 다시 한 번 물었다. 아내가 숙이고 있던 고개를 들어 작은 큰아버지를 마주보았다.

"네, 잘 알아들었습니다. 그런데… 죄송하게도 제 신앙은 그런 식으로 시험의 대상이 될 수 없습니다."

나지막하면서도 옹골찬 대답에 작은 큰아버지가 느닷없이 딸꾹질을 했다. 그는 이맛살을 찌푸리며 벌떡 일어나더니 한심하다는 듯 아내를 노려보고는 문을 소리 나게 닫고 나가버렸다. 어머니는 그대로 드러누워 버렸다. 나는 이런 자리에서까지 자기 의사를 분명하게 밝히고 마는 아내가 못마땅했지만 마음을 가라앉혔다.

"그렇게까지 똑 부러지게 대답하지 않아도 될 일이잖아. 이건 어차피 우리가 알아서 할 문제인 걸…. 왔으니까 옷 갈아입고 며느리 노릇은 해야지?"

나는 방구석에 개켜져 있는 상복을 꺼내놓았다. 아내가 돌아누워 있는 어머니의 등을 흘깃 쳐다보더니 서슴없이 옷을 벗었다. 나는 아내의 모습을 물끄러미 바라보았다. 차가우리만큼 희고 매끄러운 속살이었다. 어머니는 아내를 처음 보았을 때 살이 너무 희어서 복이 없겠다고 했다. 어디서 근거한 말인지는 모르지만 어머니는 그렇게 믿고 있는 듯, 아이를 잃었을 때도 그렇게 말했다. 살이 너무 희어도 박복하다 내가 그랬지! 그 말을 두고두고 잊을 수 없었던 아내는 아이의 뼛가루를 뿌리고 온 며칠 후, 옷을 벗다시피 하고 하루 종일 마당에 나가 앉아 있었다. 어머니는 칠월의 뜨거운 햇살 속에 앉아 있는 며느리를 못 본 척했다. 해가 질 무렵, 아버지가 친구를 만나 상심한 마음을 달래고 들어오다가 벌겋게 살갗이 익어가는 며느리를 보고 놀라서 불러들였다. 내가 퇴근했을 때, 아내는 스치기만 해도 얕은 비명을 지르며 얼굴을 찌푸렸다. 아내는 다음 날도, 그 다음 날도 햇볕 속에 나가 앉아 있었다. 나중엔 어머니도 와락 무서워져 말렸지만 듣지 않았다. 아내는 얼굴이 까맣게 그을리고 살갗이 부풀어 물집이 투둑투둑 솟아오른 후에야 그 짓을 그만두었다. 아내는 구슬을 머금은 듯 부푼 물집을 가라앉게 놔두지 않고 손으로 마구 쥐어뜯었다. 시뻘건 속살이 드러나 진물이 흘러내리면 그 상처를 후벼팠다. 나는 아내를 끌고 가 억지로 입원을 시켰다. 아내는 아이가 살아서 돌아올 수만 있다면 숯검정같이 되어도, 온몸이 흉터투성이라도 살아갈 수 있다며 발버둥 쳤다. 겨우 상처가 아문 후 퇴원했을 때, 아내는 깊은 땅속에서 올라온 사람처럼 먹먹한 눈빛을 하고 있었다. 시간이 흘러도 옛 모습은 좀처럼 돌아오지 않았다. 오히려 마음의 문을 닫고 철벽 속에 갇힌 듯 침묵했다.

옷을 갖춰 입은 아내가 밖으로 나갔다. 나도 뒤따라 방을 나왔다. 친척들의 눈길이 번갈아 우리를 흘깃거렸다. 모른 척 자리에 앉는데 조문객들이 한차례 들이닥쳤다. 아버지의 친구들이었다. 그들은 아버지의 빈소에 엎드려 오래도록 울었다. 나도 그들과 함께 오래 울었다. 어째선지 속이 좀 후련해졌다.

3.

아버지를 화장해서 선산에 묻는 날은 화창했다. 상여가 나가는 절차가 없으니 모든 것이 빠르게 진행되고 빨리 끝났다. 먼 친척들 중에는 간단해서 좋다고 말하는 이들도 있고, 이게 무슨 장례식이냐고 입을 비죽이는 사람들도 있었다. 선산에 묻힌 사람 중에 상여를 이용하지 않은 사람은 아버지밖에 없었고, 매장이 아니라 분골함을 갖다 묻었다는 것 때문에 뒷말도 무성했다. 나는 더 이상 사람들의 수군거림에 신경 쓰지 않았다. 지난 삼 일 동안 충분히 겪은 일이었다. 아버지의 죽음은 내게 지금까지와는 다른 모욕감을 경험하게 했다. 때로는 혈연이 더욱 모멸감을 줄 수도 있다는 것을 안 기분은 쓸쓸했다. 다행히 나는 내색하지 않고 잘 견뎠다. 아내 또한 꿋꿋한 모습이었다. 어머니가 이따금 아플 만큼 눈총을 주어도 담담했다. 어머니는 교회에서 추도예배를 하러 올 때마다 아내가 합석하여 기도하는 것도, 집안사람들의 눈치를 전혀 의식하지 않고 당당하게 구는 것도 보기에 마뜩잖은지 버럭 뼛성이 솟구친 눈길로 아내를 흘겨보고는 했다. 어머니는 아버지의 유언 때문에 익숙하지 않은 상황을 견디고는 있지만 속속들이 옛 풍습에 젖어 살던 사람이었다. 그러니 스스로 혼란스러워서 교회에서 추도예배를 하러 오면 때로는 친지들처럼 냉담했다가 때로는 상주의 예의를 갖추었다가 하면서 어쩔 줄 몰라 했다. 고모는 아침, 저녁으로 상식(上食)이나마 올려야 하는 거 아니냐고 밥그릇을 들고 다니고, 누군가는 실내에 찬송가가 울려 퍼질 때마다 구시렁거렸다. 그런 속에서 나는 혹시 교회 사람들에게 상주로서 갖춰야 하는 예의를 갖추지 못할까 봐 전전긍긍했다.

그런저런 감정의 틈바구니를 무사히 건너와 이제 내가 할 일은 얼굴도 모르는 한 여자를 찾아가는 일이었다. 며칠 동안 은밀한 수군거림 속에 있었던 여자는 이제 수면 위에 떠오른 부유

물처럼 갖가지 추측으로 뒤덮여 있었다. 그 속에서 이야기는 나름대로 모양을 갖추고 있었다. 대개는 아버지가 오랫동안 감춰 둔 여자이거나 그 딸이 아니겠느냐는 추측이었다. 아버지가 말년에 교회에 가게 된 것은, 나와 아내 때문이기도 하지만 평생 지고 있었던 죄의식에서 벗어나기 위한 것일 수도 있다는 추측도 있었다. 모든 것은 예측에 불과한데도 여러 사람의 말이 모여서 그럴싸하게 모양을 갖춘 셈이었다. 그 속에서 가장 괴로운 사람은 어머니였다. 아버지를 졸지에 보낸 슬픔과 얼굴도 모르는 여자 사이에서 어머니는 아예 잠을 이루지 못했다.

어머니를 위해서라도 빨리 해결되어야만 할 문제여서 사망신고를 하기 전에 예금부터 찾았다. 아버지의 돈은 생각보다 훨씬 많은 액수였다. 나는 속으로 적이 놀라서 가슴이 다 두근거렸다. 찾은 돈의 절반이 세금으로 나간다고 해도 큰돈이었다. 그 돈의 일부만 있어도 빠듯하게 돌아가는 사업자금에 숨구멍을 틔우겠다 싶으니 누구를 준다는 게 아깝다 못해 원통하기까지 했다. 어머니는 나보다 더 놀랐는지 입을 다물지 못하다가 맵차게 내뱉었다.

"세상에, 그 돈을 어떻게 남을 줘? 아무리 생각해도 이런 경우는 없다."

"내 생각도 그래, 오빠. 이건 좀 너무한 거 같아."

정혜도 얼른 거들고 나섰다. 그러자 오히려 정신이 번쩍 들었다. 어쨌든 아버지의 유언이었다. 이 많은 돈을 그 여자에게 쥐야 한다면 분명히 이유가 있을 것이다. 나는 마음을 가다듬었다.

"너무하고 않고 간에 일단 사람은 찾아봐야겠다. 아버지하고 어떤 관계인지, 이 돈이 왜 그쪽으로 넘어가야 하는 것인지. 우리가 납득할 수 있다면 그럴 수 없는 다행이고 아니면….'"

"아니면 어쩔 건데?"

정혜가 바싹 다가앉으며 되물었다. 나도 그 다음은 알 수가 없었다. 그야말로 혼란스러울 뿐이었다. 아내 쪽을 돌아보았지만 아내는 여전히 손님 같은 얼굴로 창가에 가만히 앉아 있었다. 아버지는 느닷없이 목숨을 내려놓으면서 참으로 해결하기 난감한 일들만 골라서 우리에게 남기고 간 셈이었다. 마치 우리를 시험하듯이.

나는 우리를 혼돈에 빠뜨린 돈의 가치를 가늠해보았다. 작고 얇은 종이에 기록된 동그라미의 무게가 이토록 무겁게 느껴지기는 처음이었다. 그것이 바로 여자에게 전달되어야 할 이유일 수 있다는 생각이 불현듯 들었다. 내가 뭐라고 하려는데 방바닥에 놓여 있는 수표를 내려다보던 어머니가 결심한 듯 말했다.

"두말할 것 없다. 그 돈을 법적으로 나누도록 해라. 아무리 생각해도 유언이라고 다 따라서 할 일이 아니다. 내가 저세상에 가면 아버지 만나서, 내 권한으로 그렇게 했다고 하마. 오십 년을 같이 살았는데 그만한 권한쯤이야 내게도 있잖겠니?"

어머니의 눈빛이 결연했다. 순간, 어째선지 그럴 수 없다는 생각이 확고해졌다. 나는 이제 이 집안의 가장이었고, 아버지가 그랬던 것처럼 가족을 잘 이끌고 가야 할 책임이 있었다. 돈을 두고 우리의 양심을 흥정할 수는 없었다. 나는 내 생각을 밝혔다. 어머니가 세차게 고개를 가로저었다.

"어느 년인지 가만 앉아서 호박을 넝쿨째 받도록은 못하겠다. 평생 살면서도 안 그랬던 양반이 마지막 가는 길에 어쩜 날 이렇게 비참하게 만들 수가 있어? 난 억울해서라도 네 아버지 유언대로는 못 한다. 못 해!"

어머니는 기어이 눈물을 찍어내기 시작했다. 나는 어머니의 심정을 좀은 알 수 있었다. 남편을 갑자기 잃고, 그가 유일하게 남긴 유산까지 가질 수 없다면 그 억울함에 가슴이 미어져도 한참 미어질 일이었다. 그렇다고 일을 그릇되게 끌고 갈 수는 없었다. 정혜가 울먹이면서 어머니를 감싸 안았다.

"오빠 말이 옳아요, 엄마. 우리가 잠시 잘못 생각한 거야. 아버지 마지막 뜻이 그렇다는데 어떡하겠어요? 만약 우리가 저 돈이 꼭 있어야 할 정도였다면, 아버지는 틀림없이 저 돈을 우리에게 주셨을 거예요. 안 그래요? 엄마?"

어머니가 기어이 통곡을 쏟아놓았다. 아내가 주춤거리며 어머니 곁으로 다가갔다. 나는 못 본 척 지갑 속에서 아버지의 유서를 꺼내 전화번호를 확인한 후 눌렀다. 전화벨 소리가 한참이나 건너갔다. 이윽고 전화를 받은 사람은 목소리가 굵직한 남자였다. 나는 어느새 긴장하고 있었다.

"혹시, 그 곳에 노민정이란 이름을 가진 분이 계십니까?"

"네, 바꿔드릴까요?"

남자는 대답도 듣지 않고 수화기를 내려놓더니 슬리퍼 끄는 소리를 내며 멀어져갔다. 잠깐 적막이 흐르는가 싶더니 전화 받아보라니까요 하고 외치는 남자의 목소리가 멀리서 들려왔다. 잠시 후, 전화 속에서 중년은 되었음 직한 여자의 목소리가 들려왔다. 나는 입안이 마르는 느낌에 침을 삼키고 노민정 씨냐고 물었다. 그녀가 미심쩍어하는 투로 그렇다고 대답했다. 고개를 갸웃하고 있는 모습이 보이는 듯했다. 나는 그녀의 반응을 보기 위해 아버지의 이름을 바로 말했다.

"강기철 씨를 아십니까?"

"누구라고요?"

"강기철 씨요."

"어머, 그 분… 돌아가셨어요?"

놀란 것은 나였다. 대뜸 아버지의 생사에 대해 묻는 것은 전혀 뜻밖이었다.

"네, 오늘로 일주일째입니다."

여자는 한동안 말을 잇지 못했다. 다시 말을 시작했을 때는 목소리가 약간 잠겨 있었다.

"안타까운 일이네요. 그렇게 좋으신 분이…. 많이 아프셨어요?"

나는 예기치 않은 쪽으로 흘러가는 대화 속에서 더욱 혼란을 느꼈다. 여자는 아무래도 우리가 추측했던 이야기의 주인공은 아닌 것 같았다. 나는 아버지가 갑자기 돌아가셨다는 얘기를 전하면서 돈 얘기를 해야 하나 말아야 하나 갈등했다. 그것은 꽤 심각한 갈등이었다. 가족들은 내 얼굴의 미묘한 변화를 포착하고 궁금해서 못 견디겠다는 눈빛으로 나를 지켜보았다. 그녀가 조의를 표한다면서 다시 한 번 참 좋은 분이라고 말했다.

"제 아버지를 어떻게 아십니까?"

나는 용기를 내어 물었다. 여자는 잠시 침묵한 후 나직하게 말했다.

"저희 원(院)에 기부하기 시작한 게 삼 년쯤 됐어요. 여긴, 불교 재단에서 운영하는 보육원이에요. 처음 오셨을 때, 손자를 잃은 지가 한 달쯤 됐다고 그러시더군요. 손자가 눈에 밟혀서 여기저기 다니시다가 우연히 들어왔다 하셨어요. 그 후부터는 한 달에 한두 번씩 오셔서 아이들과 놀다 가시곤 했어요. 외로운 아이들에게 할아버지의 정을 느끼게 해주셨지요. 그동안 할아버지가 기부하신 돈으로 공부한 애들도 많고, 정착금도 도와주셨어요. 보육원에선 고등학교를 졸업하면 다 자립해 나가야 되는데, 그 정착금을 일부 지원하신 거죠. 언젠가 돌아가시는 날엔 유산을 다 기부할 테니 아이들을 잘 돌봐달라고…."

여자의 목소리에 줄곧 눈물이 그렁거리는가 싶더니 기어이 말이 끊어졌다. 먹먹해진 전화 너머로 아이들이 떠들어대는 소리가 아득하게 들려왔다. 가슴이 뻐근해지며 눈시울이 뜨거워졌다. 모두들 왜 그러느냐고 눈짓으로 물어보았다. 나는 아무 말도 하지 못한 채 여자가 다시 말을 건넬 때를 기다리며 아내를 돌아보았다. 아내는 어느새 내 지갑 속에 있던 아이의 편지를 꺼내 읽고 있었다. 아내는 소리 없이 울고 있었다.

이윽고 여자가 울음기가 덜 가신 목소리로 여보세요, 라고 나를 불렀다. 나는 주저하지 않고 바로 응수했다.

"내일 찾아가 뵙겠습니다. 제 아버지가 전하라는 게 있어서요."

여자가 무언가 더 말하려 했지만 수화기를 내려놓았다. 오늘 듣지 않아도 두고두고 아버지에 대한 얘기를 들을 수 있을 것이다. 나는 전화기를 밀쳐놓고 아직 울고 있는 아내를 바라보다가 영정 속의 아버지를 쳐다보았다. 아버지는 변함없이 근엄한 얼굴로 나를 내려다보고 있었다. 비로소 나는 아버지를 오래오래 기억하게 되리란 것을 알았다. 어쩌면 시게키가 아내를 기억했던 것보다 더욱더 긴 세월을….

만남의 방식

사촌을 기다린 것은 여자의 전화를 받고부터였다. 여자는 한 번도 본 적이 없는 사촌이 올 거라고 말해주었다. 사촌은 무언가 볼일이 있다고 했다. 그 말을 어째선지 낯선 여자가 대신 전해주었다. 전화를 끊고 나니 백부(伯父)가 생각났다. 아버지가 돌아가신 뒤로는 거의 연락을 주고받지 못했다. 어째 그렇게 잊고 지냈나 싶어서 새삼 죄스러웠다. 그동안 생각나지 않은 것은 아니었다. 하지만 국제전화를 한다는 것이 이웃에 하듯 막 할 수 있는 게 아니었고, 대개 늦은 밤이나 이른 아침에 별안간 생각이 나 전화를 걸기엔 적당한 시간이 아니었다. 아무리 건강하고 원기 왕성해도 노인의 안녕은 알 수가 없는 일이다. 아침저녁으로 안부를 여쭤도 시원찮은데, 일 년에 서너 번 전화를 했다가 그나마도 연결이 안 되면 잘 계시겠거니 하고 넘긴 게 벌써 여러 해였다. 마음이 있으면 행동이 따르건만 백부가 우리에게 베푼 걸 생각하면 마음이 모자랐다 할 수밖에 없었다. 지난

밤엔 이러다 더럭 부고를 받는 건 아닌가 싶은 생각이 들어 별
안간 마음이 죄었다. 그래서 사촌이 오면 할 일이 많았다. 그간
의 소홀함을 벌충하듯 백부에게 전화도 넣어보고, 사촌과도 이
런저런 얘기를 많이 나누고 싶었다.

 부엌에선 연방 달그락거리는 소리가 나고 음식을 만드는 냄
새도 솔솔 풍겨 나왔다. 어머니는 처음 만나는 조카에게 먹일
음식을 장만하느라 새벽부터 분주했다. 또복이는 제집 앞에 나
부죽이 엎드려 어디선가 주워 온 뼈다귀를 열심히 뜯고 있었다.
나는 마루에 걸터앉아 뜻대로 되지 않는다고 연방 으르렁거리
는 녀석을 지켜보면서 멀리 보이는 차도 쪽으로 자주 눈길을
주었다.

 은행나무가 늘비한 도로는 샛노란 터널을 이루고 있었다. 그
사이로 이따금 노선버스들이 오가는 게 보이고, 트럭과 승용차
도 심심찮게 도로를 달려갔다. 마루에 앉아 차도에서 바로 동
네로 연결된 길을 굽어볼 수 있는 것은 우리 집의 장점이었다.
조부 때부터 살아온 집인데 수리한 후에는 전망 좋고 살기 좋
은 집이 되어 아주 만족스러웠다. 어디서부터 손봐야 할지 알
수 없었던 낡은 기와집이 쓰기 편리한 현대식 공간으로 바뀐 것
은 백부 덕이었다. 백부는 조부모님 살아계실 적에 불편함을 덜
어주기 위해 수리비 일체를 보내주었다. 덕분에 삼 대째 잘 살
고 있으니 백부의 말없는 보살핌은 집안 곳곳에 스며 있는 셈이
었다. 어머니도 그래서 더욱 음식 장만에 마음을 쓰는 것이다.

조카가 온다는 소식을 듣자마자 부랴부랴 단술을 안치고, 밤을 까고, 말린 시래기를 물에 담갔다. 그래 봤자 시골음식이란 것이 빤하고, 하룻밤 새 준비할 수 있는 가짓수도 많지 않아 오사카 출신의 젊은 사람 입맛을 맞출 수 있을지는 알 수 없었다.

사촌이 온다는 연락은 너무 갑자기 왔다. 지난밤 저녁을 먹은 후 어머니는 한창 일일연속극에 빠져 있고, 나는 그 곁에 엎드려 지난가을의 수확에 대해 앞뒤를 맞춰보고 있을 때였다. 전화가 올 시간도 아닌데 전화벨이 울려 의아해하며 수화기를 집어 들었다. 어머니는 이 시간에 누구냐며 짜증스레 TV의 볼륨을 높였다.

수화기 너머에서 여자의 말소리가 튀어나온 것은 여보세요라는 말을 하기도 전이었다. 여자의 목소리는 쫓기듯 빠르고 높았다.

"김의명 씨를 대신해 전화했는데요. 김의명 씨 아시죠?"

김의명? 어디선가 들은 듯했지만 얼른 기억나지 않아서 나는 모른다고 잘라 말했다. 그러자 여자가 추궁하듯, "도쿄에 사는 사촌동생인데 모르세요? 아버진 김현목 씨예요."라고 덧붙였다. 나는 놀라서 일어나 앉았다. 우선은 반갑기보다 뜨악한 기분이었다. 백부라면 몰라도 사촌동생이 왜? 혹시 백부에게 무슨 일이 생긴 건가? 하는 불길함이 선득하게 가슴을 파고들었다. 그러나 여자는 내 기분은 아랑곳없이 자기 할 말만 두름에 꿰듯 재빨리 이었다.

"아시죠? 내일 정오께쯤 김의명 씨가 갈 건데 괜찮으신가요?"

괜찮지 않다면 왜 그러느냐고 당장 따지러 올 듯한 말투에 떠밀리듯 알겠다고 답하고는 전화를 끊었다. 뜻밖이긴 했지만 언제 만나볼 수 있으려나 했던 사촌동생이 찾아온다니 반갑기도 했다. 그런데 백부도 그렇고, 사촌도 그렇고, 어째서 항상 이렇게 느닷없이 소식을 전하는가도 싶었다. 백부도 한국 온다는 소식을 이처럼 갑자기 전해왔다. 십여 년 전이었다. 조총련에 가입해 있던 백부가 올 수 있으리라곤 생각지도 못할 때였다. 그때, 아버지는 뛰다시피 좋아하다가 전화를 끊고는 꽤 오래 흐느껴 울었다. 어릴 때 함께 강에서 수영하다가 형을 잃고 혼자 자란 나는, 형제가 있다는 게 저토록 좋은 것이구나 싶어 부럽기까지 했다. 물론 아버지는 그 몇 년 전에 앞서거니 뒤서거니 돌아가신 조부모님 생각이 나서도 더욱 울음이 북받쳤을 것이다.

어쨌거나 사촌이 온다는 건 기쁜 일이었다. 어머니께 전하고 싶었지만 어머니는 거의 TV 속으로 뛰어들 듯 연속극에 빠져 있었다. TV 화면에는 며느리와 시어머니인지, 딸과 엄마인지 마주 앉아 정답게 얘기를 나누는 장면이 비치고 있었다. 끝난 후에 내 결혼타령을 하면 전자요, 아니면 후자였다. 그것이 성가시면서도 나는 어머니 방의 따뜻한 아랫목이 좋아 자주 와 빈둥거렸다.

나는 배를 깔고 엎드린 채 사촌의 나이를 꼽아보았다. 백부가 왔을 때, 열일곱인가 된다 했으니 서른이나 되었을 것이다. 나와는 열두 살 차이니 한참 동생뻘이었다. 그 아들을 백부는 쉰둘에 낳았다고 했다. 아이가 생기지 않아 포기하고 있었는데 뜻밖에 생겨서 잘못 배달된 선물상자를 받은 기분이었다고 했다.

"그런데 선물이란 게 말이다, 겉만 번드르르하고 실속이 없는 수가 많잖아. 내 아들이 꼭 그래."

무슨 뜻인지 백부는 그렇게 말하고 자조하듯 웃었다. 그 웃음이 퍽이나 쓸쓸해 보인 건 지금 생각하면 이상한 일이었다. 어쨌거나 우리는 그때 의미도 모른 채 다 같이 웃었다. 그리고는 더 얘기를 듣고 싶었지만 그거 아니라도 할 얘기가 많다며 백부는 화제를 바꿔버렸다. 그 후, 백부는 딱 한 번 뜬금없이 아들 자랑을 했다. 누가 들어도 거의 완벽한 아들이었다. 영민하고, 잘생기고, 공부 잘하고, 부모에게 잘하고, 민족정신도 투철하고, 한국말과 일본말이 다 유창하니 앞으로 한일관계에 있어 큰 역할을 할 놈이라 했다. 말씀도 별로 많지 않은 양반이 쉰 넘어 낳은 아들이라더니 자랑이 좀 심하다 싶을 정도였다. 그런데 그 사촌이 온다. 나는 무엇보다 백부의 안부가 궁금했지만, 사촌이 어떤 녀석인지도 꽤 궁금했다.

"누더노?"

어머니가 여전히 TV에서 눈을 떼지 않은 채 나를 툭 치며 물었다.

"의명이. 큰아버지 아들이요."

어머니가 희뜩 나를 돌아보았다. 그리고는 불에 데기라도 한 듯 놀라 돌아앉았더니 다잡듯이 물었다.

"누구라꼬?"

"큰아버지 아들, 의명이요. 내일 온답니더."

"어마, 그 똑똑하고 기특하다는 아들 말이가? 그 아가 여게를 어짠 일로 오는데?"

어머니의 조글조글한 얼굴이 금세 불을 켠 듯 환해졌다. 어머니의 미덕은 언제나 손님을 기쁘게 맞는 것이다. 더구나 큰집 조카가 온다니 금방이라도 부엌으로 달려 나갈 듯 몸이 들썩거렸다. 그러나 어머니는 이내 고개를 갸웃했다.

"무슨 일인데 너거 큰아버지가 안 오고 그 아가 오까? 모를 일이네."

어머니의 목소리에는 혹시 백부가 돌아가신 건 아닌가 하는 불안감이 깃들어 있었다. 나는 대꾸하지 않았다. 설사 그렇다 하더라도 불길한 생각은 가능하면 적게 하는 것이 좋다. 정든 사람이 이 세상에 없다는 것은 생각만 해도 몸 안의 장기가 빠져나간 듯 허전해지는 것이다. 더구나 백부는 내가 결혼하게 되면 아내 되는 사람과 함께 인사 갈 계획을 갖고 있었다. 그만큼 백부는 내게 깊은 인상을 남긴 사람이었다.

어머니는 벌써부터 내일 점심을 뭘로 할 것인지 궁리하기 시작했다. 늘 머리맡에 두는 수첩을 펼쳐 철자법에 맞지도 않게 음식 이름을 하나하나 써나갔다. 시래기찌개, 잡채, 단술, 닭

쩜…. 나는 내일 저녁쯤엔 또 다리를 주물러드려야겠구나 생각하며 살그머니 밖으로 나왔다. 곁에 있다간 옛 추억담으로 자칫 밤을 새야 할 수도 있었다.

밤바람이 제법 싸늘했다. 또복이가 쇠줄을 철겅거리며 일어나 꼬리를 흔들었다. 먼 어둠 속에서 개 짖는 소리가 아득히 들려왔다. 또복이도 어두운 허공을 향해 두어 번 따라 짖다가 싱겁다는 듯 꼬리를 말고 제집으로 들어가버렸다. 고요한 어둠 속에서 바람이 일렁이고 가랑잎이 몰려다니는 소리가 스산하게 들려왔다. 나는 마당에 서서 달빛도 없는 어둠 속에 점점이 떠 있는 농가의 불빛들을 바라보았다. 아버지가 생각났다. 백부를 만나 아이처럼 소리 내어 울면서 기뻐하던 모습이 눈에 선하다. 그 옆에서 백부는 오랫동안 한자리를 지킨 바위만큼이나 묵묵했지만 전신으로 눈물을 흘리고 있는 것처럼 보였다. 나는 백부의 산 같은 무게감을 보면서 얼마나 인고의 세월을 지내왔는지 알 것 같았다. 그때 아버지는 예순 중반이었고, 백부는 일흔을 막 넘어선 나이였다. 어릴 때 헤어져 백발이 되어 만난 형제는 수십 년의 세월을 만난 적 없이 살고도 어제 만난 듯했다. 끊임없이 얘기를 나누면서 울다가 웃다가 하는 모습이 한창 나이의 청춘들을 보는 것 같았다. 그로부터 어느새 십여 년의 세월이 흘렀다. 이제 사촌과 내가 만나려 하고 있다. 그 사이에 아버지는 가셨다. 백부는 어떻게 지내시는가. 그 유전(流轉)의 세월을 생각하니 새삼 마음이 숙연해졌다.

은행나무가 노랗게 하늘을 이고 선 길에 버스 한 대가 나타난 것은 잠시 담배를 피워 문 후였다. 버스는 꽁무니에 불이라도 붙은 듯 속력을 내어 달렸다. 조붓한 시골 도로를 대형버스가 달리는 모습은 조마조마했다. 미친놈이네. 시골길을 저래 달려 어쩔라고! 나는 괜스레 마음이 죄어 구시렁거렸다. 그런데 말이 끝나자마자 버스가 마치 내게 대거리하듯 동네 입구로 머리를 들이밀었다. 버스가 마을로 들어오는 일은 일 년에 한두 번, 경로당에서 야유회 갈 때나 있는 일이었다. 나는 고개를 갸웃했다. 요 근래 그런 계획은 들은 적이 없었다. 버스는 주춤거리며 점점 우리 집 쪽으로 다가왔다. 나는 설마 하면서도 혹시 사촌이 타고 있는 게 아닌가 하는 생각이 들었다. 아니나 다를까, 버스는 집집마다 문패를 살피는 듯 기어오다가 우리 집 앞에서 멈췄다.

나는 슬리퍼를 꿰신고 마당으로 나갔다. 시끄러운 엔진소리에 짖어대는 또복이를 달래며 담 밖을 보자, 검은 바지 정장 차림의 여자가 문패를 확인하고 있는 게 보였다. 아무래도 사촌이 버스를 타고 온 모양이었다. 좀 어처구니가 없어 웃음이 나왔다. 처음 만나는 친척 앞에 나타나는 것치고는 좀 유별난 등장이었다.

나는 부엌을 향해 어머니를 불렀다. 어머니가 옷에 손을 문질러 닦으며 부리나케 달려 나오다가 담장 너머로 보이는 버스에 눈을 휘둥그레 떴다. 설마 저걸 타고 왔을라고 하는 눈길로 나를 돌아보는 순간, 맷맷하게 생긴 젊은이가 버스 입구에 모습을 나타냈다. 나는 한눈에 그가 내 사촌임을 알아보았다. 생긴 모습이 영락없이 우리 집안 남자였다. 호리호리한 체형에 기름한 얼굴, 또렷한 이목구비와 약간 솟은 광대뼈, 뒤로 넘어간 이마…. 백부를 닮긴 했지만 편하게 생겼다기보다는 자칫 강퍅하게 보이는 얼굴이었다. 그런데 옷차림이 영 눈에 설어 나도 모르게 미간이 찌푸려졌다. 군데군데 살갗이 내보이는 찢어진 청바지에 물이 날은 카키 색 코르덴 재킷, 거뭇거뭇하게 자란 수염에 노란 염색을 한 단발머리가 처음 만나는 숙모와 사촌 형 앞에 나타나는 차림으로는 좀 꼴불견이었다. 그나마 삐딱하게 눌러쓴 밤색 중절모가 어울려 다행일 정도였다. 어머니도 놀랐는지 쫓아나가려던 걸음을 주춤 멈추었다.

사촌이 버스에서 내리고 눈이 마주쳤다. 사촌은 대뜸 웃어 보였다. 입술 끝이 피에로처럼 귀 쪽으로 말려 올라가면서 눈가에 주름이 자잘하게 잡혔다. 활짝 웃는 것 같지만 왠지 비애가 감도는 웃음. 그 웃음이 백부와 똑같았다. 어머니가 빙긋이 웃으며 내게 몸을 기울여 속삭였다.

"세상에, 웃으이까네 너거 큰아버지랑 똑 같다. 씨 도둑질은 못 하는 기대이."

나는 어머니의 말에 고개를 끄덕이면서, 얼마간 긴장한 낯빛으로 계단을 올라오는 사촌에게로 다가갔다. 어머니도 내 뒤를 종종거리며 따라왔다.

"아이구, 이 먼 길을 어째 왔노? 어서 오이라."

어머니가 기다리지 못하고 막 돌층계를 올라서는 사촌의 손을 덥석 잡았다. 그가 놀라서 그러는지, 무심결에 그러는지, 어머니의 손을 슬그머니 뿌리쳤다. 무안해진 어머니가 두 손을 얼른 스웨터 주머니 속으로 집어넣었다. 선뜻 이해되지 않는 행동이었지만 첫 만남이라 어색해서 그럴 수 있다고 생각하며 반갑게 악수를 청했다. 그가 내 손을 맞잡았다. 태어나서 처음으로 만난 사촌들의 체온이 교류되는 순간이었다. 우리의 체온은 차지도 뜨겁지도 않았다. 그러나 내 마음은 그 어느 때보다 따뜻했다.

"반갑다. 여게까지 와주서 고맙고…."

"하지메마시떼."

사촌은 일본어로 답하며 깊이 허리를 숙였다. 두어 걸음 물러서 있던 여자가 얼른 곁으로 다가와 '처음 뵙겠습니다'란 뜻이라고 말해주었다. 나는 뜨악했다. 사촌이 장난을 치는 건가 싶었다. 그렇다면 참 재미없는 장난이었다. 그와 나 사이에 차단막 하나가 철커덕 놓인 기분이었던 것이다.

"큰아버지는 안녕하시나?"

나는 백부의 안부부터 물었다. 사촌은 내게서 눈길을 돌려 여자를 쳐다보았다. 무슨 뜻이냐고 묻는 것 같았다. 여자가 내 질문을 사촌에게 전했다. 나는 도무지 영문을 알 수 없어서, 이 사람이 우리말을 못하느냐고 여자에게 물었다. 여자가 그렇다고,

그래서 자신이 통역으로 따라왔다고 했다. 순간, 나는 그가 내 사촌이 맞나 하는 의심이 들었다. 어머니도 의아한 눈길로 그를 흘금거렸다. 우리는 백부의 말을 너무나 또렷이 기억하고 있었던 것이다. 도대체 모를 일이었다. 사촌은 이마를 자꾸 내리덮는 노란 머리카락을 쓸어 올리며 내 질문에 답했다. 그 얼굴에 분명 내 얼굴이 있었다. 그의 대답을 듣는 여자의 얼굴에 살짝 그늘이 졌다. 이윽고 여자가 나를 돌아보았다.

"아버진 삼 년 전에 돌아가셨답니다."

여자가 조의를 표하는 듯 다소곳이 말했다. 땅바닥이 아래로 한 뼘쯤 꺼져드는 것 같았다. 어머니도 짧게 탄식을 내뱉었다. 지난밤에 불길함을 느끼고 예감했는데도 충격은 컸다. 생각날 때마다 안부만 여쭸어도 이런 기분은 아니었을 것이다. 언젠가 백부에게 가리라던 나의 계획은 이룰 수 없는 꿈이 되어버렸다. 밀려드는 자괴감으로 가슴이 뻐근했다. 어머니는 붉어진 눈시울로 원망하듯 사촌을 쳐다보았다. 사촌은 우리의 슬픔과 무관한 얼굴로 두리번거리며 서 있었다. 어머니는 그 무심함에 더 기가 찬 듯 언성을 높였다.

"삼 년이나 됐다꼬? 우리한테는 와 부고도 안 전했노? 아무리 우리가 못 가본다 해도 소식은 전해주야 될 꺼 아이가."

여자가 전할까요? 라고 물었다. 참 복잡한 절차를 거쳐야 하는 만남이었다. 백부는 가버렸고, 백부가 자랑하던 아들은 앞에 있는데, 백부의 말과 달리 말이 통하지 않는 사촌이 내 앞에 서 있는 것이다. 어머니의 뜻대로 여자는 말을 전했다. 사촌이 미안하다고 몇 번이나 머리를 조아렸다. 그 말은 가슴에 와 닿지 않았다. 그는 우리가 한국에 있다는 사실조차 잊고 있었다는 생각이 어쩐지 들었다.

"바람이 차븐데 밖에서 이라지 말고 방으로 들어가자. 점심땐데 밥을 묵어야지. 새댁이, 가서 버스기사도 오라 카소. 같이 밥 먹읍시더."

어머니가 눈물을 훔친 후 우리를 방으로 이끌었다. 여자는 그 말을 사촌에게 전했다. 사촌은 생각지도 않은 일이란 듯 난처한 얼굴로 나를 쳐다보았다. 애초에 오래 머물 생각이 아니었던 듯했다. 나도 서운했지만 어머니는 더했는지 눈빛에 날을 세우고 사촌을 꾸짖었다.

"작은집이라꼬 처음 와서는 선걸음에 가다이 말이 되나! 밥은 한 끼 묵고 가야제. 밤을 지내면서 밀린 이야기를 실컷 하고 가도 뭐할 낀데 그냥 가다이…. 암말 말고 마 올라가자."

사촌은 뜻도 모르면서 어머니의 서슬에 놀랐는지 공연히 모자를 벗었다 썼다 하면서 여자의 얼굴을 바라보았다. 잠시 후, 통역을 전해 들은 사촌이 성가신 기색을 서툴게 감추며, 그래도 내가 말이 통하겠다고 생각했는지 나를 쳐다보았다. 나는 생각해보지도 않고 냉정하게 고개를 저었다. 어머니 말마따나 안 만났으면 모르지만 이왕 만났는데 그냥 보낼 수는 없었다. 그동안 못다 한 얘기는 그만두고라도 문간에 서서 밀린 빚 처리하듯 할 수는 없었다.

사촌은 이제 웃음기가 가신 얼굴로 시계를 보더니 다시 여자와 얘기를 주고받았다. 여자는 우리 사이에 유일한 통로였다. 여자가 없다면 우리는 길가의 장승처럼 멀뚱하니 서 있어야 할 판이었다. 지난밤엔 형, 아우 하며 술잔을 기울일 생각에 흐뭇하기도 했는데 술은커녕 말도 통하지 않으니 답답하기 이를 데 없었다. 백부의 아들이 어째서 이토록 우리말을 모를 수가 있는가. 백부는 오십오 년간 이국생활을 했다고는 믿기 어려울 정도로 말과 발음이 유창하고 정확했다. 더구나 백부는 아들이 우리말을 잘한다고 자랑까지 했다. 나는 의문에 휩싸여 좀처럼 눈에 익지 않는 사촌의 모습을 물끄러미 쳐다보았다.

얘기가 잘 됐는지 이윽고 여자가 생글거리며 우리 쪽으로 돌아섰다.

"요시야키 씨는 오늘 중으로 볼일을 마치고 부산까지 못 갈까 봐 걱정했어요. 시간이 충분하다 했더니 점심 드시겠답니다. 사실은 시간이 넉넉지 않아요. 식사는 마루에서 하면 좋겠다는군요. 갑갑한 걸 싫어한답니다."

어머니는 잘됐다며 서둘러 부엌으로 들어갔다. 여자도 경쾌한 걸음으로 기사를 데려오겠다며 나갔다. 나는 그들의 뒷모습을 보면서 '요시야키'란 이름을 속으로 읊조려 보았다. 사촌의 일본식 이름. 우리에겐 '의명'이지만 공식적으로는 '요시야키'. 나와 닮았지만 나와 통하지 않는 언어를 쓰는 사촌. 그에게 나는, 마루를 가리키며 앉기를 권하는 일밖에 할 수가 없었다. 사촌은 마루를 흘깃 쳐다보더니 고개를 끄덕이고는 이내 스마트폰을 꺼내 들여다보았다. 중요한 볼일이 있는 건지, 어색한 순간을 모면하려는 것인지 알 수가 없는 태도에 다소 불쾌감을 느끼며 그의 노란 뒤통수를 하릴없이 쳐다보았다.

낯선 사람의 등장이 흥미로운지 또복이가 줄을 끌고 그의 발 아래까지 와서 킁킁거렸다. 스마트폰에서 눈을 뗀 사촌이 또복이를 한 번 쓰다듬어주고는 무심결에 내게 뭐라고 말을 건넸다. 반가웠지만 알아들을 수가 없었다. 사촌이 실수했다는 듯 어깨를 으쓱해 보이며 겸연쩍게 웃었다. 나도 따라 웃었다. 할 수만 있다면 무슨 얘기든 하고 싶었다. 하다못해 또복이가 떠돌이 개였다는 것, 백부가 왔을 때도 있었다는 것, 이제는 늙어 작은 뼈다귀 하나도 뜻대로 못한다는 것, 그래도 아직 쥐는 잘 잡는다는 등의 얘기라도 하고 싶었다. 사실은 백부가 어떻게 가셨는지, 고통을 겪지는 않았는지, 백모님은 어떤 분인지, 오늘 온 용무가 무엇인지, 그가 왜 대형버스를 대절해 왔는지… 물어보고 싶은 것도 많았다. 무엇보다 백부가 말한 아들과 내 눈앞에 있는 사촌이 왜 이렇게 다른지 궁금했다. 하지만 부질없는 바람이었다. 우리는 말이 통하지 않았고, 바디랭귀지라는 만국 공용어는 그런 대화에는 아무런 도움도 되지 못했다. 그저 마루를 가리키며 가서 앉자는 마음이나 전할 수 있을 뿐이었다.

나는 또다시 마루를 가리켰다. 무언가 행동을 하지 않으면 안 될 것 같은 조바심이 자꾸 나를 밀어붙였다. 사촌이 마지못한 듯 돌층계를 올라서 엉거주춤하게 마루에 엉덩이를 걸쳤다. 금방이라도 튀어나갈 듯한 모습이었다. 웃음이 사라진 사촌의 얼굴은 입을 앙다문 조개처럼 완고해 보였다. 나는 고개를 돌려버렸다. 한창때가 지난 늦가을 풍경이 한눈에 밀려 들어왔다. 색깔이 바래가는 풍경 속엔 소멸하는 것들의 비애가 스며 있었다. 오늘따라 그것이 애달프게 다가왔다. 농가의 담장 사이로 비죽이 고개를 내민 감나무마다 매달린 까치밥마저 잘못 걸어놓은 등롱처럼 애처로웠다. 백부의 얼굴이 그 사이를 비집고 들어왔다. 내 평생 단 한 번, 나흘 동안 본 게 전부였다. 그 나흘 동안 백부는 지금까지 봐온 어떤 사람보다 더 깊이 내 마음에 남았다. 이천 년. 21세기가 시작된다고 한 그해 칠월에 백부는 '조총련동포고향방문단'의 한 사람으로 왔다.

백부는 그다지 말이 없는 사람이었다. 사업체가 몇 개나 될 만큼 재산을 모았다고도 하고, 덕성스러운 미모의 아내와 늦었지만 아들도 둔, 가질 것 다 가진 사람으로서 할 얘기가 많을 것도 같은데 백부는 자기 얘기를 거의 하지 않고 우리 얘기를 더 많이 듣고 싶어 했다. 마치 가족의 옛 추억담 속에서 잃어버린 시간을 낱낱이 꿰어 가슴에 안고 가려는 사람 같았다. 백부는 또 자주 웃었다. 점잖고 단정하게 생긴 얼굴이 웃을 때면 번번이 입이 귀에 걸렸다. 그 웃음은 아기처럼 근심 없어 보였지만 불현듯 눈물이 반짝이는 듯도 했다. 나는 백부가 매일 이른 아침, 조부모님의 산소에 가서 목놓아 우는 것도 알았다. 아침마다 뒷산 대밭을 한 바퀴 돌아오는 습관 때문에 산에 오르다가 그 장면을 보았다. 긴 세월 참았던 눈물이 부모 앞이라서 그렇게 터져 나오는 것인지 참 서럽게도 울었다. 그때 나는 백부에 대해 잘 모르면서도 또 다 알 것 같은 느낌이 들어서 혼자 눈시울을 붉혔다. 나는 그 나흘 동안 백부의 불그레해진 눈과 마주치지 않으려 일부러 산에서 늦게 내려오곤 했다. 그러면 백부가 나를 기다리고 있다가 함께 밥 먹자며 두레상 앞으로 끌어 앉히곤 했다. 그리고는 부모 모시고 착실하게 잘살고 있어서 고맙다고 했다. 빨리 결혼하라는 말을 하면서 자손이 귀한 집안에선 그게 제일 큰 효도라고도 했다. 그러면서 세상 일 중에 자식과 결혼만큼 뜻대로 안 되는 일도 없더라는 말도 덧붙였다. 그 기억들이 너무나 생생해서 백부가 이 세상에 없다는 사실이 믿어지지 않았다.

내가 백부께 마음만큼 자주 안부를 묻지 못했던 이유는 사실 다른 데 있었다. 나는 백부 앞에서 그다지 떳떳하지가 못했다. 백부가 단 한 마디도 하지 않았지만, 어떤 힐난의 말도 하지 않고 아버지의 잘못을 덮어주었지만, 아버지가 저지른 잘못은 내게까지 닿아 있었다. 아버지는 백부 앞에서, 내가 곁에서 듣고 있다는 것을 잊었던지, 나를 끌어들여 자신이 한 일에 대해 극구 변명했다.

"진명이 장가 보낼 일이 걱정 되다 보이 고마 욕심이 나서…

이런 촌에서는 요새 아들 장가 보낼라모, 전답이든 과수원이든 땅깨나 갖고 부자라는 소릴 들어야 메느리감을 구할 수가 있습니더. 안 그라모, 저 베트남이나 태국이나 그런 데서 피부색 다른 메느리를 데려와야 하는데, 종손 노릇 해야 하는 아를 어째 그런 데 결혼시키겠습니꺼. 그래서 행님 보내주신 돈으로 논 사고, 감나무 밭을 샀습니더. 산소는 어쨌든, 제가 빚을 내더라도 행님 원하는 대로 맹글겠습니더. 그러이 용서해주이소….”

아마도 그때 나는 결혼을 하지 않아도 좋다는 생각을 굳혔을 것이다. 그동안 아버지는 백부로부터도 조부모님을 모시는 수고에 대해 늘 넘치는 대가를 받았다. 그게 버릇이 되어서 백부가 조부모님의 산소를 ‘어느 누구의 산소도 부럽지 않게’ 만들라며 보내준 돈까지 용도에 맞지 않게 쓴 것이다. 핑계는 나였지만 실은 아버지의 욕심 때문이란 걸 나는 알았다. 그 욕심으로 일군 가산이 다 내게 넘어왔다. 그러니 백부야 어찌 생각하든 나는 그 앞에서 당당할 수가 없었다.

아마도 아버지는 백부가 살아생전에 한국 땅을 다시 밟을 수 있으리라 생각지 않았을 것이다. 그런데 생각지도 않게 백부가 한국에 온 것이다. 백부는 고향에 도착하자마자 자신이 번 돈으로 번듯하게 탈바꿈한 부모님의 산소를 보고 싶어 했다. 비록 그것이 죽은 사람과는 아무 상관없는 부질없는 짓이라 하더라도 그동안의 불효에 대한 백부만의 속죄의식이었을 것이다. 그것을 아버지는 아무 생각도 없이 가로채버렸다. 그리고는 갖은 궁리 끝에 결국 나를 팔아서 그 난관을 벗어났다. 백부도 그것을 모르지 않았다. 그럼에도 담담하게 그 구구한 말들을 다 들었다. 그리고는 단 한 마디, "됐다."라는 말을 했을 뿐이었다.

그 말소리가 지금도 귀에 쟁쟁하다. 더하지도 덜하지도 않게 단호하고 엄중한 말투. 그건 아무나 할 수 있는 대답이 아니었다. 훗날 어머니가, 너거 큰아버지는 돈도 많은데 그깟 걸로 화를 내겠냐라며, 그 일을 대수롭잖게 여기는 듯 말했을 때 내가 다락같이 화를 낸 것도 그래서였다. 그 백부의 아들이, 나와 말이 통하지 않는 채 우두커니 내 곁에 앉아 있다는 사실은 유감스럽기 짝이 없었다. 어째서 단 한 마디도 우리말을 못하는 것인지, 백부는 어쩌자고 그렇게 거짓말을 한 것인지 도대체 알 수가 없었다.

"진명아, 그 상 펴라."

어머니가 부엌에서 고개를 내밀고 외치다시피 말했다. 나는 마루에 올라가 벽장에서 '그 상'을 꺼내 행주로 닦았다. 대여섯 명이 앉을 수 있는 두레상이었다. 백부가 오셨을 때 아침마다 폈던 상이기도 했다. 사용한 지가 오래되어 귀퉁이 부분이 닳았지만 상 중앙에 배치한 자개 무늬가 아직 아름다운 옻칠 상이었다. 어머니는 귀한 손님이 오면 붉은 기가 은은하게 감도는 그 상을 펴는 것을 최상의 접대로 여겼다. 사촌은 어머니에게 그만큼 소중한 사람이었다.

바람이 좀 차긴 했지만 햇살이 한창 푸짐하게 쏟아져 괜찮을 것 같았다. 마루에 앉는 건 사촌의 선택이었기에 어쩔 수도 없었다. 그런데 준비과정을 보는 그의 표정이 영 시들먹했다. 뭘 이렇게까지 성가시게 구냐는 듯한 표정이 역력해서 나도 모르게 눈치를 살피게 되었다. 그 기분이 못내 언짢았지만 참아야 했다. 그는 오늘 하루 우리 집에 온 귀한 손님인 것이다.

마침 여자가 버스기사를 데리고 마당으로 들어서고 어머니가 쟁반에 음식을 차려 나왔다. 평소 음식솜씨가 좋다는 말을 많이 듣는 어머니는 맘껏 솜씨를 발휘했는지 생각보다 가짓수가 많았다. 여자가 잽싸게 쟁반을 받아들다가 이걸 언제 다 먹냐며 깜짝 놀라는 시늉을 했다. 버스기사도 내심 반가운지 얼른 신발을 벗고 마루에 올라앉았다. 사촌만이 아직 신발을 벗을 생각도 않고 선 채로 쭈뼛거리고 있었다. 그 모습을 보니 가고 싶어 할 때 보내버리지 않은 것이 후회스러웠다. 나는 점점 그가 못마땅해지고 있었다.

어머니가 물병을 들고 나오다 왜 그러고 있냐며 사촌의 팔을 잡아끌었다.

"오늘 보모 언제 볼지 모르는데 와 그래 장승겉이 서 있노. 이리 와 앉아 봐라."

어머니는 그와 말이 통하지 않는다는 사실을 모른다는 듯이 대했다. 그가 머리를 조아리려가며 어머니께 이끌려 마루에 앉았다. 그 모습이 마치 고집 센 강아지가 억지로 끌려오는 듯한 모습이어서 절로 눈살이 찌푸려졌다. 숫기가 없는 것인지, 뭐가 그렇게 못마땅한 것인지 알 수 없는 태도에 나는 조금씩 질리고 있었다.

우리는 마치 한가족처럼 두레상에 둥그렇게 둘러앉았다. 버스기사가 입맛을 다시며, 완전히 처갓집 가서 첫 상 받은 기분이라며 너스레를 떨고, 여자도 어머니 솜씨가 보통이 아니라면서 한껏 어머니를 추어올렸다. 어머니는 신이 나서 두 사람의 말을 기분 좋게 받았다.

"이기 다 우리 조카 덕이니까 실컷 먹고, 갈 때 잘 모시고 가소."

버스기사가 염려 마시라며 닭찜을 한 조각 입에 넣더니 자신이 주빈이기라도 한 양 사촌에게도 먹어보라고 권했다. 이런 걸 안 먹고는 한국 와서 한국음식 먹었다 할 수가 없다며 통역을 좀 하라고 여자를 재촉했다. 그래도 사촌은 상 위에 차려진 음식을 물끄러미 들여다보기만 했다. 참 이상한 놈이었다. 일본에서는 한류 열풍이 불어 음식도 그렇게 인기라는데 사촌은 눈앞에 놓여 있는 맛깔스러운 한식에도 도무지 관심이 없었다. 그런데 어머니는 혹시 사촌의 입맛에 맞는 음식이 없을까 봐 애달아하며 자꾸만 사촌 앞으로 음식들을 당겨다 놓았다.

오래전, 백부는 그득한 상차림에 놀라서 동그래진 눈으로 한참 이것저것 살펴보았다. 그때도 어머니는 혹시 백부의 마음에 들지 않을까 봐 마음을 졸였다. 그러나 백부는 자못 감개 어린 표정으로 하나하나 집어서 살뜰하게 맛을 보고는 어머니께 최

고라며 엄지손가락을 치켜 보여 어머니를 기쁘게 했다. 어머니는 또 그때와 같은 찬사를 기대하고 있는 것인지 이젠 아예 사촌의 앞 접시에 음식을 덜어다 놓았다. 나는 사촌의 미간이 좀 더 찌푸려지는 걸 보면서, 어머니의 관심을 돌려놓기 위해 백부가 많이 아프셨느냐고 여자에게 물었다. 배가 고팠는지 이것저것 거머먹다시피 하던 여자가 입 안에 들어 있는 음식을 얼른 삼킨 후 사촌에게 질문을 넘겼다. 통역이 여자의 할 일이긴 했지만 미안했다. 하지만 누구라도 숟가락만 놓으면 금방 일어설 준비를 하고 있는 사촌에게 그쪽 얘기를 좀 들어보려면 어쩔 수가 없었다. 이대로 헤어지면 다시 못 볼 게 분명했다. 형제도 오십 년 넘게 만나지 못하고 살다가 고작 나흘을 함께 보내고는 다시 만나지 못했는데 사촌쯤이야 평생 못 본들 어떠랴. 적어도 사촌의 태도는 분명 그랬다.

사촌의 대답은 제법 길었다. 나는 별 식욕도 없이 숟가락질을 하며 귀에 겉도는 이국의 언어를 그냥 듣고 앉아 있었다. 말만 통해도 이렇게 서먹하고 어색하게 앉아 있지 않아도 되리라 싶으니 안타깝기 그지없었다. 얘기를 듣는 여자의 표정이 미묘하게 흔들렸다. 이윽고 나를 돌아보는 여자의 표정에 안쓰러움이 가득했다. 그러나 내게 들려준 말은 간단했다.

"심근경색이었대요. 어머니가 돌아가신 후에 수년 동안 혼자 계셔서 건강관리가 잘 안 되었다네요."

"그래서요?"

나는 되물었다. 사촌이 한 말을 다 전하지 않았다는 생각을 떨칠 수가 없었다. 여자는 눈썹을 치뜨고 시침을 뗐다. 뭔가 미심쩍었지만 여자가 말해주지 않는 데야 방법이 없었다. 여자는 천연덕스럽게 다시 밥을 먹기 시작하고, 나도 밥을 한 술 떠 입에 넣었지만 생쌀을 씹는 것 같았다. 누군가와 함께하는 식사 자리가 이렇게 곤혹스러웠던 적은 없었다. 이윽고 사촌이 고구마 전을 하나 집어 들더니 참 알 수 없다는 표정으로 여자에게 물었다.

"한국사람은 늘 이렇게 먹나요? 너무 복잡한데요."

여자가 그 말을 전하자 어머니가 펄쩍 뛸 듯 손사래를 쳤다.

"아이고, 어데. 오늘은 우리 조카가 왔으이 특별히 이리 차린 기지. 맨날 이래 묵다가는 살림 거덜 나구로. 의명아, 근데 와 그래 안 묵노? 내가 어젯밤부터 들명나명 얼마나 애를 썼는데 좀 마이 묵어라."

어머니는 말을 알아듣지도 못하는 사촌의 등을 쓰다듬어가며 애정을 담아 말했다. 사촌은 여자의 통역을 들으며 하이, 하이 하고 머리를 거듭 조아렸다. 그 예의 바르고 깍듯한 모습에 나는 사촌과 함께 있는 게 아니라 일본 손님을 접대하고 있는 기분이었다. 내가 생각했던 사촌은 백부를 닮은 사람이었다. 그런데 내 앞에 있는 사람은 영락없이 일본인이었다. 그 이질감을 견디는 것은 퍽이나 곤혹스러웠다. 관광버스를 타고 온 것도 생각하면 이상했다. 나는 통역에게 퉁명스럽게 그 이유를 물어보았다.

"그런데 관광버스는 와 타고 왔답니꺼?"

말투가 거칠다고 느꼈는지 사촌이 힐긋 쳐다보았다. 여자도 부지런히 놀리던 젓가락질을 멈추고 미간을 모은 채 나를 쳐다보았다. 여자는 무슨 생각을 했는지 이내 피식 웃었다.

"저도 모르죠. 택시를 권했는데 굳이 관광버스로 해달라 그랬대요. 왜 그랬는지 물어볼까요?"

나는 고개를 끄덕였다. 여자의 통역에 사촌은 나를 보지도 않고 지금까지와는 다르게, 손으로 목을 죄는 시늉까지 해가며 사뭇 진지하게 말했다. 말을 끝낸 후에는 이제 알겠냐는 듯 나를 쳐다보았다. 그 얼굴이 거뭇거뭇 자란 수염 때문인지, 은행잎을 닮은 머리카락의 색깔 때문인지 피곤해 보였다.

"세상에서 가장 싫은 게, 낯선 사람들과 좁은 공간에 있는 것이래요. 처음 만난 사람들이 택시 안에 함께 앉아 있다 생각하니 상상만으로도 숨이 막혔대요. 어릴 때부터 강압적인 걸 못 견뎠답니다. 학교도 조선인 학교 입학했다가 바로 일본인 학교로 전학해서 다녔다네요."

"그런데, 왜 우리말을 하나도 못 한답니까?"

나는 내친 김에 또 물었다. 헤어질 시간이 점점 다가오고 있었다. 사촌이 잡채를 집어 올리다 말고 나를 쳐다보았다. 점점 커지는 내 목소리가 의아한 눈치였다. 여자가 내가 알겠냐는 듯 어깨를 으쓱하더니 사촌을 쳐다보았다. 어머니가 밥 좀 먹게 놔두라 했지만 흐르는 시간에 대한 조급증을 견딜 수가 없었다.

여자는 잠시 사이를 둔 후 내가 던진 질문을 사촌에게 전했다. 사촌의 표정이 굳어졌다. 그 눈에 냉소가 어렸다. 분명 냉소였다. 뭣도 모르면서, 하는 것 같은 눈빛이었다. 나의 오해인지도 알 수 없었다. 사촌은 이내 고개를 돌려 여자에게 한참 동안 말을 이어갔다. 내가 알아들을 수 없는 말을 이어나가는 목소리는 나직하고 음울했다. 여자가 고개를 끄덕여가며 사촌의 얘기를 다 듣고는 내게 전했다.

"살면서 혼란스러운 게 그렇게 싫었대요. 기억하고 싶지 않은 것도 많았고요. 그래서 잊을 수 있는 건 다 잊었대요. 사실, 말이란 사용하지 않으면 생각보다 빨리 잊히거든요. 요시야키 씨의 아버지는 요시야키 씨가 한국인으로 남길 바랐지만, 본인은 일찍부터 일본에서 한국인으로 사는 게 싫었대요. 혼란을 견디고 싶지 않았다는군요. 그 땅에 사는 한 최대한 그 나라 사람이 되고 싶었대요. 그러고 나니 오히려 사는 게 편해졌대요. 요시야키 씨의 아버지는 그런 요시야키 씨를 못마땅해해서 갈등이 심했고, 사춘기 이후로는 거의 관계를 끊고 살았다는군요. 한국에 온 것은, 그래도 아버지의 유언을 모른 척할 수가 없어서래요. 돌아가신 지 삼 년 됐는데, 삼 년 이내로 꼭 실천하라고 유서에다 써두셨더래요. 지금까지도 그랬지만, 앞으로도 요시야키 씨는 일본인으로 살아갈 거래요. 아내도 일본 사람이라는군요."

　나는 사촌을 돌아보았다. 사촌은 나를 보지 않았다. 우리는 서로에 대해 아는 게 너무도 없었다. 나는 사촌에게 궁금한 게 많았지만 사촌은 내게 아무것도 궁금해하지 않았다. 그에게 나는 한 사람의 외국인에 불과한 것 같았다. 백부와 아버지가 이 세상을 떠남으로써 우리의 관계도 더는 유효하지 않은 모양이었다. 어쩌면 그는 작정하고, 악착같이 우리말에 귀를 닫고 있었던 것은 아닌가 하는 생각이 들었다. 그렇다면 그것도 어차피 그의 선택이 아닌가. 백부는 그 사실을 받아들이기가 힘들었겠지만 사람은 자신의 삶을 선택할 권리가 있는 것이다. 더구나 그는 이국땅에 나기를 바란 적이 없다. 그랬기에 그 이후의 삶은 온전히 그의 것이어야 하지 않는가. 별안간 이웃을 오가는 외국인 새댁들을 보면서 느꼈던 연민이 솟구쳤다. 그들을 볼 때마다 눈살을 찌푸리던 아버지의 고집스런 눈길도 떠올랐다. 그때는 몰랐지만 그 눈길에는 마침내 모든 게 뒤섞이고 말 앞날에 대한 불안이 깃들어 있었는지도 알 수 없었다.

　나는 이제 백부가 자신의 아들에게 남긴 유언만이 궁금했다. 나는 그것을 물었다. 여자가 잠깐만요, 하고는 마지막 밥 한 숟가락을 급히 떠 넣었다. 그리고는 국그릇을 비우고, 앞 접시에 갖다두었던 자기 몫의 반찬을 다 긁어 먹었다. 넉살이 좋은 여자였다. 버스기사는 벌써 밥그릇을 다 비우고는 차마 먼저 일어서지 못하고 자리를 지키고 있는 중이었다. 사촌의 밥그릇은 그대로였다. 어머니가 못내 섭섭한 표정으로 자꾸 그의 밥그릇을 넘어다보았다. 지금까지 어머니가 차려준 밥상에서 밥을 남긴 사람은 사촌이 유일했다. 어머니는 두고두고 그 일을 떠올릴 게 분명했다.

마침내 마지막 밥을 삼킨 여자가 물로 입을 헹구고는 벌써 숟가락을 놓은 사촌에게 내 질문을 던졌다. 사촌은 오직 그 시간만을 기다렸다는 듯 서둘러 곁에 둔 배낭을 열었다. 그 속에는 포장이 아름다운 상자 하나가 들어 있었다. 사촌은 그것을 내 앞으로 밀치며 여자를 돌아보았다. 여자가 사촌의 말을 통역했다.

"아버지의 머리카락과 손톱, 발톱입니다. 한국서 처음 일본 올 때, 할머니가 만들어준 한복도 들어 있습니다. 물론 다 낡았습니다. 아버지는 이것을 할아버지, 할머니 산소 옆에 묻어달라 했습니다. 저는 함께할 시간이 없습니다. 맡기고 갈 테니 대신 좀 묻어주십시오."

사촌의 말이 끝나자 여자의 말도 끝났다. 여자가 민망한 얼굴로 나를 쳐다보았다. 얼굴이 화끈했다. 나는 그 장면을 타인에게 보인 것이 수치스러웠다. 사촌을 쳐다보았지만 그는 내 눈길을 피하고 있었다. 어머니가 상자를 당겨 와락 끌어안더니 울음을 터뜨렸다.

"아이구, 세상에나, 아주바님. 어찌 이러고 오셨소. 이렇게 오시고 싶었으모 여 와서 가시지. 아이구 가여버라."

어머니의 울음에 사촌이 당황하여 시선을 더듬거렸다. 나는 고개를 돌려 먼 산을 바라보았다. 풍경이 어룽져 흩어졌다. 허, 참. 버스기사가 난처한 듯 혼자 군소리를 하며 일어서서 신발을 신고 마당으로 나갔다. 여자가 내 쪽으로 고개를 돌리더니 고자질하듯 속삭였다.

"일하는 아주머니가 쓰러져 있는 걸 발견했는데 벌써 며칠 지났더래요. 요시야키 씨가 갔을 때는 이미… 고독사였죠."

가슴속에 누가 지렛대를 넣어 비트는 것 같았다. 그나마 백부가 내게, 삶의 마지막을 단장할 기회를 준 것은 고마운 일이었다. 사촌은 더는 감당하고 싶지가 않은지 결연하게 일어섰다. 어머니가 상자를 끌어안은 채 서운한 것인지, 화가 난 것인지 알 수 없는 눈길로 사촌을 올려다보았다. 무슨 말인가 하려는 것 같았지만 울음에 겨워 고개를 돌려버렸다. 사촌은 무색한 얼굴로 목례를 하고는 구두를 찾아 신고 마당으로 나갔다. 한쪽으로 비켜서 있던 여자가 어머니에게 작별인사를 했다.

"이만 가보겠습니다. 맛있는 점심, 잘 먹었습니다. 오래 기억에 남을 거예요."

어머니는 인사를 받지 못했다. 내가 대신 고개를 끄덕였다. 어머니가 사촌을 위해 차린 밥상은 그에게가 아니라 타인에게 깊은 인상을 남겼을 뿐이었다. 나는 쓸쓸한 심정으로 마당으로 나갔다.

마당 구석에 서 있는 은행나무 잎새들이 바람에 흩날려 마당을 굴러다녔다. 한꺼번에 몰려나온 노란 낙엽들은 되돌아온 연서처럼 안쓰러웠다. 나는 무언가 견딜 수 없는 심정으로 발 아래서 뒹구는 낙엽들을 우두커니 내려다보았다. 사촌이 내 앞으로 다가와 손을 내밀었다. 사요나라. 그의 인사는 간명했다. 나는 사촌의 검은 눈동자를 들여다보며 천천히 내뱉었다.

"잘 가라, 김의명."

애정을 담아 그에게 하는 마지막 인사였다. 제 아버지의 유품을, 마지막 소원을, 내게 떠넘기고 떠나는 괘씸한 놈, 그는 아직 나의 사촌이었다.

밤길

24시간 돼지국밥집 앞에 서 있는 택시는 분명 부산 차였다. 마음을 죄며 그것을 확인한 진석은 안도의 한숨을 내쉬었다. 잘하면 첫 버스가 다닐 때까지 기다리지 않아도 될 것 같았다. 진석은 잠바 깃을 치올려 찬바람을 막으며 식당 쪽으로 걸음을 재게 놀렸다. 환한 불빛에 실내가 훤히 들여다보이는 식당 안에는 후줄근한 모습의 남자 서넛이 띄엄띄엄 앉아 국밥을 먹고 있었다. 모두 식당 앞에 늘어선 택시의 기사들인 듯했다.

걸음을 옮기는 진석의 어깨는 자꾸 움츠러들었다. 이월 새벽 바람의 매서움은 한겨울이나 다름없었다. 간신히 녹은 몸이 또 떨리기 시작했다. 통영 톨게이트에서 고성읍까지 오는 승용차를 얻어 타지 못했다면 얼마나 더 떨었을지 생각만 해도 아찔했다. 장거리 운행을 나가면 누구나 부산행 차를 쉽게 얻어 타는 것처럼 말들 했지만 그것도 일종의 행운인 셈이었다. 그는 한 시간도 넘게 추위에 떨고 난 후에야 겨우 고성읍에 내릴 수가 있었다. 그를 태워준 승용차의 주인은 택시가 늘어선 길 건너편에 진석을 내려주면서 뜬금없이 기운 내라고 말했다. 그 말이 새삼 귓가에 되살아나 진석은 쓴웃음을 지었다.

식당 문을 열고 나오던 남자가 진석을 아는 척한 것은, 진석이 식당으로 올라가는 계단에 막 발을 올려놓았을 때였다. 남자는 진석을 보자 놀란 표정으로 그 자리에 우뚝 섰다. 그리고는 잠시 후, 거의 확신에 찬 목소리로 진석을 불렀다.

"니, 진석이 아이가?"

진석은 미간을 찡그린 채 자신의 이름을 부른 사내를 쳐다보았다. 사내의 얼굴은 불빛을 등지고 있어선지 잘 보이지 않았다. 목소리만이 또렷이 그의 의식을 건드렸다. 깊디깊은 저수조에서 들려오는 듯 낮고 굵으며 위압적인 목소리. 그 목소리를 알아듣는 순간, 진석은 놀라움과 함께 알 수 없이 복잡한 감정에 휩싸였다. 피하고 싶은 생각과 이제라도 만나서 다행이란 생각. 순철로부터 영곤이도 택시를 하고 있더란 말을 듣고 언젠가 한 번은 마주칠 수도 있겠다는 생각을 했지만 이렇게 만나리라고는 생각지 않았다. 그것도 한밤중에, 부산도 아닌 고성의 돼지국밥집 앞에서. 우연도 참 어처구니없는 우연이었다.

"영곤이?"

진석은 어쩔 수 없는 심정으로 영곤의 이름을 불렀다. 참으로 오랜만에 불러보는 이름이었다. 기다렸다는 듯 영곤이 우르르 계단을 뛰어내리더니 진석의 어깨를 와락 움켜쥐었다. 반갑다,

친구야. 진짜 반갑다. 오래전, 아직 어리다고 말할 수 있던 어느 시절, 영곤이가 자주 하던 우정의 몸짓이었다.

진석은 어정쩡한 기색으로 영곤을 마주 보았다. 예전 같지 않게 거무접접하고 주름이 깊은 얼굴은 그냥 지나쳤다면 알아보지 못할 정도였다. 진석은 반가워하는 영곤 앞에서 어쩐지 마주 웃을 수가 없었다. 시들먹한 표정으로 부산 가는 길이면 함께 좀 가자고 말했을 뿐이었다.

"그래, 어서 타라. 나도 지금 부산 가는 길이다. 장거리 손님 내라주고 출출하길래 국밥 한 그릇 했다. 니는 괘안나?"

영곤은 차 문까지 열어주며 진석을 차 안으로 밀어 넣었다. 영곤에게 떼밀려 차에 몸을 실은 진석은 불현듯 자신과 영곤을 조소했다. 그동안 어디를 어떻게 맴돌았기에 이 나이에 택시기사와 대리기사가 되어 만나는가. 둘 다 어릴 때는 기사가 있는 승용차를 타고 다녀 아이들의 부러움을 사기도 했는데 지금은 하루의 밥벌이를 위해 심야의 어둠을 달려야만 하는가. 어쩌면 그것은 영곤과 내가 저지른 죄의 대가인지도 모른다. 그런 생각이 들자, 진석은 한사코 돌아보지 않던 오래전의 기억을 마침내 직면해야 할 시간이 온 것만 같아 와락 두려워졌다. 그러지 않고선, 어째서 이 밤중에 이 먼 곳까지 달려와 영곤을 만난 것인지, 그에게 친절을 베푼 사내는 하필이면 이 식당 앞에다 자신을 내려주고 간 것인지 알 수가 없었다. 진석은 더럭 낯선 사내의 차를 얻어 탄 것이 후회스럽기까지 했다.

통영 톨게이트에서 부산행 차를 얻어 타는 것은 생각보다 어려웠다. 시간이 흐를수록 차의 통행은 뜸해지고 그만큼 빨리 갈수 있으리란 희망도 멀어졌다. 손은 시리고 PDA에는 계속 콜신호가 떴다. 진석은 신경질적으로 PDA의 스위치를 꺼 주머니에 넣었다. 기계의 소음이 꺼지자 세상의 바람소리가 다 귓속으로 몰려드는 것 같았다. 진석은 목을 잠바 깃 속으로 움츠려 넣으며 먼 어둠 속을 노려보았다. 멀리서 한 쌍의 불빛이 다가오고 있었다. 불빛은 나타날 때마다 먹이를 발견한 맹수의 눈깔처럼 살기를 띠고 맹렬하게 달려왔다. 누군지 제발 자비를 좀 베풀어다오. 진석은 시린 발을 구르며 통행권 발급기에 손을 가져갔다. 마침내 어둠을 뚫고 달려온 차가 미지근한 열기와 매연을 내뿜으며 진석 앞에 와 섰다. 검정색 구형 그랜저였다. 늙은 세단은 천식을 앓는 노인처럼 가쁜 숨소리를 냈다. 마침내 차창이 열리고 너부데데한 얼굴을 한 중년 사내가 얼굴을 내밀었다.
"이 밤중에 여기서 뭐 하쇼?"
그는 진석이 통행권을 내밀기도 전에 시비를 붙는 것 같은 투로 말을 건넸다. 진석은 당황했다. 지금까지 이렇게나마 먼저말을 건 사람이 없었다. 조짐이 좋았다. 진석은 얼른 머리를 조아리며 공손하게 대꾸했다.
"아, 예. 차 좀 얻어 탈까 하고요."

"대리기사요?"

"네."

"타슈."

사내는 후덕하게 생긴 얼굴만큼이나 시원스럽게 대답했다. 아이고, 감사합니다! 진석은 길가에 떨어진 돈다발이라도 주운 듯 기분이 좋아서 큰소리로 인사를 하고는 얼른 차에 올랐다. 순간, 따뜻한 훈기에 뒤섞인 시큼털털한 술내가 콧속으로 물씬 몰려들었다. 진석은 자신도 모르게 미간을 찌푸렸다. 잘못 탔다는 생각이 들었지만 차는 이미 톨게이트를 벗어나고 있었다. 사내가 그 속을 다 안다는 듯 혼자 키들거렸다.

"서울서 한 잔 마시고 출발해서 냄새가 좀 날 끼요. 마이는 안 마셨으이 염려는 붙들어 매고…."

사내가 그 속을 다 안다는 듯 키득거리며 말했다. 진석은 속내를 들킨 게 무안해서 얼른 엉너리를 쳤다. 아, 아입니다. 고마울 뿐입니더. 사내가 진석을 돌아보더니 한결 눅은 목소리로 물었다.

"난 고성으로 갈 낀데, 어디까지 가는 거요?"

"아, 예. 집은 부산인데… 고성 아무 데나 내라주시모 됩니다."

"부산까지는 어쩨 갈라꼬?"

"버스를 타야지요."

사내가 진석을 흘깃 돌아보더니 혼잣말처럼 중얼거렸다.

"얼굴이 시퍼런 거 보이 엔가이 떨었는갑네."

진석은 잠자코 있었다. 자기 또래나 되었을까 한 사내가 무턱대고 하대를 하는 것이 거슬렸지만 내색하지 않았다. 이 순간엔 설사 누가 조롱을 한다 해도 참을 수 있었다. 진석은 점점 뭐든지 잘 견디는 인간으로 바뀌어가고 있었다. 견디는 게 아니라 무뎌지는 것인지도 알 수 없었다. 그는 통영 주택가까지 대리운전을 한 후 팁을 받으면서도 그 생각을 했다.

육십 대로 보이는 차주는 부산에서 출발해 도착할 때까지 내리 잠만 잤다. 드디어 남자가 말해준 주소지에 도착해 깨웠을 때, 남자는 아직 잠이 덜 깬 눈을 겨우 치뜨고 지갑을 꺼냈다. 악어의 살가죽이 선명하게 느껴지는 검정색 장지갑이었다. 문득 조간신문에서 읽었던 기사의 한 대목이 생각났다. '성공한 오너는 반지갑의 실용성보다 장지갑의 무게감을 더 중요시한다.' 진석은 남자가 몸을 기우뚱하고 지갑을 여는 동안 장지갑 같은 건 가져본 적이 없는 자신의 삶을 돌이켜보았다. 앞으로도 장지갑을 사용할 일은 결코 없을 터였다. 만약 삼 년 전에 그 기사를 보았다면, 진석도 백화점의 지갑 코너를 한 번쯤 기웃거렸을지도 알 수 없었다. 그때, 진석은 성공한 사업가가 될 꿈을 꾸고 있었고 거의 이루어진 것 같았다.

남자는 장지갑에서 깔깔한 오만 원짜리 지폐 석 장을 꺼내들었다. 진석은 침을 꿀꺽 삼켰다. 그 소리가 남자의 귀에까지 들린 듯해서 흐릿한 불빛 아래서도 얼굴이 붉어졌다. 남자는 비식이 웃음을 빼물고 불룩한 배를 쑥 내민 채 지폐를 내흔들었다.

팁이 좀 안 많나? 통영까지 대리비가 십만 원인데 팁이 오만 원이면 그냥 많은 정도가 아니었다. 진석은 주저하지 않고 허리를 굽실거렸다. 아, 예— 감사합니다. 정말 감사합니다. 예전 같으면 결코 하지 않거나 할 수 없었을 일이었다. 그러나 진석도 이젠 상대가 좀 꼴사납게 굴어도 팁만 넉넉히 준다면 웬만큼 비위를 맞출 수 있을 정도로 넌덕스러워졌다.

진석은 어릴 때부터 자존심 때문에 코피가 터지게 싸운 적이 한두 번이 아니었다. 중학교에 갓 입학해 영곤과 싸울 때도 그랬다. 영곤은 그가 만난 아이들 중에 가장 강력한 상대였다. 몇 번의 격투 끝에 결국 비긴 두 사람은 그 후로 꽤나 어울려 다녔다. 대개 영곤이 앞장섰다. 진석은 자존심이 상하거나 지는 것은 싫어했지만 앞장서는 것은 좋아하지 않았다. 그 성질을 아는 순철은, 대리기사 노릇은 때로 배알이 없는 듯이 해야 한다고 거듭 충고했다. 아니나 다를까, 진석은 자주 손님과 다투었다. 대리기사를 부른 사람들이 대책 없는 취객이라 생각하면 그뿐인 것을 그러기가 쉽지 않았다. 사람을 불러놓고는 다른 차를 타고 가는 사람 뒤통수에 대놓고 욕설을 끌어 붓고, 아랫사람 부리듯 하는 손님에게 항의를 하기도 했다. 그러자 잘 오던 콜이 하나둘 끊어져 나가기 시작했다. 손님의 항의가 느는 만큼 그가 받는 콜의 횟수도 줄어들었다.

진석은 네온사인 불빛도 피곤해 보이는 밤거리에 서서 갈수록 뜸해지는 호출을 애타게 기다리며 다짐했다. 난, 기어이 살아낼 것이다. 난, 살아야 한다. 그로부터 칠 개월. 이젠 웬만큼 불쾌한 소리는 귓등으로 흘리고 팁 오천 원에 굽실거리기도 잘했다. 진석은 그런 자신이 가끔씩 대견했다. 그럴 때면 스스로 자신의 한쪽 어깨를 어루만지며 격려했다. 이진석, 잘하고 있어. 그렇게 살다 보면 다 살아지는 거야. 그때도 그런 심정이었다. 그래도 그렇지. 남자가 내민 돈을 받아들면서 몇 번이나 머리를 조아렸나. 생각하니 새삼 얼굴이 화끈거렸다. 그 덕에 목돈을 쥐긴 했다. 지난밤 통영으로 떠나기 전에 시내를 몇 차례 뛴 것과 통영까지의 장거리 수입을 합하면 이십만 원이 넘었다. 사업하던 시절을 떠올리면 푼돈이었지만 대리기사의 하루벌이로는 드물게 만져보는 큰돈이었다.

"거, 남의 차를 탔으모 뭔 말이라도 좀 해보소. 심심하다 아이요."

사내가 더럭 언성을 높이며 진석의 상념 속으로 뛰어들었다. 진석은 의자에 비스듬히 기대앉았던 몸을 얼른 곧추세웠다. 사내의 눈치를 보니 그다지 불쾌한 기색은 아니었다. 퉁명스런 말투는 습관 같았다.

"아, 그러게 말입니다. 제가 주변머리가 좀 없습니더."

"그럼, 소갈머리는 있소?"

"네?"

으하하하, 사내는 자신이 한 유머가 재밌다는 듯 혼자서 커다랗게 웃었다. 진석은 맥쩍게 따라 웃었다.

"사람이 이렇게라도 웃으모 복이 온다 카더라꼬. 그쪽 인상 보이 오던 복도 도망가게 생깄어. 그라이 차도 빨리 못 얻어 탔지. 그런데, 이런 말, 좀 물어봐도 될랑가? 뭐 하다 대리기사를 하는 긴지?"

진석은 속으로 헛웃음을 삼켰다. 술 취한 손님들이 곧잘 물어보는 말이었다. 그럴 때마다 그는 되는 대로 주워섬겼다. 대리점 운영이나 베이커리, 김밥가게, 전파상…. 그 직업들은 대부분 어둠이 깊은 밤거리를 달리다 눈에 스치는 가게들의 간판에서 선택된 것들이었다. 그런데 겨울밤의 추위 속에서 친절을 베푼 사내에 대한 고마움 때문인지, 아니면 간판이라곤 보이지 않는 길을 가고 있어선지, 그중 어느 것도 입 밖에 나오지 않았다.

진석은 그 얘기를 영곤에게 다 늘어놓았다. 영곤은 덤덤한 낯빛으로 진석의 넋두리에 귀를 기울였다. 그 사이사이에 영곤은 이게 도대체 얼마만이냐, 어째 우연도 이런 우연이 있느냐는 말을 몇 번이나 했다. 그 목소리에는 감격이라 할 정도의 반가움이 배어 있었다.

"우리 못 본 지가 한 30년 됐제?"

영곤은 조밀하게 내려앉은 어둠이 운전에 방해가 되는지 상향등의 레버를 당기며 물었다. 어둠침침하던 길이 환하게 모습을 드러냈다. 불빛에 밀려난 풍경들이 어둠 속으로 허겁지겁 사라졌다.

"그렇지."

진석은 시큰둥하게 대꾸했다. 둘은 잠시 말이 없었다. 어색한 침묵이 견고한 담처럼 둘 사이를 갈라놓았다. 세월은 두 사람 사이를 꼭 그만큼 벌려놓고 있었다. 이윽고 영곤이 사뭇 다정한 어투로 말을 건넸다.

"그래, 니는 어쩌다 대리기사를 하는 기고?"

진석은 멍하니 영곤을 돌아보았다. 영곤이다웠다. 예나 지금이나 에두르는 법이 없었다. 진석은 오래전 그때로 되돌아간 기분이었다. 30년 전의 일들이 모래바람처럼 머릿속을 휘돌고 있었다. 진석은 가슴이 들썩거리도록 한숨을 내쉬었다.

"이것저것 하다가 나중엔 인테리어 업을 했어. 돈 좀 만졌지. … 근데… 애가 복덩어리였는지… 애 가고 나이… 모든 게 엉망이 되더라. … 결국 빈털터리가 됐지."

"아가 몇 살인데, 어데로 갔단 말이고?"

영곤이 목청을 높여 물었다. 그제야 진석은 깜짝 놀랐다. 왜 그 말부터 나왔는지 알 수 없었다. 그동안 입 밖에 내본 적이 없는 얘기였다. 진석의 얼굴이 후회로 금세 싸늘해졌다. 그 얼굴을 훔쳐본 영곤이 먹먹해진 얼굴로 혼잣말처럼 구시렁거렸다.

"…갑자기 그리 됐으모, 사업이고 뭐고 진짜 정신 채리기 어려웠겠네."

영곤은 더 말하지 않았다. 무거운 침묵이 커피의 진액처럼 진득하게 차 안을 뒤덮었다. 허공을 가르는 바람소리가 어린 짐승의 울음소리처럼 애절하게 창에 매달렸다. 그것이 아내의 울음소리만 같아 진석은 별안간 진저리가 났다.

아내는 며칠 전에도 옛집 앞에 가 있었다. 몇 번째인지 이젠 셀 수도 없었다. 늘 그렇듯 하늘색 투피스 차림이었다. 이번엔 그 옷을 입을 때마다 함께 했던 진주 귀걸이와 목걸이를 하지 않고, 검정색 하이힐도 신지 않았다. 언젠가 화영이가 사준 빨간 손지갑만이 들려 있었다. 하늘색 투피스와 액세서리와 구두는 진석이가 오 년 전에 결혼 십오 주년 기념으로 사준 것이었다. 아내가 한사코 그 옷을 챙겨 입는 것은 옷과 함께했던 기억 때문이었다.

아내는 그 옷을 입고 생전 처음 집을 계약하러 갔고, 화영의 중학교 입학식에 갔으며, 가족사진을 찍었다. 훤칠하면서도 균형 잡힌 몸매를 가진 아내가 하늘색 투피스를 입고 장신구를 갖춰 한 모습은 사람들이 한 번씩 돌아볼 만큼 어여뻤다. 새로 입주한 집 거실 벽에는 그 모습을 한 아내와 오랜만에 양복을 입고 넥타이를 맨 진석과 아직 솜털이 보송보송한 화영이가 활짝 웃으며 찍은 가족사진이 이 년 동안 걸려 있었다. 그때의 기억 때문인지 옛집 앞에서 발견된 아내는 어느 때보다 행복한 얼굴이었다.

처음 아내를 옛집 앞에서 발견한 사람은 순철이었다. 지난 가을 저녁, 순철은 손님을 태워 K아파트 단지에 갔다 나오던 길에 진석의 아내를 보았다. 그녀는 사람들에 둘러싸여 젊은 여자로부터 무언가 질책을 당하고 있었다. 진석이 살던 집 앞이었다. 분위기는 살벌했지만 그 집에서 흘러나오는 주황색 불빛은 퍽 따스해 보였다. 불빛은 사람들이 모여 선 앞마당까지 여릿한 빛을 드리우고 있었다. 그 불빛 속에서 젊은 여자는 진석의 아내에게, 너 미친 거 아니냐고, 왜 이 저녁에 남의 집을 제집 보듯 넘보느냐고, 삿대질을 해가며 나무라고 있었다. 진석의 아내는 별일 다 보겠다는 듯 고개를 쳐들고 젊은 여자를 향해 뭐라고 대거리를 했지만 말에 두서가 없었다.

순철은 뜻밖의 장소에서 만난 친구의 아내가 평소에 알던 모습이 아니었지만 분명 맞기도 해서 망설이다가 진석에게 전화부터 걸었다.

"제수씨 혹시 K아파트에 무슨 볼일 있나?"

진석은 난데없는 순철의 질문에 잠시 어리둥절했다. 진석이 집을 나설 때 아내는 두더지마냥 이불 속에 몸을 파묻고 일어나지 않았다. 아내가 왜 거기 가 있는 것인지 그로서도 알 수가 없었다. 순철은 진석의 어리둥절한 대꾸에 전화를 끊고 부리나케 그 집 앞으로 갔다. 진석의 아내는 순철을 보자마자 이제 살았다는 듯 답삭 매달렸다.

"순철 씨, 이 사람들 이상합니더. 남의 집에 살면서 자꾸 자기 집이라 하네예. 그러면서도 날 미친년이라니까 도대체 무슨 일인지 모르겠어예. 순철 씨가 말 좀 해주이소. 여기, 우리 집이라꼬…."

진석의 아내는 순철의 등장에 자못 의기양양해져서 자신을 쳐다보는 사람들을 같잖다는 듯 흘겨보았다. 그 눈길이 칼끝 같은 데 당황해서 순철은 서둘러 진석의 아내를 자신의 택시에 태웠다.

집에 가는 동안 그녀는 하염없이 창밖만 내다보았다. 순철이 말을 붙여보았지만 일절 대꾸가 없었다. 조금 전에 순철의 팔에 매달려 사람들을 흘겨보던 그 여자가 맞나 싶을 정도였다.

집에 돌아온 진석의 아내는 진석을 보자마자 쓰러졌다. 계절에 맞지도 않는 옷을 꺼내 입고 밖에서 제법 떨었을 텐데도 그녀의 몸은 방금 찜질방에서 나온 것처럼 뜨거웠다. 그녀는 진석의 가슴에 얼굴을 파묻고 대체 영문을 모르겠다는 듯 소리쳤다.

"여보, 우리 집에 다른 사람이 들어와 살더라. 어찌 된 거야? 응?"

그리고는 갑자기 고개를 쳐들고 방안을 두리번거리며 앙칼지게 내뱉었다. 죽여버릴 끼다! 요년들, 다 죽여버릴 거야! 정말 누군가를 죽이고 말 것처럼 증오가 서린 눈길이었다. 지금까지 그런 적은 없었다. 화영에 대한 얘기도 일절 꺼내지 않았다. 그 것이 더 염려스럽긴 했다. 내상은 눈에 보이지 않는 만큼 치료하기가 더 어려운 법이다. 그렇다고 앞에 칼이 있으면 당장 사람을 찔러버리고 말 것 같은 눈길도 예사롭지 않았다. 진석은 살집이라곤 느껴지지 않는 아내의 몸을 힘껏 껴안았다. 그렇게 하지 않고선 아득히, 끝도 없는 바닥을 향해 하염없이 떨어져 내리는 것 같은 두려움을 가눌 수가 없었다.

그 후, 아내의 가출은 시도 때도 없었다. 사라진 아내는 늘 옛 집 앞에서 발견되었다. 진석은 아내를 찾으러 갈 때마다 맨발로 뜨겁게 달궈진 철판 위를 걷는 기분이었다. 진석은 매번 자신에게 형벌을 내리는 심정으로 그 집 앞으로 갔다. 행인지 불행인지, 아내는 그 집에서 있었던 일들을 부분적으로만 기억하고 있었다. 모두 좋은 기억들뿐이었다. 그 기억 속에서 화영의 자리는 견고하고, 진석의 사업은 번창했으며, 생활은 윤택했다. 세 식구가 식탁에 둘러앉아 깔깔대던 날이 많기도 했다. 그러나 사실은, 그 집에 사는 동안 부부는 눈코 뜰 새 없이 바빴고, 세 식구가 한 식탁에 앉은 날은 손에 꼽을 정도였다. 화영은 늘 방문을 닫고 나오지 않았다.

그 집이 아내에게는 생에서 가장 행복했던 성채로 기억되어 있었고, 진석에게는 날카로운 비수로 목을 치는 단두대 같았다. 그 모순 앞에서 진석은 자주 진저리쳤다. 진석은 아내처럼 기억을 걸러낼 수가 없었다. 그것이 고통스러웠다. 그의 기억에는 그 집에서 겪었던 많은 일들이 뒤엉켜 있었다. 화영으로 인해 되살아난 학창시절의 기억도 한 번 떠오른 후 좀처럼 지워지지 않았다. 진석은 그 기억들을 선택할 수 있다면, 머리에 가득 찬 기억들을 다 쏟아버릴 수가 있다면, 머리뼈를 동그랗게 잘랐다가 다시 붙여도 좋다고 생각했다.

옛 기억은 어느 날 갑자기, 깊이 팬 살갗 사이로 내비친 뼈처

럼 흉측하게 모습을 드러냈다. 화영의 주검 앞이었다. 느닷없이
상만의 얼굴이 떠올랐을 때, 진석은 너무도 놀라서 비명을 지르
며 그 자리에 주저앉아버렸다. 사람들이 놀란 눈길로 그를 흘깃
거렸다. 진석은 식은땀을 흘리며 엉금엉금 기어 겨우 벽에 기대
앉았다. 한 번 떠오른 기억은 잘못 짠 치약처럼 비질비질 자꾸
기어 나왔다.

그 기억이 다시 떠올라 진석은 세차게 머리를 내저었다. 영곤
이 염려스러운 눈길로 진석을 돌아보았다. 그때, 진석의 휴대폰
이 울렸다. 애영이었다. 전화를 해보고 싶었지만 잠을 깨울 것
같아 참던 참이었다.

"오빠, 일찍 올 것 같더만은 늦네? 어디고?"

애영의 음성은 지쳐 있었다. 무언가 불길했다.

"인자 고성에서 가고 있다. 와? 무슨 일이 있나?"

"언니, 암만해도 또 입원시켜야겠다. 저녁에도 몇 번이나 옷
입고 나설라 해서 혼났다. 눈 좀 붙일라 하모 일어나서 설치니
까 인자 눈도 잠시 못 붙이겠네. 이때껏 실랑이하다가 좀 전에
겨우 잠들었다."

"미안하다. 고생 많았네. 그만 자라. 내 기다리지 말고…. 김
서방한테 미안해서 우짜노?"

"신경 쓰지 말고 천천히 와."

애영은 이제 울먹이지 않고도 아내에 대한 얘기를 할 정도
가 되었다. 진석도 담담하게 그 얘기를 들었다. 인간이 감내하

지 못할 고통이란 결국 없는 것이다. 그런데 아내가 가진 고통의 깊이는 어느 정도이기에 한사코 발 디딘 그곳을 외면하는가. 또 어떻게 아내를 설득해 병원으로 데려갈지 걱정이었다. 병원이 아내를 지켜줄지는 더더욱 알 수 없었다. 그나마 하지 않으면 아내를 잃어버릴까 염려가 되어 하는 짓일 뿐이었다.

진석은 차창을 활짝 열고 어둠 속에다 악다구니를 하고 싶은 마음을 겨우 가라앉혔다. 그동안 겪은 수많은 일들이 노름판의 헝클어놓은 화투짝처럼 어수선하게 지나갔다. 그것들을 가지런하게 다시 맞춰놓을 수 있다면 얼마나 좋을까 하는 생각을 또 했다.

"무슨 전환지 모르지만 기운 좀 내라."

영곤이 팔을 뻗어 진석의 어깨를 토닥이며 다정하게 말했다. 진석은 어쩐지 뭉클해져서 자신도 모르게 하다 만 이야기를 다시 꺼냈다.

"딸을 보낸 기 벌써 삼 년째다. 작은 새 같은 아이였는데… 열다섯 살이었어. … 난, 딸이 죽을 지경인 줄도 모르고 돈 버는 데 정신이 빠지서 돌아다닛다. 돈 그기 뭐라꼬…. 아는 스스로 죽음을 택할 때까지 암말도 안 했고… 그 후부터 아내는 정신병원을 들락거리고, 난 일을 못할 정도로 술에 취해 살았다. 결국은 다 까먹고 요 꼴이 됐지."

오랫동안 가슴에 묻어놓고 꺼내지 않았던 이야기였다. 그것을 다 늘어놓다니 참으로 이상한 밤이었다. 영곤의 굵은 눈썹이 연방 움찔거렸다. 이윽고 영곤이 입을 열었다.

"안 그래도 그동안 니 소식이 되게 궁금했다. 찾아볼까도 싶었는데, 내 꼬라지가 이러이 용기가 안 나더라. … 나도 그동안 니나 진배없이 살았다."

영곤이 어둠에 눈을 준 채 나지막이 말했다. 영곤은 이제 한 마리 성난 짐승처럼 날뛰던 소년이 아니었다. 세파에 시달린, 쉴을 바라보는 늙수그레한 사내일 뿐이었다. 영곤의 눈가에는 고단함이 푸른 달무리처럼 둥글게 자리 잡고 있었다. 진석 역시 그랬다. 밥벌이를 위해 밤길을 달리는 것은 그 어떤 일보다 피곤했다. 더구나 진석은 지금 뜨거운 불덩이를 안고 있는 기분이었다. 영곤을 알아본 순간, 옛일들이 한꺼번에 뒤집힌 강바닥처럼 그를 혼란 속으로 몰아넣은 것이다. 한 인간에게 새겨진 생의 자취는 지울 수 없는 문신처럼 또렷이 흔적을 남겼다. 다만 잠시 잊었을 뿐이다. 혹은 잊은 척했을 뿐이었다.

진석은 두려움 속에서 고해하듯 그간의 고통에 대해 영곤과 얘기하고 싶은 충동을 느꼈다. 뜻하지 않은 장소에서의 뜻하지 않은 만남이 오직 그 시간을 위해 있는 것만 같았다. 지금 아니면 영원히 기회가 없을지도 알 수 없다. 하지만 어떻게 그 오랜 이야기를 다시 꺼낼 수가 있을까.

진석은 영곤을 돌아보았다. 영곤은 무언가 골똘하게 생각에 잠겨 있었다. 그의 시선 너머에서 을씨년스러운 밤 풍경이 환한 헤드라이트 불빛 속으로 연신 다가왔다 멀어져갔다. 바람소리는 보채는 아이처럼 계속 따라붙었다. 묵묵히 앞만 바라보던 영곤이 별안간 얼굴을 거칠게 문지르더니 진석을 돌아보았다. 눈자위가 잘 익은 꽈리처럼 붉었다.

"어쩌다가… 참, 뭐라 말해야 할지…. 니나, 내나 와 이리 됐노?"

뜻밖의 자책이었다. 진석은 영곤을 돌아보고 자조하듯 흐흣, 웃었다. 우리가 아직 세상을 모르던 그때, 그러면서도 다 안다고 믿었던 그 치기 어린 시절에 진흙탕을 뒹굴었던 시간 때문이 아니겠느냐고 말하고 싶었다. 그 생각은 화영이 진석의 곁을 떠나던 날, 시퍼런 면도날처럼 날카롭게 그의 의식을 베고 지나갔다. 그때, 진석은 인간이 인간에게 얼마나 큰 고통을 줄 수 있는가를 사무치게 깨달았다. 어떤 고통도 직접 겪지 않으면 완전히 이해할 수 없다는 것도. 타인의 고통은 이해하는 것이 아니라, 그 고통을 이해하려고 노력할 수 있을 뿐이었다. 진석은 그제야 오래전에 그들을 용서한 한 남자의 고통과 슬픔이 얼마나 깊고 무거운 것인가를 알 것 같았다. 그의 용서는 고통의 무게가 가벼워서가 결코 아니었다. 초인적인 의지로 견뎌낸 결과였다.

진석은 할 수만 있다면 지금이라도 그 앞에 무릎을 꿇고 싶었다. 이제야 당신의 고통을 알겠다고, 그때 돌아서서 흘리던 당신의 눈물을 이제는 다 이해할 수 있다고 말하고 싶었다. 정작 성만을 볼 용기는 없었다. 그들로 인해 부서진 성만의 몸을 마주할 자신이 아직 없었다. 차라리 그때 성만 앞에서 무릎을 꿇을 기회가 있었다면 이렇지 않았을지도 몰랐다. 하지만 성만은 그들을 보지 않으려 했다. 죽을 것처럼 무섭다고 했다. 그후, 다시 만날 기회는 오지 않았다. 그렇게 시간은 흘렀고, 흘러가버린 시간을 되돌릴 수는 없었다. 화영도 그 시간에 떠밀려 멀어져갔다.

지방 공사가 많아져 아내와 함께 자주 돌아다닌 게 문제였다. 그동안 화영이 아득한 늪 속으로 빠져들고 있었던 것을 까맣게 몰랐다. 진석이 아내와 함께 돌아오는 늦은 밤에는 피곤해서 먼저 자니 깨우지 말라는 메모지가 방문에 붙어 있었다. 아침에는 그들이 화영의 아침을 차려놓고 지방 공사 때문에 일찍 나간다는 메모를 남겨놓았다. 그 몇 개월 사이에 무슨 일이 있었던가.

초등학교에서도 화영은 짝이 괴롭힌다며 울고 들어올 때가 가끔 있었다. 어릴 때부터 작은 일에 잘 놀라고 몸이 약하긴 해도 좀처럼 울지는 않는 아이였다. 얼마나 괴롭히면 우나 싶어서 아내는 화영의 짝을 불렀다. 앙큼하게 생긴 어린 여자아이는 자신이 한 일에 시침을 떼고 있었다. 아내는 아무것도 모른 척, 화영을 위해 그 아이에게 간식을 만들어주고 선물도 했다. 짝은 서서히 화영의 편이 되었다. 나중에 아내가 그때 왜 그렇게 우리 화영일 괴롭혔느냐고 물어보자 아이가 낯을 붉히며 말했다. 저도 잘 모르겠는데요, 이상하게 화영이는 그러고 싶게 만들어요. 금방 울 것 같이 생겼으니까 한 번 울려보고 싶은 거예요. 그런데 또 생각보다는 잘 안 우니까 약이 올라서 자꾸 집적거리게 돼요.

　그때, 진석은 화영이는 그러고 싶게 만든다는 아이의 말을 믿지 않았다. 그 아이의 잔인한 포획망에 약하고 순진하게 보이는 화영이가 걸려들었을 뿐이었다. 그들도 그랬다. 특히 영곤은 예민한 짐승처럼 정확하게 그것을 포착해냈다. 한 번 걸려들면 결코 벗어날 수가 없었다. 성만은 애초부터 그들의 과녁에 꽂힌 날개 잃은 곤충이었다. 유순한 웃음은 어린아이처럼 만만했고, 몽실몽실한 몸집은 부숴버리고픈 모래조각이었다. 애초의 가벼운 장난은 성만이 겁에 질릴수록 짓궂고 포악해졌다. 죄의식은 없었다. 모든 것은 오로지 덩치 값을 못하는 성만의 잘못일 뿐이었다.

　그 사실을 가슴에 새기고 있어야 했다. 중학교에 간 후에도 화영의 주변에 혹시 그런 아이들이 있는지 신경을 써야만 했다. 그런데 힘겹던 사업이 번창해져 아내가 상담을 맡으면서부터 신경 쓸 겨를이 없었다. 겉으로 보기엔 평온했고, 이따금 학교생활은 재미있느냐고 물으면 그렇다고 대답했다. 도대체 왜 그랬을까? 부모가 울타리이기보다 벽으로 느껴진 게 아니라면 그럴 수가 없었다. 그 사실이 야속하고 원통했다.

　무엇보다 억울한 것은, 화영이 아이들이 시키는 대로 다 하고도 마지막까지 핍박의 대상이었다는 것이다. 아이들은 화영의 마음을 들었다 놓았다 했다. 아이들은 점점 더 집요하고 잔인하게 화영을 괴롭혔다. 마지막엔 변기에 오줌을 눠놓고 화영의 얼굴을 몇 번씩이나 처박았다. 마침내 화영이가 오줌물이 뚝뚝 흐르는 얼굴로 울음을 터뜨리자 깔깔거리며 말했다. 다음엔 똥이야!

그 말을, 화영은 오랜만에 함께한 저녁식탁에 앉아 밥을 깨작거리다 불쑥 내뱉었다. 너, 방금 뭐랬는데? 아내가 생선살을 바르다 말고 놀라서 물었다. 진석은 식탁에 앉아 있긴 했지만 공사비 지급을 미루고 있는 거래처 사장을 어떻게 설득하나 궁리하고 있었다.

화영은 멀뚱하니 아내의 얼굴을 쳐다보았다. 그 얼굴이 발갛게 부풀어 있었다. 무언가로 심하게 문지른 듯한 얼굴에는 살갗이 벗겨진 곳도 있었다. 아내가 놀라서 손을 갖다 대자 화영이 따갑다며 손을 못 대게 했다. 야가 정말, 얼굴 피부가 얼마나 여린데 그래 무작스레 때를 민단 말이고? 그런다고 더 예뻐지나? 아내는 왜 그랬느냐고 묻기보다 먼저 단정 짓고 더 이상 물어보지 않았다. 화영은 말이 없었다. 묵묵히 앉아 밥과 국을 다 먹고 식탁에 물병과 물 컵을 갖다 놓은 후 방으로 들어갔다. 나름의 작별의식이었던 걸 그때는 알지 못했다.

다음 날 새벽, 화영은 아파트 옥상에서 뛰어내렸다. 열다섯 살이었다. 이따금 신문에 오르내리는 사건을 보면서 혀를 차던 일이었다. 화영이가 남긴 것은 무수하게 되풀이해서 쓴, 다음엔 똥이야! 라는 글자뿐이었다.

그 나이에 무슨 용기가 있어 그렇게 비참한 모습으로 떠날 생각을 했는지, 진석은 생각할 때마다 온몸이 으스러지는 것 같았다. 아내는 쓰러져 일어나지 못했다. 내, 이것들을 가만 안 둘끼다! 절대 용서 못 한다! 절대로 못 해!

진석은 화영의 깨어진 얼굴을 어루만지며 울부짖었다. 그때, 성만이가 떠올랐다. 잘못 날아온 야구공이 목구멍에 박힌 것 같았다. 숨을 쉴 수가 없었다. 성만의 얼굴을 떨쳐내려 눈을 감고 벽에 머리를 짓찧었지만 성만은 눈 속에, 머릿속에 들러붙어 떨어지지 않았다. 피범벅이 된 얼굴을 자꾸 디밀며 나도 그렇게 아팠다고 웅얼거렸다. 삼십 년 전 그날의 모습 그대로였다. 영곤은 성만의 팔을 비틀며 웃고 있었다. 진석도 성만의 다리를 짓밟고 서 있었다. 성만이 비명을 지르면 입 속에다 흙을 퍼 넣었다. 성만의 얼굴은 이미 피로 얼룩져 있었다. 그래도 한 번 시작된 폭행은 쉬 멈추지 않았다. 결국 성만이 커다란 몸을 가누지 못하고 쓰러지고 난 뒤에야 폭력은 그쳤다.

영곤이 쓰러진 성만의 엉덩이를 툭 차며 말했다. 새끼, 덩치만 컸지 순 맹물 아이가. 진석도 영곤을 따라 길가에 버려진 쓰레기봉지를 차듯 성만의 엉덩이를 두어 번 걷어차고 돌아섰다. 진석은 그 기억 때문에 다시는 화영을 보지 못했다. 차마 볼 수기 없었다.

만약 그 기억이 떠오르지 않았다면 진석은 아이들을 용서할 생각 같은 건 결코 하지 못했을 것이다. 아이들은, 진석과 영곤이 그랬듯, 잘못을 제대로 인식하지 못한 얼굴이었다. 그 얼굴로 그들은 잘못을 빌었다. 그 모습을 보면서 진석은, 자신이 그랬듯 그들도 진정 그것이 잘못인 줄 알았다면 그랬을 리가 없다고 생각하려 했다. 그러지 않고는 도저히 그들을 용서할 수가 없었다. 결정을 내리기까지의 번민은 이루 말할 수 없었다. 며칠 동안 가시덤불에 갇힌 것 같은 시간을 보내다가 어느 날 동이 틀 즈음에야 겨우 결심이 섰다. 오래전에 나쁜 소년을 용서한 사람이 있었듯, 진석도 화영을 죽음에 빠뜨린 아이들을 용서하고 싶었다. 그러자 성만의 아버지가 떠올랐다.

성만의 아버지는 며칠 동안 잠을 자지 못한 부스스한 얼굴로 무릎을 꿇은 진석과 영곤에게 말했다.

"내 아이가 잘못되었다고 너희들 인생까지 망가져야 한다고 생각지는 않는다. 그렇다고 내 아들은 저리 되었는데, 너희들이 잘 살아갈 걸 생각하면서 괴롭지 않은 것도 아니었다. 더 솔직히 말하면… 나는, 너희들을, 내 아들이 당한 것만큼 괴롭혀서 그 고통이 어떤지를 느끼게 하고 싶다. … 하지만 원망을 접어야겠다. … 이 마음을 갖기까지 내가 얼마나 괴로웠는지 너희들은 짐작도 하지 못할 것이야. 앞으로 그것을 잊지 말고, 열심히 공부하고, 사람 괴롭히지 말고 살아라. 너희들은 성만이를 잊으면 안 된다. 절대로…."

진석은 그때, 성만이가 청력을 잃고 다리를 절게 되었다는 말을 들었지만 믿지 않았다. 반에서 가장 큰 체격인데 그 정도 맞았다고 그리 될 리가 없다고 생각했다. 진단서는 얼마든지 허위로 끊을 수도 있는 것이다. 진석과 영곤의 부모들이 그렇게 말했다. 성만의 아버지가 과장했다고, 아마도 합의금을 바랐을 거라고도 했다. 그렇지 않고선 성만의 아버지가 그들을 용서할 리가 없다고 다들 생각했던 것이다.

성만은 그 후 학교에 나오지 않았다. 진석과 영곤은 한참 후에야 성만의 아버지 말이 사실이란 걸 알았다. 아무리 많은 합의금도 성만의 인생을 되돌려놓을 수 없다는 것도 알았다. 비로소 죄책감이 몰려왔다. 착하고 순진한 급우의 인생을 망쳐놓았다는 자각이, 불길이 치솟기 전의 검은 연기처럼 그들의 마음을 뒤덮었다. 진석과 영곤은 눈길을 마주치는 게 불편했다. 그들은 차츰 서로를 피했다. 마침내 고등학교 진학이 얼마 남지 않았을 무렵이었다. 우리 좀 바쁘겠제? 대학 가모 보까? 진석이 하려던 말을 영곤이 먼저 했다. 진석은 흔쾌히 그 말에 동조했다. 그들은 각각 다른 고등학교로 진학했다. 진석은 영곤과 같은 학교에 배치되지 않은 것을 다행으로 생각했다. 영곤도 마찬가지였다. 그들은 서로의 얼굴을 보면서 자신이 어떤 짓을 저질렀는지 두고두고 확인하는 일 따위는 겪고 싶지 않았다.

그 후, 그 일은 빠르게 잊혀졌다. 장난감을 갖고 놀던 아이가 돌아서면 그 기억을 잊어버리듯 다 잊어버렸다. 가끔씩 고요히 가라앉아 있던 흙탕물이 뒤집히듯 떠오를 때도 있었지만 무의식 속에서 그것은 잊어야 할 일로 처리되었다.

진석이 그 일을 떠올리고 아이들을 용서해주자는 말을 아내에게 했을 때, 진석의 아내는 성난 암고양이처럼 눈에 불을 켰다. 차마 마주 볼 수가 없을 정도였다. 난 못 해! 난 못 해! 절대로 못 해! 아내는 진석의 옷깃을 움켜쥐고 울부짖었다. 용서가 그렇게 쉬워? 어떻게 그런 말을 그렇게 쉽게 입에 담을 수가 있노? 당신이 성인군자가? 난 억울해서 못 한다! 안 할 거라고!

진석은 아내를 설득하려 애쓰면서도, 자신도 누군가에게 철없이 그랬던 적이 있다는 고백을 차마 할 수가 없었다. 딸을 희생양으로 삼아 자신의 죄과를 씻고 싶어 하는 것은 아닌가 싶어 더욱 그랬다.

결국 아내는 진석의 뜻에 따랐다. 그 후, 그 일에 대해선 무너진 성벽처럼 다시 입을 열지 않았다. 차라리 그때 아내의 뜻에 따랐다면, 자신의 잘못을 말했다면, 아내가 병원을 들락거리거나 아내를 잃을까 염려하는 일이 생기지 않았을까. 생각할 때마다 진석은 커다란 대못 하나가 가슴 깊숙이 파고드는 것 같았다.

"진석아."

영곤이 물속으로 가라앉는 것 같은 목소리로 진석을 불렀다. 고개를 돌리자 걸핏하면 아이들을 구석에 몰아놓고 두들겨 패던 영곤이 앉아 있었다. 내키지 않으면서도 지기 싫어서 영곤을 따라하던 진석도 있었다.

진석은 신음을 뱉으며 고개를 마구 내흔들었다. 영곤이 뜨악한 눈길로 진석을 쳐다보았다. 눈가의 깊은 주름 때문인지 그 얼굴이 하염없이 쓸쓸하고 우울해 보였다. 잠시 후, 영곤이 나직하고 굵은 목소리로 혼잣말처럼 내뱉었다.

"진석아… 우리, 세상 모르고 까불던 때가 있었제?"

진석은 쩍 소리를 내며 갈라지는 것 같은 가슴을 어루만지며 영곤의 말을 되뇌었다.

"까불던 때?"

"그래, 까불던 때…. 재수 없이 성만이가 걸려들었지."

진석은 눈을 꾹 감았다가 떴다. 환영 같은 기억이 재빨리 뇌리를 스쳤다. 땅바닥에 빗물처럼 괴던 피, 부러진 나무 방망이, 칼로 헤집어놓은 듯 찢어진 살갗, 부풀어 오른 얼굴. 그 모습으로 성만은 한동안 꿇어앉아 있었다. 그리고 다시 한 번 당한 발길질에 쓰러졌다.

안 돼! 진석은 필사적으로 소리쳤다. 왜 그래? 무슨 일이야? 영곤이 놀라 브레이크를 잡았다가 놓으며 속력을 줄여 차를 갓길로 재빨리 뺐다.

영곤은 놀란 마음이 가라앉지 않은 듯 운전대를 잡고 심호흡을 했다. 진석은 차 문을 소리 나게 닫고 허둥지둥 밖으로 뛰쳐나왔다. 찬바람이 거친 손바닥처럼 그의 뺨을 훑고 지나갔다. 영곤이 따라 나와 진석의 곁에 섰다.

진석은 찬 공기를 깊이 들이마시며 차가운 어둠을 쏘아보았다. 과속으로 달리던 트럭이 빠앙 경적을 울리며 쏜살같이 멀어져갔다. 영곤이 옷 속을 파고드는 바람에 어깨를 웅크리며 담배를 꺼내 진석에게 내밀었다. 진석은 거친 손길로 그것을 뿌리치고 영곤을 마주보았다.

"영곤아, 지금이라도 우리, 말 똑바로 하자. 그건, 성만이가 재수 없이 걸리든 기 아이고, 우리가 성만이를 찍었던 거다! 니하고 내가, 날마다 성만이를 넘어뜨리고, 날마다 짓뭉갰다 말이다! 그때 우리는, 성만이를 성만이가 아니고, 하나의 물건이나 똥자루로 취급했다! 한 번도, 성만이가 얼마나 아팠을지는 생각도 안 해보고…. 얼마나 아팠을 낀데… 그러니까… 그건 성만이가 재수 없었던 기 아이고, 우리가 잘못한 거란 말이다!"

진석의 외침에 어둠 속을 바라보고 선 영곤의 얼굴이 호두껍질처럼 단단해졌다. 영곤의 손가락 끝에서 담뱃불이 하염없이 타들어갔다. 진석은 영곤을 향해 말하고 싶었다. 성만에게 가자. 가서 지금이라도 용서를 빌자. 그런데 말이 나오지 않았다. 성만의 얼굴을 볼 용기가 여전히 나지 않았다. 시간이 너무 많이 흘러버린 것인지도 알 수 없었고, 너무 갑자기 영곤을 만난 탓일 수도 있었다. 찬바람이 그들의 희끗한 머리카락을 들쑤시고 지나갔다.

얼마 후, 영곤이 한 모금도 피우지 못한 담배를 바닥에 비벼 끄고는 진석을 불렀다. 고개를 숙인 채였다. 진석은 마른 혓바닥으로 입술을 핥으며 영곤을 노려보았다.

"…성만이 작년에 갔다. … 몇 년 전에 택시조합에서 요양원에 봉사활동을 갔는데, 거 있더라. … 못 알아보더라. … 듣지도 못하고… 걷지도 못하더라. … 차마 내라는 걸 밝힐 용기가 없어서 모르게 몇 년 도왔다. … 그 자식, 내 평생 빚이었다. … 가버렸는데도 그 자식 여전히… 내 맘에… 무덤이 돼서 들어앉아 있다."

　진석은 영곤의 주름 깊은 얼굴을 멀거니 바라보았다. 왜 그토록 성만을 괴롭힌 것인지 아무리 생각해봐도 알 수가 없었다. 성만이 겁에 질려 그들을 훔쳐보던 눈길이 또렷하게 되살아났다. 화영의 얼굴이 그 위로 겹쳤다. 차디찬 어둠 속에서 진석은 무릎을 꿇었다. 진석의 어깨가 오열로 들썩거릴 즈음, 멀리서 달려오던 두 개의 불빛이 주름진 두 사람의 얼굴을 차갑게 스치고 지나갔다.

수원 보호 구역

나는 얼마 전부터 혼자 호수를 찾아오는 처녀를 눈여겨보고 있다. 처녀는 해가 기울 즈음 인적이 거의 끊어진 시간에 그림자처럼 슬며시 나타난다. 타박타박 걸음을 옮겨놓는 처녀는 언제나 가시시한 얼굴에 감색과 분홍색이 뒤섞인 낡은 운동복 차림이다. 처녀는 올 때마다 내 뒷등에서 비스듬하게 보이는 넙데데한 바위 위에 되똑하게 올라앉는다. 그리고는 무릎을 세우고, 그 무릎을 양팔로 싸안고는 마냥 호수를 바라본다. 무슨 생각을 하는 것인지 궁금하지만 알 수는 없다. 어쩌면 그저 노을에 물드는 저녁호수를 바라보고 있는 것인지도 모른다. 해 질 무렵의 호수는 애조 띤 노랫가락처럼 보는 이의 마음을 쓰다듬는 데가 있으니까.

　처녀는 이따금 내가 있는 언덕 쪽을 흘깃 돌아보기도 한다. 마치 내가 숨어서 보고 있는 것을 알기라도 하는 듯. 그럴 때면 나는 제풀에 놀라 얼른 나무 뒤로 숨다가 혼자 시부저기 웃고

만다. 처녀가 나를 알 리는 도대체 없다는 것을 그제야 깨닫는 까닭이다.

지금도 처녀는 황금빛으로 물든 호수를 하염없이 바라보고 있다. 해는 좀 전에 져버렸다. 서산에 걸려 있던 해가 마침내 꼴깍 넘어가자 처녀는 쥐고 있던 것을 놓쳐버린 사람처럼 짧게 탄식을 내뱉었다. 그리고는 사위스런 눈길로 사방을 휘둘러보았다. 그 모습이 다른 때보다 불안해 보여 여간 마음이 쓰이지 않는다. 곁에 가서 자세히 기색을 살피고 싶지만 애써 참는다. 산 자에 대한 죽은 자의 관심은 자칫 위험하다. 나는 언제나 이쯤에서 처녀의 여릿한 옆모습, 안타까울 정도로 느릿하게 떼어놓는 발걸음, 간간이 한숨을 내쉬는 뒷모습에 깃든 고단함을 지켜볼 뿐이다. 처녀는 아내를 닮, 았, 다.

처녀 외의 많은 사람들은 대개 주말에 몰려온다. 그런 날에는 바람에 쉴 새 없이 팔랑이는 바람개비처럼 고달프다. 오늘도 아침부터 많은 사람들이 다녀갔다. 하루 종일 줄을 지어 지나가는 사람들로 인해 잠시도 쉴 틈이 없었다. 그들은 사당패처럼 요란하고 선머슴처럼 무례했다. 무엇보다 내 침소를 밟고 지나가는 사람들 때문에 괴로웠다. 물론 내 묏등은 그런 대접밖에 받지 못할 정도로 제대로 된 모습을 갖추지 못했다. 애초에 허겁지겁 만든 흙무덤이어서 흐르는 세월과 함께 무너져버렸다. 그래도 가끔은 무덤이란 걸 알아보고 비켜가는 사람들이 있어

고맙다. 하지만 대부분의 사람들은 제 집 마당 휘젓듯 남의 잠자리를 마구발방 밟고 지나간다. 그것까지는 그나마 견딜 수가 있다. 다 무너져 밋밋해진 무덤을 못 알아본다고 탓할 수는 없는 일이다. 그런데 과일껍질이나 휴지 담배꽁초 따위를 내버리거나, 내 묏등 뒤 전나무 아래 오줌을 내갈기는 짓은 참을 수가 없다. 그럴 때면 나는 부주의하기 짝이 없는 사람들의 뒤를 졸졸 따라가 운동화 끈을 풀어버리거나, 모자를 날려버리거나, 옷깃을 잡아당기거나 하며 심술을 부린다. 그래도 사람들은 그 의미를 알지 못한다. 좀 뜨악해하긴 하지만 우연히 생긴 일이겠거니 하고 무심히 넘긴다. 어쩌다 목덜미를 쓰다듬으며 게궂은 눈길로 사방을 두리번거리는 사람들도 있지만 그때쯤 나는 이미 내 자리로 돌아와 있다. 설혹 내가 그 곁에 바싹 붙어 있다 할지라도 그들은 결코 날 알아채지 못할 것이다. 세상에는 그들이 알 수 없는 세상이 있고, 그곳에 또 다른 존재가 있다는 것을 깨닫는 건 그리 쉬운 일이 아니다.

처녀가 마침내 일어선다. 나는 겨우 안도한다. 머잖아 어둠이 내리고 호수의 물빛도 짙어질 것이어서 내심 마음이 죄었다. 숲속은 일찍 해가 지는 만큼 어둠도 빨리 내린다. 빛이 완전히 사라지면 이곳은 돌연 아름다움을 잃고 음험한 기운을 내뿜는다. 그 속에 누군가 혼자 있으면 나도 모르게 가까이 가고 싶어진다. 나의 접근은 사람들에게 이따금 치명적이다. 사랑하는 만큼 거리를 두는 것. 그것이 나의 사랑법이다.

뒤늦게 숲을 한 바퀴 돌아 나오던 중년부부가 혼자 터덜터덜 걸어가는 처녀를 호기심 어린 눈길로 흘깃거린다. 처녀의 눈가에는 또 눈물이 맺혀 있을 것이다. 처녀는 이따금 눈물이 덜 마른 얼굴로 돌아간다. 오늘은 무엇이 또 그녀를 울게 하는가. 이럴 때 나는 햇빛 속을 자유롭게 날아다니는 나비나 잠자리가 아닌 것이, 하나의 홀씨나 나뭇잎이 될 수 없는 것이 유감스럽다. 그러면 처녀의 몸에 슬쩍 묻어 가 작은 위안이라도 될 수 있을는지…. 나는 시야에서 차츰 멀어지는 처녀를 안타까이 쳐다본다.

이곳에 사람이 드나들게 된 것은 지난 가을부터다. 그동안에도 '출입금지구역'이라는 경고를 무시하고 드나든 사람들이 있긴 했다. 약초를 찾아다니는 장사꾼이거나 나무 그늘 아래서 잠시 눈을 붙이려는 사람, 더러 밀회를 즐기는 연인들도 있었다. 그보다 더 오래전에는 호수에 사는 물고기와 숲에 살던 꿩, 토끼, 고라니 등을 잡아가는 사람들도 들락거렸다. 수년 전부터는 그런 일들도 다 없어졌다. 산 가운데가 뻥 뚫려 도로가 생기면서부터 밤낮 없이 지축을 흔들어대는 차 소리를 견디지 못한 숲의 친구들이 모두 떠났기 때문이다. 건너편 산으로 가기 위해 차도를 건너다 목숨을 잃은 녀석들도 한둘이 아니다. 그 후, 이곳은 오랫동안 버려진 장원(莊園)처럼 적막감이 감돌았다. 들려오는 소리라곤 호수의 물고기가 수면을 박차고 뛰어오르

는 소리, 나뭇잎이 토끼방석풀 위에 떨어지는 소리, 나무가 수
액을 빨아올리는 소리, 꽃이 벙글고 지는 소리, 청설모가 나무
껍질을 갉아대는 소리뿐이었다. 나는 그 은밀한 소요 속에서 셀
수 없이 많은 시간을 홀로 보냈다. 그런데 지난 초가을 어느 오
후, 네 명의 사내가 긴 세월 닫혀 있던 녹슨 철문을 밀고 들어서
면서 기나긴 유폐의 시간도 끝나버렸다.

그날, 나는 무덤가에 비스듬히 기대앉아 호수에 이는 잔물결
을 하릴없이 바라보고 있었다. 숲은 가을을 맞기 위해 건기의
시간을 보내고 있었지만 한낮의 태양은 아직 뜨거웠다. 할 수만
있다면 호수로 뛰어들어 한바탕 물장구를 치고 싶은 날이었다.
멀리서 들려오는 차 소리도 그날은 조용했다. 그 적막을 뚫고
느닷없이 사람의 말소리가 두런두런 들려온 것은 그 어느 즈음
이었다. 나는 생전의 습관대로 고개를 길게 빼고 소리가 들려온
쪽을 살펴보았다. 네 명의 사내가 울창한 숲 사이로 흔적만 남
은 오솔길을 더듬어 걸어오고 있었다. 나는 벌떡 일어섰다. 갑
자기 나타난 사람의 무리는 반갑고도 의아했다. 그들은 끊임없
이 무슨 얘긴가를 주고받았다. 귀를 기울였지만 오랜만에 듣는
사람의 소리는 아득해서 잘 알아들을 수가 없었다. 사내들은
내 쪽으로 점점 가까워졌다. 융통성이라곤 없이 자신의 생각만
고집할 것 같이 생긴 얼굴들이었다. 아무래도 관공서에 근무하
는 사람들 같았다. 예나 지금이나 나랏밥을 먹는 이들의 모습
은 어딘가 틀에 박힌 구석이 있었다. 나는 알 수 없는 불길함에

미간을 모으고 그들을 굽어보았다.

사내들은 소풍 가는 아이들처럼 떠들어대며 내가 있는 곳까지 올라왔다. 그리고는 호수를 향해 돌아서더니 비명 같은 탄성을 내질렀다. 울창한 숲으로 둘러싸인 호수의 정경은 보는 순간 사람의 마음을 흔들어놓는 데가 있었다. 이곳에서 오랜 세월을 보낸 나도 가끔씩 놀라곤 했다. 그야말로 비경이란 말 외는 적당한 표현이 없는 풍경이었다. 사시사철 잔잔한 호수의 수면에는 우뚝 솟은 산과 푸른 하늘과 새하얀 구름 떼가 한 폭의 산수화마냥 고요히 떠 있었다. 그것을 오래 들여다보고 있으면 물속에 잠긴 풍경이 꿈틀거리며 내게 손짓하는 것만 같았다. 그럴 때면 먼 기억이 한꺼번에 달려와 내 의식을 흔들어놓았다. 나는 그 기억 속에서 고통과 그리움을 함께 느꼈다.

호수 바닥에는 오래전 내가 살던 마을이 수장되어 있었다. 삼십 년 가까이 가족과 함께했던 애옥살이 집이, 정든 이웃의 오두막들이, 집과 집을 이어주던 고샅길이 옛 모습 그대로, 다시는 깨어날 수 없는 잠에 빠져 있었다. 에밀레종이 어린 여식의 몸을 제물로 하여 아름다운 소리를 내게 되었다는 전설을 가졌듯, 호수도 내가 살던 마을을 제물로 삼아 비경을 간직하게 된 것인지도 알 수 없었다.

그것은 어느 날 갑자기 찾아온 일본인들로 인해 시작되었다. 그때도 네 사람이었다. 거기에 생각이 미치자 갑자기 나타난 네 사내가 더없이 불길하게 느껴졌다. 나는 마음을 죄며 사내들의 얘기에 바짝 귀를 기울였다.

사내들은 자못 상기된 얼굴로 이 정도면 전국에서 가장 아름 다운 유원지를 만들 수 있겠다고 했다. 이 멋있는 풍경을 이대 로 두는 건 자연에 대한 모욕이라고도 했다. 그들은 무언가 또 다른 계획을 갖고 온 게 분명했다. 더럭 불안해졌다. 나는 더는 어떤 일도 이 호숫가에서 일어나기를 원치 않았다. 그들은 쉬지 않고 얘기를 주고받았다. 주로 이곳의 풍경에 대한 상찬이었다. 그중 한 젊은 사내만이 굳게 입을 다물고 있었다.

나는 쓴웃음을 지었다. 그것은 이곳이 호수가 되기 전에 얼마 나 더 아름다웠는지 몰라서 하는 소리였다. 오죽하면 동네 이 름이 신선이 노는 동네, 선유동이었을까. 선유동. 그것이 내가 살던 동네의 이름이었다. 그 이름을 떠올리자 오랫동안 잊고 있 었던 옛 기억들이 아우성치며 솟아올랐다. 다시 가볼 수 없고 되살릴 수도 없는 고향의 기억을 되새기는 일은 고통스러웠다. 가진 것은 없어도 아름다운 산과 들처럼 양순하던 사람들. 쌀 한 줌, 감자 한 알도 아꼈다가 기꺼이 나눠 먹던 사람들. 봄이면 꽃향기 속에서, 겨울이면 얼음을 지치는 아이들의 명랑한 웃음 소리 속에서 근심조차 가벼워지던 마을…. 그것은 이제 이곳에 뿌리를 내리고 살다 떠난 사람들이나 간직하고 있을 기억이었 다. 그마저도 몇 사람이나 살아 되새기고 있을지….

사내들의 대화는 점점 더 구체적으로 흘러갔다. 호숫가를 빙 둘러 산책로를 만들고, 군데군데 쉼터도 만들고, 꽃나무를 심고, 운동기구를 갖다놓고…. 많은 계획을 말했지만 하나같이 쓰잘데없는 것들이었다. 아무래도 숲에서의 내 영면(永眠)이 위태로워질 조짐이었다. 그래도 나는 이곳을 떠날 수 없었다. 곧 오겠던 나의 가족은 아직 오지 않았다. 그들을 기다려야만 했다. 그것이 내가 이 언덕에서 긴 세월을 머물고 있는 이유였다.

나는 엄습하는 불길함 속에서 젊은 사내에게 눈길을 주었다. 그는 무언가 못마땅한 눈길로 사내들의 대화를 귓등으로 들으며 숲을 살펴보고 있었다. 그의 눈길은 이따금 허공을 향하기도 하고, 호수에 이는 잔물결을 따라 흔들리기도 했다. 나는 홀로 묵묵히 생각에 잠겨 있는 그가 마음에 들었다. 하지만 사내들은 그를 가만두지 않았다.

"자넨 마치 우리와 다른 업무로 이곳에 온 것 같군. 아직도 처음 생각 그대로인가?"

"네, 거듭 말하지만, 통제구역을 해제해서 사람들이 드나들게 하는 건 신중을 기해야 할 일입니다. 여긴, 아직 수원보호구역입니다. 한 번 개방해버리면 다시 폐쇄하기도 어려운 걸 어째서 이렇게 쉽게 결정하는 건지 이해할 수가 없습니다. 이 문제에 대해 좀 더 충분히 논의를 해야 한다고 생각합니다."

세 사내가 떨떠름한 표정으로 그를 쳐다보았다. 키가 후리후리한 사내가 냉소 어린 얼굴로 그를 쏘아보다가 타이르듯 말했다.

"자네 말이 틀린 건 아니지. 하지만 이런 장소를 보존만 하자는 것도 웃기는 얘기야. 생각해 봐. 여기는 비용을 얼마 들이지 않고도 시민들에게 휴식을 제공할 수 있는 장소야. 이 얼마나 멋진 일이냐 말야. 그런데 보존만 하자고? 자넨, 이런 델 개방하는 것을 무조건 자연훼손이라고 생각하는 모양인데 너무 꽉 막힌 생각이야."

"그러엄. 사람이 드나들면 망가질 거라는 건 기우야. 이제 우리 시민들도 그 정도 의식은 된다고. 오히려 관리를 어떻게 하느냐에 따라 일석이조의 효과를 볼 수가 있지. 도랑 치고 가재 잡고 뭐, 이런 식으로 운용될 가능성이 높은 장소란 말이지. 요새 각 지자체별로 관광거리를 못 만들어 눈이 시뻘건데, 이런 비경을 그냥 묵히자는 건 말도 안 되는 소리야."

작달막한 키에 밤볼이 커다랗게 진 사내가 연신 고개를 주억거리며 맞장구쳤다. 젊은 사내가 이맛살을 찌푸리며 고개를 가로저었다. 얼굴이 자못 비장했다.

"아무리 그래도 보존할 건 보존해야지요. 이번 일은 너무 근시안적으로 결정했습니다. 이곳이 아직 이런 비경을 간직하고, 우리가 안심하고 물을 공급받을 수 있는 것도 오랫동안 사람의 출입을 통제한 결과입니다. 그런데 지금 눈앞의 이익 때문에 통제를 해제한 후에 무슨 일이 생기면 어떡할 겁니까? 그땐, 오늘의 이 논의가 얼마나 잘못된 건지 후회해봐야 소용없습니다. 자연은 자연 그대로일 때 가장 아름답고 가치 있습니다. 우리가 누리는 혜택도 그 안에서 찾아야 합니다."

그의 말은 간곡했지만 누구도 그의 말에 귀 기울이지 않았다. 조소 띤 눈길로 제각각 다른 곳을 보고 있을 뿐이었다. 미간을 찌푸린 채 잠자코 듣고만 있던 안경 낀 사내가 그의 말을 받았다.

"자넨 언제나 지나치게 원론적이야. 아마도 자네는, 이 세상 모든 걸 그대로 내버려둬야 직성이 풀릴 거야. 그렇기만 하면 세상은 어떻게 발전하나? 때론 모험을 해야 신세계를 경험할 수 있는 거야."

"문제는, 그 경험이 우리에게 늘 유익하기만 한가 하는 것입니다."

그는 성에가 낀 듯한 목소리로 단호하게 대꾸했다. 안경 낀 사내가 심지 돋운 눈길로 그를 노려보았다. 갈고리 같은 세 사내의 눈길이 싸늘하게 그를 훑고 지나갔다. 하지만 그는 이미 그런 눈길쯤 익숙하다는 듯 담담했다. 세 사내가 불쾌한 눈길을 서로 주고받더니 고개를 가로저으며 호수 쪽으로 돌아섰다.

나는 사내들을 보면서 오래전 마을에 나타났던 일본인 관리들을 떠올렸다. 그들은 아래 위, 다섯 마을을 수몰하여 댐을 만든다는 불길한 소문과 함께 왔다. 소문은 쉬 깨어날 수 없는 악몽처럼 우리를 괴롭혔다. 그들이 나타나자, 마을 사람들은 소문의 진위를 확인하기 위해 그들 뒤를 따라다녔다. 그들은 우리의 애타는 심정은 아랑곳없이 동네를 다 돌고 지세를 샅샅이 살핀 후에야 성가신 기색으로 우리를 돌아보았다. 그중 우두머리인 듯한 사내가 뾰족한 턱을 들썩거리며 말했다.

"소문은 사실이다. 댐 건설 계획은 진행 중이고, 현장조사가 끝나면 바로 시작될 것이다. 이 사업이 완성되면 조선인들은 만성적인 물 부족에서 벗어나게 될 것이다. 이번 계획은 국가적 사업이므로 어떤 이의도 용납되지 않는다. 대의를 위해 하는 일이므로 보상 같은 건 없다. 하루빨리 미련을 버리고 이곳을 떠나, 살 곳을 찾는 것이 좋을 것이다."

무자비하기 짝이 없는 통고였다. 그 말을, 그들은 너무나 태연하고 대수롭잖은 듯이 했다. 우리로선 더할 수 없이 잔인한 계획이 우리도 모르는 사이에 완성되었다는 것은 충격이었다. 대책도 보상도 없다는 말은 더욱 경악스러웠다. 그들에게 우리의 목숨 따위는 아무래도 좋았다. 입으로는 조선인의 삶을 말하지만 실은 그들의 윤택한 삶을 도모한 것이었다. 나는 치를 떨며 주먹을 부르쥐었다. 누군가를 향해 살의를 느껴보기는 그때가 처음이었다. 조상 대대로 살던 땅에서 빈손으로 쫓겨나는 일보다 더 억울하고 무서운 일은 없었다.

우리는 하루아침에 겨울 마당에 뒹구는 낙엽 같은 신세가 되어 수없이 대책을 논의했지만 별 뾰족한 수가 없었다. 군에 진정서를 올렸지만 답은 오지 않았다. 하루하루 피를 말리는 것 같은 시간이 지나갔다. 말은 그래도 설마 빈손으로 내쫓으랴 했지만 들리는 소문은 흉흉했다.

윗마을 청년은 토지조사를 나온 군 직원에게 항의하다 주재

소에 끌려갔다 온 후 두 다리를 못 쓰게 되었고, 살려달라 매달리던 아랫마을 노인은 그 자리에서 목숨을 잃었다고 했다. 나는 생각했다. 나라 없이 사는 것도 원통한데 살던 땅에서까지 쫓겨나야 한다면 차라리 죽어야 하리라고, 사람을 위해 한다는 일이 사람을 죽이고야 가능하다면 차라리 하지 않아야 하는 것이라고.

나는 삶을 송두리째 흔드는 위기 앞에서 난생처음 용기를 내었다. 세상일을 모르는 무지렁이였지만 아무것도 두렵지 않았다. 아내는 제발 가만있으라고, 나섰다가 잘못되기라도 하면 남은 식구는 어떡하느냐며 눈물로 나를 말렸다. 나는 아내의 간절한 손길을 매정하게 뿌리쳤다. 다 함께 궐기하여 우리의 주장을 펼치는 데 앞장서는 것만이 사나이로서 할 일이라 생각했다. 내가 앞장서자 마을 사람들이 기다렸다는 듯 따라나섰다.

우리는 군에서 재조사 나오는 날을 잡아 한 마을에 모였다. 일본 관리들 앞에서 우리를 앉아서 죽게 하지 말고 살아서 떠나게 해달라고, 우리를 살던 땅에 그대로 두라고 소리 높여 외쳤다. 앞날을 알 수 없어 불안한 사람들의 함성이 골짜기마다 메아리쳤다. 의외로 격렬한 저항에 일본놈들의 얼굴은 흙빛이 되었다. 그들은 고개를 끄덕이며 우리의 말을 귀담아 듣는 척했다. 우리는 희망을 가졌다. 하지만 그들은 일본 순사들을 불러들였다.

얼마 후, 총을 든 일본 순사들이 삽시간에 우리를 에워쌌다.

그들은 우리에게 총부리를 겨누며 해산을 명령했다. 나는 더욱 머리를 빳빳이 쳐들고 우리에게 살 길을 줘야만 물러나겠다고 항변했다. 우리를 빈손으로 이 땅에서 몰아낼 양이면 차라리 다 죽이라고 소리쳤다. 우리를 살게 해달라는 절규는 푸른 하늘에 피를 뿌리듯 처절했다.

사람들의 빗발치는 아우성 속에 갑자기 총성이 울렸다. 곁에서 함께 목청을 높이던 칠구가 외마디 비명을 지르며 쓰러졌다. 얼굴을 싸쥐고 쓰러진 그의 턱 아래로 피에 젖은 커다란 눈알이 데룽거렸다. 겁에 질린 칠구의 눈이 피에 젖어 우리를 보고 있었다. 사람들이 비명을 지르며 뒷걸음질쳤다. 나는 총을 쏜 일본 순사 앞으로 달려갔다. 왜 이래? 우리가 뭘 잘못했다고 이러는 거냐! 우리는 단지 살고 싶을 뿐이란 말이다! 빠가야로! 순간, 고막을 찢는 총소리가 뜨겁게 귓전을 갈라놓았다. 통증도 없이 나른한 느낌이 전신을 휘감았다. 나는 힘없이 무릎을 꿇었다. 순간, 사람들의 비명과 총소리, 바람소리가 아득히 멀어졌다. 나는 어디론가 하염없이 떨어져 내렸다. 얼마 지나지 않아 나를 부여안고 통곡하는 어머니와 아내가 보였다. 아내의 등에는 남이가 짐짝처럼 매달려 팔다리를 버둥거리며 울고 있었다. 그들을 향해 손을 내밀었지만 아무도 내 손을 잡아주지 않았다. 무릎을 꿇는 순간, 나는 그들과 다른 세계에 속한 존재가 돼버린 것이다.

그로부터 오랜 세월이 흘렀다. 나는 그 시간을 다 헤아리지 못한다. 그저 바람이 불면 부는가, 비가 오면 오는가 하며 세월을 흘려보냈다. 하지만 어떤 기억은 잊히지 않고 영혼에 뿌리를 내리는 모양이다. 옛 기억이 때때로 어제 일처럼 생생하게 떠오른다. 그런데 또 이곳에 무슨 일이 생기려는가. 무엇이 내 남루한 안식처마저 위협하려 하는가. 두려움이 밀려왔다. 나는 또다시 내 영토를 빼앗기고 싶지 않았다. 나는 불현듯 그들을 향해 소리를 지르기 시작했다. 제발 더는 손대지 마! 모든 걸 지금 이대로 가만히 내버려둬! 제발 가만 내버려두라구!

그때나 지금이나 목청껏 소리를 지르는 것만이 내가 할 수 있는 유일한 항거였다. 채찍을 휘두르는 것 같은 바람소리가 숲을 뒤흔들었다. 나뭇가지들이 거칠게 몸부림쳤다. 숲은 한순간 바람소리로 가득 찼다. 사내들이 놀란 눈길로 서로를 쳐다보았다. 젊은 사내만이 느닷없이 불어온 바람의 의미가 못내 궁금하다는 듯 높은 나무 우듬지를 아득한 눈길로 더듬고 있었다. 그 눈길에는 이루지 못한 소망에 대한 간절함이 어려 있었다. 그 눈길이 내 날 선 마음을 위무했다. 사내들 속에 그가 있다는 것이 그나마 다행스러웠다. 나는 마음을 누그러뜨렸다. 바람이 서서히 잦아들었다. 사내들이 느닷없이 불어 닥친 사위스런 바람에 꽤나 마음을 졸였는지 모두 한숨을 내쉬었다. 그가 기다렸다는 듯이 사내들 앞으로 몇 걸음 다가서더니 자못 흥분된 목소리로 말했다.

"보세요! 자연은 이렇게 예측불헙니다. 보호구역을 해제하는 문제는 다시 생각해봐야 합니다. 꼭 여길 개방해야 한다면 이런 방법도 괜찮지 않겠습니까? 하루 출입인원을 제한하는 겁니다. 그날그날 최소한의 인원 몇십 명만 입장을 허가하는 거지요. 뉴질랜드도 국립공원을 그렇게 관리하지 않습니까? 그 나라에선 자연을 있는 그대로 보존하기 위해 쓰러진 나무 둥치 하나도 함부로 치우지 않는답니다. 자연이란 한 번 훼손되면 되돌리기 어렵다는 걸 잘 아니까, 인위적인 행위는 가급적 하지 않는 겁니다. 그런데 우리는 지금 수십 년 동안 통제해오던 이곳을 불과 며칠 사이에 해제 결정을 내렸습니다. 그것도 모자라 나무를 베어내고, 길을 넓히고, 다리를 놓고… 앞으로 그 외에도 많은 계획이 만들어질 겁니다. 전, 도저히 그런 일들에 찬성할 수가 없습니다."

그의 말투는 결곡하고 눈빛은 간절했다. 안경 낀 사내가 성가시다는 표정으로 버럭 고함을 질렀다.

"이것 봐. 여기가 국립공원인가? 자네, 아무래도 이 사안이 이미 결정난 거란 걸 잊은 모양이야? 우린, 단지 현장답사를 나왔을 뿐이야. 지금 우리가 할 일은, 어떻게 하면 시민들이 좀 더 편리하게 이용하도록 하는가의 문제를 논의하는 거야. 해도 소용없는 말은 이제 그만해!"

그가 낯을 붉히며 동료들을 돌아보았다. 동의를 구하는 눈치였지만 세 사내는 모른 척 딴 곳을 보고 있었다. 잠시 후, 세 사내는 약속이나 한 듯 그를 혼자 두고 호수 쪽으로 걸음을 옮겼다. 나란히 걸어가는 사내들의 뒷모습은 끝끝내 무너지지 않을 철벽 같았다. 그가 한숨을 내쉬며 주머니 속의 담배를 더듬다가 내려놓았다. 근면하게 생긴 두 손이 가볍게 떨고 있었다. 그는 동료들이 걸어간 쪽을 쳐다보다가 힘없이 중얼거렸다.

"도대체… 이렇게 중요한 일을… 어째서 다시… 생각해볼 수가 없다는 거지?"

동료들과 함께 왔던 곳에 혼자 남겨져 맥없이 중얼거리고 있는 그가 안쓰러웠다. 나는 붉게 물든 그의 얼굴을 가만가만 어루만지며 속삭였다. 그러게나. 그래도 힘써 보게. 난, 자네만 믿어. 누군가 그렇게 노력하는 속에서 세상이 발전하는 게 아니겠나. 내 마음을 따라 일어난 바람이 다시 사내들의 옷깃을 들췄다. 키가 후리후리한 사내가 불안하게 눈알을 굴리며 고개를 갸웃거렸다.

"거, 날씨 한번 되게 이상하군. 하늘이 저리 멀쩡한데 바람이 이리도 스산하게 불었다 말았다 하니 말야. 꼭 귀신이 조화를 부리는 것 같아."

"정말 되게 으스스하네. 일단 돌아가자구. 가서 계획을 구체적으로 점검헤보자고."

사내들은 철문 쪽을 향해 걸음을 재게 놀렸다. 그도 발을 떼놓다가 뭔가 두고 가는 사람처럼 아쉬운 눈길로 뒤돌아보았다. 나는 그의 투지를 위해 손을 높이 쳐들어 격려했다. 그는 알지 못했다. 알 리가 없었다. 오래전 그날도 그랬다. 떠나는 가족을 향해 그렇게도 손을 높이 흔들어댔건만 아무도 알아보지 못했다.

어머니와 아내는 피투성이가 된 나를 널도 없이 거적에 말아 이 언덕에 묻어놓고 울면서 떠나갔다. 아내의 등에 매달린 남이가 갑자기 닥친 불행에 저항하려는 듯 악을 쓰며 울어댔다. 나는 아이를 달래지도, 아내나 어머니에게 위로의 말을 건네지도 못했다. 그저 가족이 떠나가는 뒷모습을 무기력하게 지켜보았을 뿐이다. 그 얼마 후에는 마을 사람들이 피눈물을 뿌리며 떠나가는 것도 이 언덕에서 다 지켜보았다. 지금쯤 고향을 잃은 사람들은 섧고 쓰라린 기억을 품은 채 거의 불귀의 객이 되었을 것이다. 아내는 곧 오마고 했지만 다시 오지 못했다. 졸지에 가장을 잃은 두 여인의 삶이 얼마나 고달팠을지 나는 잘 안다. 나는 그들의 삶을 돌볼 수가 없었다.

그들은 이따금 나를 원망했다. 마을을 떠난 수년 후, 어머니가 결국 굶주림으로 돌아가셨을 때는 나 자신이 원망스러웠다. 목숨을 잃고도 내가 얻은 것은 아무것도 없었다. 그 따위 죽음이 대체 무슨 의미가 있단 말인가. 나는 오래도록 자책감에 시달렸다.

아내는 혼자 남아 남이와 함께 당장 목숨을 끊고 싶을 만치 힘든 하루하루를 보냈다. 그때부터 두 사람의 소식은 끊어졌다 이어졌다 했다. 언제부턴가는 그마저도 알 수 없었다. 나는 애

써 찾지 않았다. 내가 돌볼 수 없는 삶은 가슴 아파서 차라리
모르는 게 나았다.

그렇게 사람들을 떠나보낸 자리에 또 다시 사람을 불러들이
는 계획이 세워지고 있다. 나는 그 유전의 의미를 알 수 없다.
다만 두려울 뿐이었다.

사위는 서서히 어둠에 잠기고 있다. 오늘만은 부디 어둠 속에
발을 들여놓는 사람이 없기를 바랐는데 저 멀리 사람의 그림자
가 어른거린다. 나는 미간을 모으고 희붐한 이내 속을 들여다
본다. 어쩐 일인가. 돌아갔다고 생각했던 처녀가 되돌아오고 있
다. 곧 어두워질 걸 생각하니 불길하다. 처녀는 자신이 앉았던
바위 쪽을 향해 가고 있다. 이윽고 바위 앞에 이르렀지만 왜 돌
아온 것인지 잊어버린 양 멍하니 서 있다. 나는 잠자코 처녀를
지켜본다. 오늘따라 더 지쳐 보이는 처녀를 어떻게 해야 할지
알 수가 없다.

요즘은 처녀처럼 기력을 잃은 사람들이 부쩍 많이 찾아온다.
얼마 전에도 한 청년이 어스레해질 무렵이면 혼자 와서 무연히
앉아 있다 돌아가곤 했다. 혼자 돌아가는 청년의 뒷모습은 오
래된 고목처럼 기우뚱했다. 어깨가 얼마나 처져 있던지 내게 팔
이 있다면 부축해주고 싶었다. 그러던 어느 저녁, 깊어가는 어
둠 속에서 청년이 갑자기 울음을 터뜨렸다. 내가 울어도 그렇게
울 것처럼 비통한 울음이었다. 얼마나 더 발버둥 쳐야 내게도

기회가 오는 것이냐고, 차라리 날 죽여버리라며 검푸른 하늘을 향해 마구 울부짖었다.

나는 그 소리를 들으면서 아직 내게 심장이 남아 있는 줄 알았다. 가슴이 터져나가는 듯했다. 그가 울음을 그쳤을 때야, 내가 백골조차 바스러질 정도의 세월을 보냈다는 걸 알았다. 그만큼 그의 울음은 처절했다. 나는 그때야 청춘의 눈물은 빈 가슴도 에인다는 것을 알았다. 그 후, 청년은 다시 오지 않는다. 어둠 속에서 홀로 통곡하던 그 밤에 켜켜로 쌓인 설움과 억울함을 모두 쏟아내고, 그 가벼움으로 잘 살고 있으리라 믿고 싶다.

그처럼 삶이 고단한 사람들은 대개 사람의 발길이 뜸해진 후에 찾아온다. 그들 중 몇은 어두워지기를 기다려 호수로 걸어 들어가기도 했다. 그럴 때면, 내 영면을 방해하는 인간들을 용서하지 않기로 한 작정을 잊고 목이 터져라 소리를 지른다. 그러면 하나같이 갑자기 휘몰아치는 바람에 놀라서 겁먹은 얼굴로 뛰쳐나온다. 딱 한 번, 아무리 소리쳐도 물속으로 걸어 들어가는 여자가 있었다. 나는 날쌔게 달려가 여자의 머리채를 낚아채어 바닥에 내동댕이쳐버렸다.

나는 어떤 경우에도 사람들이 스스로 물속으로 걸어 들어가는 것을 용서할 수가 없다. 살고 싶었지만 모든 것을 물속에 묻어야 했기에 죽을 수밖에 없었던 나 같은 놈도 있는데 왜 스스로 물속으로 걸어 들어간단 말인가. 살아 있는 동안엔 악착같이 살아야 하고, 어떻게든 살게 되어 있는 것이다.

　여자는 물이 방울방울 떨어지는 몸뚱아리로 넋 나간 듯 앉아 한참 동안 슬피 울었다. 이윽고 정신을 가다듬은 여자는 주섬주섬 제 물건부터 챙겼다. 그리고는 물을 뚝뚝 흘리며 황급히 떠나가는 뒷모습은 올 때보다 훨씬 가벼워 보였다. 그 모습이 오랫동안 내게 기쁨을 주었다.

　이 물가에서 그런 일이 자주 생기는 것은 위험하다. 아름다운 풍경은 사람을 위로하기도 하지만, 때로는 치명적 유혹이 되기도 한다. 젊은 사내는 그것을 알고 있었다.

　그는 생각보다 공사가 빨리 시작된 어느 날, 내 무덤에 와서 한참 술을 홀짝이다 갔다. 내게 올 때 이미 불콰한 얼굴이었다. 그는 비틀거리며 와서는 내 묏등 곁에 털썩 주저앉았다. 나는 다시 나타난 그가 반가워서 얼른 일어나 앉았다. 고맙게도 그는 소주병을 까자마자 내 묏등에다 흠뻑 뿌려주었다. 그동안 잊고 있었던 술 향기가 알딸딸하게 나를 휘감았다. 참으로 오랜만에 맡아보는 향기였다. 나는 오랜만에 맡는 술 향기에 취해 더욱 그가 좋아졌다. 나는 남이를 보듯 그를 바라보았다. 그는 게슴츠레한 눈으로 널리 보이는 공사현장을 물끄러미 바라보고 있었다. 그 눈길에 회한이 깊었다. 숲은 이미 소음의 도가니였다. 곳곳이 파헤쳐지고, 길을 내느라 잘려나간 나무들이 벌건 속살을 드러내고 있었다. 그는 한숨을 내쉬면서 연거푸 술을 들이키더니 마치 오랜 지기의 무덤에 오기라도 한 듯 장난스레 내 묏등을 두어 번 툭툭 치고는 넋두리를 늘어놓았다.

"당신, 어쩌다 혼자 이곳에 남았는지 모르지만, 이제 좋은 시절 다 끝났소. 그동안 이 멋진 풍광을 혼자 즐기다니… 얼마나 흥감했겠소. 혹시, 외로웠소? 그랬다면 앞으로 진저리날 만큼 많은 사람을 보게 될 거요. … 저기 저, 마구잡이 공사가 끝나고 나면 사람들이 떼거리로 몰려올 거니까. … 잘된 일이라 생각하오? … 난 결코 그렇게 생각지 않소. 난, 모든 것을… 무엇이든, 사람의 뜻대로 만들지 않고는 못 견디는 이 조급함과 교만함과 비속함을 견딜 수가 없소. 사람이 드나들기 시작하면, 이 풍경도 더는 비경(秘境)이 되지 못할 것이오. … 어떤 아름다운 풍경도 사람이 스쳐 가면 다 남루해져버리오. 난, 정말 여기만은 처음 그대로 있어 주기를 얼마나 바랐는지 모르오. … 그러면 먼 훗날, 우리가 빌딩숲에 가려 허덕일 때에, 저 원시의 아마존처럼 우리의 허파 노릇을 해줄 수도 있었을 텐데 말이오. 그래야만 오래전에 수많은 사람의 피눈물을 먹고 만들어진 이 호수가, 이 숲의 원시성이… 제 값어치를 좀 하지 않겠소? 그런데, 이젠 끝났소. … 나도 이제 지쳐가는 중이오. … 문득, 이런 생각이 드는구려. 어쩌면 저 거대한 호수가… 사람들을 불러들이고 있는 건 아닌가 하고 말이오. … 왜 그런 생각을 하느냐구? … 궁금하오? … 호호, 이상하게 저 물만 보면 자꾸 걸어 들어가고 싶어지니까… 모르긴 해도 말이오, 먼 훗날, 저 호수 밑바닥을 들여다보면 몇 사람쯤은 백골이 되어 누워 있을지도 모를 일이오.

호호호…."

그는 자신의 불길한 상상이 재밌다는 듯 입술을 삐뚜름하게 내밀고 낄낄대다가 비스듬히 드러누웠다. 그리고 이내 거친 숨소리를 뿜어내며 단잠에 빠졌다. 나는 물끄러미 그를 내려다보았다. 지쳤다고 했지만 아직 투지가 남아 있는 얼굴이었다. 돌아가면 또 외로운 싸움을 할 게 분명했다. 나는 땀이 촉촉이 밴 그의 이마를 가만히 어루만졌다. 그 같은 사람이 있어 세상이 요만큼이라도 굴러가는가 싶었다. 먼 데서 나무 넘어지는 소리가 연이어 났다. 지축을 울리는 소리에 그가 눈을 떴다. 그리고 견딜 수 없다는 듯 세차게 머리를 흔들어대더니 벌떡 일어났다. 그는 결연한 눈빛으로 소리가 난 쪽을 한참 쏘아보았다. 무언가 결심한 듯 단호한 얼굴이었다. 이윽고 그는 자리를 털고 일어나 한 번 돌아보지도 않고 떠나갔다. 그 후 그는 다시 나타나지 않았고, 숲은 나날이 달라졌다. 잡풀이 무성했던 오솔길이 넓어지고, 붉고 노란 꽃을 매단 서양 꽃나무들이 길 가장자리에 줄지어 심어졌다. 경사구간에는 계단이 만들어지고, 전망이 좋은 곳에는 망루가 생겼다. 정자도 여기저기 세워졌다. 무엇을 하려는지 알 수 없는 거다란 빈터도 몇 군데나 생겼다.

숲은 나날이 이상한 모습으로 바뀌어갔다. 내 뗏등이 남게 된 것을 그나마 다행으로 생각했지만 그것도 이젠 고통스러웠다. 나는 점점 더 낯설게 변해가는 숲의 풍경을 견딜 수가 없었다. 그의 말처럼 앞으로 또 어떤 일들이 생길지 알 수가 없었다.

나는 생각 끝에 공사장마다 돌아다니며 훼방을 놓기 시작했다. 그렇게라도 공사를 중단시킬 수 있다면 그러고 싶었다. 내가 거쳐 가는 곳마다 인부들이 다치기 시작했다. 완공 직전의 공사가 뒤엎어지는 때도 있었다. 그래도 공사는 중단되지 않았다. 내가 심하게 굴면 굴수록 하루하루 벌어먹고 사는 일용근로자들만 죽을 지경이었다. 아무 잘못도 없는 근로자들이 고통을 겪는 것은 내가 원하는 일이 아니었다. 결국 나는 사람의 일에 더 이상 간섭하지 않기로 작심했다. 내 안식처의 어둠 속에 몸을 누인 채 숲을 뒤흔드는 갖가지 소음들을 가까스로 견뎠다. 공사는 한층 빨라졌다.

마침내 '수원보호구역'은 가을이 한창일 때 문을 열었다. 옛 모습이 거의 사라진 수원보호구역은 더 이상 아름답지 않았다. 그래도 수십 년 동안 사람의 발길을 허용하지 않았던 통제구역이 열렸다는 소식에 달려온 사람들은 입을 다물지 못했다. 나는 소태를 씹는 기분으로 사람들의 어지러운 말소리와 발소리를 들었다.

처녀가 사람들 사이에 섞여 온 것은 올해 봄이었다. 처녀는 다른 사람들과 달리 설렘도 기대도 없이 무심한 얼굴이었다. 차림도 초라하기 그지없어서 화려하게 차려입은 사람들 사이에서 금세 눈에 띄었다. 무릎이 튀어나오고 보풀이 인 낡은 운동복을 입은 처녀의 모습은 안쓰러웠다.

처녀는 내 무덤 앞을 지나치다 말고 우뚝 걸음을 멈추었다. 그리고는 찬찬히 내 무덤자리를 살폈다. 그 차분한 눈길이 놀랍게도 아내를 닮아 있었다. 나는 두근거리는 마음을 달래며 처녀의 모습을 자세히 살폈다. 여윈 몸집이나 동그레한 얼굴, 반반한 이마가 영판 아내의 모습이었다. 쪽머리를 한 아내의 흰 목덜미, 저고리 고름을 잡아당기면 배시시 웃으며 안겨오던 작은 몸뚱이, 창백하리만큼 흰 피부…. 한동안 잊었던 아내의 모습이 환하게 떠올랐다. 그제야 나는 처녀를 알아보았다.

처녀는 남이의 여식이었다. 내 손녀였다. 그토록 그리워했건만 반갑기보다 비어버린 가슴이 사포로 문지르는 듯 쓰라렸다. 흔적이 희미한 내 무덤을 바라보는 처녀의 눈에 눈물이 괴었다. 나는 처녀가 마음으로 하는 얘기에 귀를 기울였다. 내가 아는 얘기도 있고, 모르는 얘기도 있었다.

"어디서부터, 어떻게 시작해야 할까요? … 죄송하게도, 오늘에야 할아버지를 뵈러 왔네요. 이마저도 할머니가 입이 닳도록 말 안 했으면 안 와봤을 거예요. 저 사는 게 보시다시피, 이렇게 궁상맞거든요. … 아세요? 사는 게 힘들면, 하고 싶어도 못하는 것들이 많다는 거요. 그런데 와서 보니… 할아버지 신세도 참 말이 아니네요. … 하마터면 그냥 지나칠 뻔했어요. … 전, 오랫동안 할머니랑 함께 살았어요. 아빠, 엄마가 이혼해서 각자 다른 사람 만나 사니까 갈 데가 없었거든요. 아, 제 아버지 함자가 이수남이에요. 기억나세요? … 할머니는 몇 년 전에 돌아가셨어요. … 할머니는 정말 다정한 분이었는데… 고생만 하다 가셨어요. … 할머니는 가난이 죄라 그랬어요. 그 말을 할 때마다, 할머니는 할아버지를 원망했어요. 할아버지 없이 산 세월이 지옥 같았대요. 증조할머니가 돌아가실 땐, 흰죽이 먹고 싶다는데도 해드릴 수가 없었다면서 눈물을 훔치곤 했어요. … 휴— 이런 궁상스런 얘긴 하고 싶지 않았는데 그만 하고 말았네요. 저, 그만 가볼게요. 다음에 올 땐 술이라도 한 병 사들고 와야 할 텐데… 잘 계세요. 할아버지."

처녀가 고개를 깊이 숙였다. 피붙이가 나를 부르는 소리는 듣기 좋았다. 처녀를 좀 더 붙잡아두고 싶었지만 해선 안 될 일이었다. 처녀의 머리를 쓰다듬으려던 손길을 거두었다. 놀라게 하고 싶지 않았다. 처녀는 이윽고 나를 지나쳐 사람들 사이로 섞여들었다.

나는 멀어져가는 처녀의 뒷모습을 하염없이 바라보았다. 뒷모습이 너무 가냘파서 자칫 쓰러질까 눈을 뗄 수가 없었다. 처녀는 한 번도 뒤돌아보지 않았다. 그래도 나는 처녀가 다시 올 것을 알았다.

그 후 처녀는 다시 왔지만, 호수만 바라보다 돌아갔다. 술을 한 병 못 사 온 것이 이유였다.

처녀가 내 쪽을 돌아본다. 눈언저리가 많이 불그레하다. 내내 운 모양이다. 저 아이를 어떡하나. 나는 아무것도 할 수 없는 무기력함으로 가슴이 저민다.

　어둠은 떠밀린 듯이 빠르게 다가오고 있다. 숲에 바람이 일렁인다. 내가 할 일은 어둠이 더 깊어지기 전에 처녀를 여기서 내보내는 일이다.

　이곳이 개방될 때만 해도 이런 일을 하게 될 줄은 몰랐다. 그날, 사내들이 다시는 이곳을 생각하지 않도록 혼찌검을 내 보냈어야 했다. 그랬다면 혼자 수원지의 개방을 반대하던 그의 말이 받아들여졌을 수도 있고, 저토록 초라한 모습의 피붙이를 만나지 않아도 되었을 것이다. 아, 지난 일들은 왜 이렇게 후회를 남기는가.

　어둠 속에서 처녀가 갑자기 나를 부른다. 할아버지, 제 말 듣고 계세요? 오냐, 오냐. 나는 엉겁결에 얼른 대답부터 한다. 한번 안아볼 수도, 격려해줄 수도 없는 내 신세가 한탄스럽다. 내 가여운 손녀는 나를 불러놓고 어쩐 일인지 말이 없다. 어둠을 떠도는 바람소리만이 귓전을 간질인다. 얼마나 지났을까. 이윽고 애틋하리만큼 가느다란 목소리가 바람결에 실려 온다.

　"할아버지, 여기는 참 편하고 좋아요. 할아버지가 계셔서 그러지 이렇게 마음이 편하네요. 저도 할아버지 잠드신 이곳에서 쉬고 싶어요. … 저, 그동안 사는 게 너무 힘들었어요. 죄송해요, 할아버지. … 재롱도 한 번 못 부리고, 술도 한 잔 못 올리고… 근데, 이렇게 작별인사를 하게 돼서요."

　이런, 어리석은…. 비통한 한숨에 바람이 더욱 크게 일렁인다.

처녀는 꿈쩍도 하지 않는다. 사위는 더욱 어두워져 물가에 서 있는 처녀의 모습이 겨우 보인다. 처녀가 천천히 몸을 일으키더니 호숫가의 돌들을 하나씩 주워 주머니에 집어넣는다. 바지 주머니에도, 윗도리 주머니에도 금세 돌이 그득 들이찬다. 그러지 마라, 아가야. 차라리 내게로 오렴. 와서 내 품에 안겨 소리 내어 울어보렴. 나는 애타게 내 핏줄을 부른다. 아무리 불러도 내 아이는 듣지 못한다. 자꾸 돌을 주워 주머니에 집어넣기만 한다. 걸음을 옮길 때마다 내 아이가 남긴 작은 발자국 위로 돌이 떨어진다. 아이는 떨어진 돌들을 다시 주워 담으며 호수를 향해 간다. 웃고 있는 얼굴이 수척하다.

이제 물가로 달려가 내 가여운 피붙이를 기다려야겠다. 어떻게 저 아이를, 놀라지 않게 물의 유혹에서 건져낼 것인가.

오늘도 누군가 잠들고 싶어 하는 이곳은, 아직도 수원보호구역이다.

해바라기의 비명(悲鳴)

연극은 이미 시작된 후였다. 일 분도 지체하지 않고 막을 올리는 건 남희의 오랜 원칙이었다. 나는 어둠침침한 조명 아래서 한창 연기에 몰입해 있는 연기자들을 보며 어둠 속에 서 있었다. 잠시 후 어둠에 눈이 익자 생각보다 많은 사람들이 옥수수 알처럼 촘촘히 앉아 있는 게 보였다. 남희의 연극에 이렇게 관객이 많이 든 것은 처음이었다. 나는 이번 연극에 대해 아직 아무런 정보도 없었다. 남희로부터 전화를 받았지만 줄거리나 내용에 대해 물어볼 새가 없었고, 남희도 말해주지 않았다. 그렇다고 문제될 것은 없었다. 남희의 연극은 언제나 학생들이 주인공인, 그들의 이야기였다.

남희는 수년째 청소년들의 현실과 고민을 극화하여 무대에 올리는 일을 하고 있었다. 한창 고민이 많은 사춘기 청소년들에게는 그 같은 취미활동이나 역할극이 필요하며 실제 도움이 된다는 게 남희의 생각이었다. 그러나 나는 문제 제기나 할 뿐 뚜렷한 해결책은 내놓지 못하는 연극 따위가 애들에게 무슨 도움이 되겠는가 하고 생각하는 편이었다. 어쨌건 남희는 열심이었다. 직접 극본을 쓰고, 연출을 하고, 연기지도를 했다. 연극에 대한 지식이라곤 나와 함께 대학 연극 동아리에서 잡다한 뒤치다꺼리를 몇 개월 한 것이 전부였다. 그런데 남희의 실력은 갈수록 늘었고, 나름 의미 있는 작업으로 평가받기도 했다.

남희가 자신의 연극에 매번 나를 초대하는 것은 후원자로서의 역할 때문이었다. 학교 연극부라고는 하지만 그런 일을 썩 달가워하지 않는 학교 측의 지원은 인색했다. 연습할 공간과 운영비라 할 수도 없을 정도의 경비만 지원되어서 연극을 무대 위에 올릴 때까지 드는 소소한 비용은 늘 골칫거리였다. 그것을 남희는 지인들에게 도움 받았고, 그중 나는 가장 큰 후원자였다. 혼자 벌어 혼자 쓰는 것이 이유라면 이유였다. 내가 기꺼이 그 일을 하는 것은, 나는 하지 않는 일을 열심히 하는 남희를 그렇게나마 도우면서 방기한 내 소명의식을 속죄하려는 얄팍한 속셈일 수도 있었다. 그래선지 고등학생들의 설익은 연기를 보고 앉아 있는 것은 대체로 고역이었다.

교복 차림의 연기자들은 어설프게 꾸며진 무대 위에서 각자의 역할에 충실한 연기를 하고 있었다. 딴에는 열심이었지만 연습을 덜 했는지 발음이 불분명하고 소리가 작아 잘 전달되지 않았다. 나는 이맛살을 찡그린 채 실내를 둘러보다가 마침 빈자리가 눈에 띄어 가 앉았다. 급한 마음에 부주의하게 엉덩이를 내려놓은 것인지 의자의 이음새 부분에서 악다구니 같은 마찰음이 났다. 높고 날카로운 소리가 조용한 실내에 딴죽을 걸듯 퍼져나갔다. 어느 구석에선가 내 쪽을 향해 구시렁거리는 소리가 들려왔다. 나는 모른 척, 놀라서 움츠렸던 어깨를 가만히 펴고 무대 쪽을 쳐다보았다.

무대는 방과 후의 버스 정류소를 옮겨다 놓은 것처럼 시끌벅적했다. 말끝마다 씨발, 이란 욕설을 덧붙이는 고등학생들과 머리를 맞대고 새로 구입한 스마트폰을 들여다보고 있는 중학생들, 오구작작 모여 수다를 떨다가 따그르르 웃어대는 여고생들까지 삼삼오오 모여 지껄이는 모습은 활짝 핀 꽃처럼 탐스럽고 명랑했다. 막 펼쳐본 팸플릿에 의하면, '해바라기의 비명'(남희는 주를 달아, 함형수의 시 제목을 빌렸지만 '碑銘'이 아니라 '悲鳴'으로 쓴다고 했다.) 역시, 해바라기로 상징되는 청소년들이 가정과 학교의 무관심 속에서 어떤 고통을 겪으며 어떻게 성장해 가는지에 대해 말하고 질문을 던지는 내용이었다. 연극이 끝나고 나면 늘 그렇듯 몇몇 학생이 패널로 나와 연극의 소재나 주제를 두고 토론을 하면서 방향모색을 하고, 결론이 나지 않는 갑론을박을 하게 될 터였다. 나는 벌써 지겨워지기 시작했다.

남희가 전화를 해온 것은 오늘 아침, 아직 잠에 깊이 빠져 있을 때였다. 무시하고 싶었지만 남희란 걸 확인하고는 차마 그럴 수가 없었다. 전화를 받자 남희의 높은 목소리가 쏜살같이 건너왔다. 뭐하느라 인제 받아? 바빠 죽겠는데…. 너, 오늘 공연

기억하지? 꼭 와야 해. 지갑 두둑하게 챙기는 거 잊지 말고….
믿을 데라곤 너밖에 없다는 거 알지? 마지막 말은 닭살이 돋을
만큼 간지러운 애교였다. 그제야 나는 그 며칠 전에 남희가 전
화했던 기억을 떠올렸다. 진과 통화하다가 받아서 알겠다는 대
답을 성의 없이 하고 끊었던 것도 생각났다. 어쩌자고 이토록
까마득히 잊고 있었나. 하긴, 진과 통화한 후 잇새에 낀 이물질
같은 감정의 찌꺼기 땜에 딴생각을 할 수가 없었지. 나는 잠시
그런 생각을 하며 무성의한 마음을 들킬까 봐 얼른, 그러엄 기
억하지, 하고 능청을 떨었다. 나는 남희 앞에선 어쩐지 그랬다.
그녀에 비하면 직업에 대한 열의라곤 없는 내가 늘 부끄러워지
곤 하는 것이었다.

  어느덧 무대는 어둑해지고, 흐릿한 가로등이 비치는 벤치 아
래 주인공들만 나란히 앉아 있었다. 용민은 연지에게 뭐라고 계
속 말을 했지만 연지는 용민의 말은 귀에 들리지도 않는 듯 씨
그둥한 얼굴로 앞만 바라보고 있었다. 용민은 감사나운 얼굴
로, 관심이랍시고 쏟아놓는 부모와 교사들의 쓸데없는 간섭에
계속 불평을 쏟아냈다. 나는 또, 하는 생각으로 눈을 감아버렸
다. 남희가 학생의 입을 통해 되풀이하는 기성세대에 대한 비판
은 언제나 듣기 불편했다. 그들에게 기성세대란 제 역할은 충
실히 못하면서 지나치게 간섭하거나 무책임한 방관자, 때로는
말이 통하지 않는 벽창호들일 뿐이었다. 언젠가 내가, 왜 그렇
게 기성세대를 욕하느냐고, 그러잖아도 불만이 많은 학생들에

게 자칫 불신만 더 심어주는 게 아니냐고 하자, 남희는 단호하게 고개를 저었다. 애들이 자라서 어른이 되는 거니까 미리 백신을 맞는 거지. 저희들은 그런 어른이 되지 않기 위해서. 확신에 찬 말투였다. 그럴 때마다 나는 무슨 일에건 자신만만한 남희가 더할 수 없이 부러웠다.

야! 너, 오늘 도대체 왜 그래? 용민이가 더는 못 참겠다는 듯 벌떡 일어서며 소리를 질렀다. 연지가 놀라 용민을 올려다보았다. 따귀라도 한 대 얻어맞은 듯 멍한 표정이었다. 그러나 이내 연지는 양손에 얼굴을 묻고 울음을 터뜨렸다. 용민이가 당황한 눈빛으로 한숨을 깊이 내쉬더니 연지를 가슴에 안고 위로하듯 이마에 입을 맞추었다. 객석에서 아이들이 와- 야유를 보내고 휘파람 소리가 휘익, 크게 울렸다. 순간, 연지와 용민이 얼른 서로를 밀어내며 괴란쩍은 미소를 지었다. 객석에서 웃음이 봇물처럼 터져 나왔다. 그 숫기 어린 모습이 귀엽고 사랑스러워 내 마음도 한결 너그러워졌다. 싱싱한 풀포기 같은 청소년들의 모습을 지켜보는 것도 나쁘지 않겠다는 생각이 들었다. 나는 의자에 몸을 편안하게 밀어 넣었다. 제발 연극에 몰입하여 머릿속에 똬리 튼 진에 대한 생각을 떨쳐버리고 싶었다. 며칠 전부터 시작된 진에 대한 의구심은 뇌리에 깊이 박혀 고장 난 팬히터처럼 도무지 조절이 되지 않았다.

평소보다 긴 여행에서 돌아온 진은 전과 달리 바로 전화를 하지 않았다. 이틀이나 지나 기다리다 못한 내가 전화를 했을 때야 변명하듯 페루에서 있었던 사고 얘기부터 늘어놓았다. 마추픽추에서 돌아오던 길이라고 했다.

"화장실에 갈 사람들을 데리고 내렸는데, 한 여자가 마음이 변해서 뒤늦게 혼자 내린 거야. 내가 그렇게 주의를 줬는데⋯ 이 여자가 좌우도 안 살피고 길을 건너다 차에 치였어. 안 죽은 건 정말 천운이었지. 세 군데나 골절상을 입긴 했어도 그런 다행이 없었어. 페루는 차들이 엄청나게 속력을 내는 나라거든. 병원에 갔더니 쿠스코로 옮겨야 한다더군. 우르밤바는 시골이라서 수술을 할 수 없다는 거야. 하는 수 없이 두 시간이나 앰뷸런스로 이동해서 수술을 했지. 간호? 일주일 동안 내가 했지. 말 통하는 사람이라곤 나밖에 없으니 어떡해? 고객들에게 양해를 구하고 현지 가이드에게 나머지 일정을 맡기고 퇴원하기만 기다렸어. 그러면 귀국할 거라 생각했거든. 그런데 웬걸, 막상 귀국하려니까 문제가 복잡하더군. 보호자도 있어야 하고, 항공료도 너무 비싸서 도저히 어떻게 할 수가 없더라고. 결국 스케줄대로 함께 움직일 수밖에 없었는데 아주 죽을 고생이었어. 남미여행이 비행기만 열다섯 번 갈아타야 하는 덴데 남아 있는 비행일정만 해도 여덟 번이었으니까⋯. 공항마다 휠체어를 대기하고, 식당에 갈 때면 업고 다니고⋯ 울화통이 여러 번 터졌지. 근데 더 어이없는 일은 귀국하고 나서야. 여행자보험으로 병원비가 충당이 다 안 된다길래 내 카드를 빌려줬는데 그걸 내가 책임지라는 거야. 지가 다친 건 인솔자의 부주의 때문이라나.

참 어이가 없어서… 아주 맹랑한 기집애야. 나이도 어린 게 어디서 그런 억지를 배워가지고…. 그 때문에 지금 수습하느라 정신없어."

갑자기 머릿속이 혼란스러워졌다. 페루라는 국명도 그랬지만, 진의 태도가 무언가 전과 달라진 느낌이 들었던 것이다. 그것은 여자의 본능 같은 것이었다. 나는 애써 태연한 척 궁금증을 드러냈다.

"어리다구?"

"응. 고작 서른이야. 그럼, 어린 거지 뭐. 그래선지 맹랑하다 할 정도로 발랄해."

순간, 마흔이란 내 나이가 돌올해지면서 나보다 젊은 여자를 업고 다니는 진의 모습이 떠올랐다. 별안간 마음속에 커다란 물집이 투둑 솟아오르며 따끔거리기 시작했다. 의혹은 그보다 더 빨리 부풀어 올랐다. 무엇보다 이상한 것은 그 같은 일을 겪고도 귀국하자마자 날 찾아오지 않았다는 것이었다. 내가 아는 진은, 그럴수록 얼른 달려와 그간의 고생담을 과장 섞어 들려주면서 몰염치하고 뻔뻔한 고객에 대해 비난을 퍼부어야만 했다. 그런데 그의 말 속에는 오히려 여자에 대한 실낱 같은 호의가 묻어 있었다. 무엇보다 마뜩찮은 것은 전화를 받는 그의 태도였다. 만나자는 말도 하지 않고, 내 전화를 반가워하는 기색도 아니었다. 당황스러웠다. 도대체 무슨 일이 생긴 거냐고 묻고 싶은 마음이 굴뚝같았다. 다행히 그러기 전에 진은 연락하겠다는 말을 남기고 전화를 끊어버렸다. 그를 알고 난 후 그런 푸대접은 처음이었다. 그를 잃을지도 모른다는 불안감이 서늘하게 가슴을 짓눌렀다. 뒤이어 진만은 잃고 싶지 않다는 간절함이 칼날처럼 가슴을 파고들었다. 나는 조바심으로 견딜 수가 없었다. 한 남자를 두고 그토록 마음이 죄었던 적은 일찍이 없었다. 실제로 그는 고객과의 문제를 해결하기 위해 시간이 필요할 수도 있었다. 그 정도는 내가 양해해주리라 생각했는지도 알 수 없었다. 남자와 여자가 만나 우정이든 애정이든 삼 년 너머의 관계를 유지했다면 마땅히 그래야 하는지도 몰랐다. 그런데 문득 의심에 빠져드는 이 부박하기 짝이 없는 생각의 근원은 무엇일까.

나는 밤새 뒤척이며 생각에 골몰했다. 나는 진이 하자는 결혼에 대해 여전히 답을 하지 못하고 있었다. 그럼에도 나는, 언제나, 변함없이 진의 모든 것을 사랑했다. 지긋한 눈빛을 하고 말하는 표정, 이따금 침을 튀겨가며 드러내는 다혈질적인 기질, 낮고도 맑은 목소리, 커다란 발과 손, 성큼성큼 떼어놓는 걸음걸이, 때로 쓸쓸해 뵈는 뒷모습, 먼 여행길에서 때를 가리지 않고 전화해 얼마나 날 생각하고 있느냐고 물어보는 은근한 말투, 언제부턴가 조금씩 듬성해지고 힘이 없어진 머리카락까지도…. 생각하면 어느 것 하나도 버리고 싶지 않았다. 그가 이 도시를 떠나 낯선 사람들과 먼 이국땅을 더듬고 다닐 때에도 그 기억으로 달콤하고 충만하게 지낼 수 있었다. 그런데도 진과 사는 일에'대해서만은 언제나 고개가 갸웃해졌다. 진과 함께, 누구나 겪는 일상을 겪을 자신이 나는 없었다. 내가 그의 청혼에 아직 고개를 끄덕이지 못하는 것은 오직 그 때문이었다. 무엇보다 나는 진과의 잠자리에 유난히 까탈을 부렸다. 진뿐만 아니라 지금까지 만났던 모든 남자들과 그랬다. 남자들은 미련없이 나를 떠나갔다. 진만이 내 곁에서 삼 년이나 시간을 보내는 중이었다.

그동안 진은 가끔씩 화를 냈다. 한동안 연락을 끊은 적도 있었다. 그럴 때, 나는 차라리 뜨거운 커피를 홀짝이며 혼자 밤을 지새울지라도 그의 마음을 되돌릴 생각 같은 건 하지 않았다. 그건 자존심이나 오기가 아니었다. 나로서도 어쩔 수 없는 하나의 벽이었다. 나의 마음은 늘 나의 의지를 배반했다. 그러면 고맙고 다행스럽게도, 이삼 일 후에 혹은 그보다 좀 더 걸리기도 했지만, 진은 아무 일도 없었다는 듯이 연락을 해왔다. 그때, 그에 대한 나의 감정은 신의 은총을 입은 신자처럼 감사한 마음으로 흘러넘쳤다. 그때만은 그가 발가벗고 방바닥을 기라고 해도 기어 다닐 수 있었다. 그가 모멸에 가까운 냉대를 받고도 다시 연락하게 되는 것은 그 마음이 고스란히 드러나는 나의 얼굴, 어느 때보다 순종적인 나의 몸과 말투 때문이라고 했다. 그런데 이제 그 유효기간도 끝난 모양이었다. 내게 진이 그동안 알고 지냈던 많은 남자들 중에 유일한 남자였다고 하더라도 그로선 너무 오랫동안 나를 기다린 것이다. 이제 그가 변한다고 해도 탓할 수가 없었다. 나는 겨울바람 속으로 내몰린 어린 고아처럼 춥고 두려워서 나도 모르게 눈시울이 뜨거워졌다.

"하루하루가 지옥 같아. 난, 정말 어떻게 해야 할지 모르겠어. 차라리 누가 내 목을 졸라주면 좋겠어."

어두운 장막 뒤에서 연지가 혼잣말처럼 중얼거리며 걸어 나왔다. 나이답잖게 시름 깊은 얼굴이 시간을 뭉텅 삼켜버린 애늙은이 같았다. 말 사이사이에 눈물이 얼음조각처럼 박혀 있었다. 그것은 소녀의 내부에서 흘러나오는 조용한 절규였다. 그 소리가 내 속으로 밀려들어 아우성치는 듯했다. 나는 으스스해지는 어깨를 두 팔로 감쌌다.

연지는 벤치에 털썩 주저앉았다. 나는 딱딱한 의자에 기대고 있던 몸을 앞으로 기울여 연지를 자세히 쳐다보았다. 거리가 멀어 표정이 잘 보이지는 않았지만 어디선가 낯익은 얼굴이었다. 어디서 보았을까? 저 얼굴. 오랫동안 내밀한 고통에 찌들어 풀기가 사라져버린 저 어린 얼굴을 어디서 보았을까? 나는 어디선가 낯익은 아이의 얼굴을 두려운 마음으로 지켜보았다. 연지는 붉은 조명 아래서 두 손에 얼굴을 묻고 한참 흐느끼다가 비틀거리며 일어섰다. 그때, 무릎을 덮고 있던 치맛자락이 풀썩 들려 희고 가느다란 맨다리가 고스란히 드러났다. 순간, 나도 모르게 아, 낮고 짧은 비명을 질렀다. 옆자리에 앉은 학생이 흘깃 나를 돌아보았다. 나는 무대 뒤로 비척이며 걸어가는 연지를

멍하니 바라보았다. 입고 있던 풀오버의 목깃이 갑갑해 견딜 수
가 없었다. 나는 힘껏 목깃을 잡아당겼다.

연지의 모습이 마침내 무대 뒤로 사라지자 빠른 리듬의 케이
팝음악과 함께 남녀 학생들이 우르르 무대로 뛰어나왔다. 음악
은 귀청을 때리며 실내에 울려 퍼지고, 학생들은 두 줄로 서서
케이팝가수들의 춤을 그대로 보여주었다. 남학생 두 명은 번갈
아 무대 앞으로 뛰어나와 비보이들의 현란한 브레이크 댄스를
선보였다. 객석에서 환호가 터져 나왔다. 일부는 일어나 박수를
치며 발을 굴러댔다. 일시에 극장 안은 축제의 도가니가 되었
다. 무대 위의 아이들도, 객석의 아이들도 아침 햇살에 기지개
를 켜는 나뭇잎처럼 푸르게 번뜩였다.

나는 어지럼증을 느끼며 딱딱한 의자 등받이에 머리를 기댔
다. 알 수 없는 불길함이 리듬만큼이나 빠르게 전신으로 퍼져
나갔다. 갑자기 아랫배가 무지근하게 아프기 시작했다. 잠시 후
통증은 아랫배를 갈퀴로 훑어 내리는 듯 심해졌다. 나는 허리를
굽혀 배를 움켜잡았다. 지난여름 처음 시작된 통증과 같은 증
세였다.

그날, 늦여름의 긴 해가 뉘엿이 넘어간 시청 앞 놀이마당에
는 시원한 바람이 불고 있었다. 바람 속에는 어디서 묻어 온 것
인지 생선 썩는 듯한 냄새가 미미하게 뒤섞여 있었다. 나는 서
서히 밀려드는 불쾌감을 견디며 남희를 기다렸다. 남희는 아
무 연락도 없이 늦고 있었다. 놀이마당 한 귀퉁이에서 네댓 명

의 젊은이들이 저녁공연을 위해 앰프를 설치하고 있는 게 보였다. 나는 하릴없이 그쪽을 지켜보았다. 잠시 후, 빠른 템포의 리듬이 지직거리는 잡음과 함께 귀청을 두들기기 시작했다. 그 사이에 악취도 좀 더 심해졌다. 갑자기 구역질이 치밀며 무언가 서늘한 것이 내 뒷덜미를 잡아챘다. 나는 벌떡 일어나 사람들이 모여드는 반대 방향으로 부리나케 걸었다. 발이 허공을 밟고 있는 듯했다.

남희와의 약속이 퍼뜩 생각난 것은 놀이마당을 어느 정도 벗어난 후였다. 나는 핸드폰을 꺼내들고 남희의 번호를 눌렀다. 그때, 어디선가 외마디 비명이 들려왔다. 짧지만 필사적으로 도움을 바라는 소리였다. 나는 소리가 난 쪽을 찾아 두리번거렸다. 놀이마당 끝에 있는 숲의 으슥한 구석에서 남자애 둘이 한 여자애를 두고 희롱하는 게 눈에 들어왔다. 한 녀석은 여학생의 봉긋한 젖가슴을 움켜쥐었다가 놓고, 또 한 녀석은 여학생의 머리카락을 움켜쥔 채 얼굴을 들여다보고 있었다. 여학생이 울면서 반항했지만 남자애들의 완력 앞에 더없이 무기력해 보였다. 나는 뛰다시피 그쪽을 향해 걸었다. 다리가 마구 후들거렸다.

그들에게 다가서자마자, 나는 핸드백으로 사정없이 녀석들의 뒤통수를 후려쳤다. 그들이 놀라 머리를 싸쥐고 나를 돌아보았다. 이 쌍년이! 한 녀석이 대뜸 욕설을 퍼부었다. 나는 녀석들을 향해 핸드백을 마구 휘두르며 소리를 질렀다. 야! 이 자식들아! 그만해! 그만두지 못해? 한 녀석이 내 손목을 낚아채 비틀며 느

물거렸다. 이거 완전히 미친년이네. 어디서 갑자기 나타나가지
곤…. 녀석이 눈썹을 치뜨고 잡아먹을 듯 나를 노려보았다. 다
리에 힘이 빠졌다. 무서워 견딜 수가 없었다. 그때, 멀리서 남희
가 큰소리로 사람들에게 도움을 청하며 달려오는 게 보였다. 녀
석들이 히뜩 그쪽을 돌아보더니 나를 땅바닥에 거꾸러뜨리고
발로 마구 짓밟고는 재빨리 달아났다. 구석에서 겁에 질려 울고
있던 여자애가 얼른 다가와 나를 안아 일으켰다. 아이는 안쓰러
울 정도로 바들바들 떨고 있었다. 나는 그 손을 그러쥐었다. 괜
찮아. 이제 괜찮아. 울지 마. 나는 아이를 가슴에 안고 달랬다.
다행히 아이는 금세 진정되었다.

　여자애를 보낸 후, 남희와 나는 근처 카페에서 마주 앉았다.
남희가 한참동안 나를 건너다보더니 빙긋 웃으며 물었다.

　"오늘 너, 평소 같지 않더라? 요즘 애들 무섭다면서 뭘 믿고
그렇게 무모하게 덤볐어?"

　"내 정신이 아니었어. 왜 그랬는지… 나도 모르겠어."

　말은 그렇게 했지만 나는 이미 알고 있었다. 견딜 수 없는 두
려움 때문이었다는 것을. 그때, 오래된 나의 봉인이 헐거워지고
있었던 것인가. 뱃속 깊숙한 곳에서 미열처럼 복통이 시작되었
다. 나는 날카롭고도 묵직하게 파고드는 통증을 내색하지 않고
견뎠다. 더 이상 남희가 나에 대해 알게 되는 것을 원치 않아서
였다.

무대 위의 축제는 드디어 끝났다. 학생들은 땀에 젖어 발그레 해진 얼굴로 무대 뒤로 사라졌다. 춤판에서 빠져나온 용민이 이마에 흐르는 땀을 닦으며 못본 척 돌아서는 연지를 붙잡았다.

"연지 너, 요즘 대체 왜 그러는데? 나한테 뭐, 감정 있어?"

용민의 다잡는 듯한 말투에 연지가 차갑게 쏘아붙였다.

"냅둬. 니가 신경 쓸 일 아니니까."

"왜 아냐? 너 요새 얼마나 이상한지 알아?"

연지는 용민의 눈길을 피했다. 그 표정이 풀 한 포기 자랄 수 없는 마른 대지 같았다. 나는 마음을 죄며 연지의 풀잎 같은 몸을 훔쳐보았다. 용민이가 제발 말 좀 해보라며 다시 한 번 연지를 다그쳤다. 연지가 홱 돌아서더니 소리를 바락 질렀다.

"니가 신경 쓸 일 아니랬잖아!"

하지만 연지는 감정이 북받친 듯 그 자리에 주저앉아 울기 시작했다. 나는 무대 위로 뛰어올라가 연지에게 말해주고 싶었다. 연지야, 말해. 누구에게라도 말을 해. 그러면 방법이 생겨. 그래야만 방법이 생긴다구! 연지는 이내 울음을 그치고 용민을 마주보았다. 그 얼굴이 밀랍을 뒤집어쓴 듯 창백했다.

"그래, 말할게. 말할 테니까 좀 도와줘, 용민아. 사실은 그동안 너무 무서웠어. 그런데 아무에게도 말할 수가 없었어. 엄만, 날 그저 골칫덩이로만 생각하니까. … 늦게까지 머슴애들이랑 어울려 다니다 꼴좋다고 욕이나 끌어다부을 테니까… 근데, 용민아. 그래서가 아냐. 정말이지, 어쩔 수가 없었어. 둘이나 됐으니

144

까. … 아무도 도와주지 않았어. 멀리서 사람소리가 들렸지만…
내가 두들겨 맞아가며 소리쳤는데… 아무도… 아무도… 안 왔
어. … 아무도 안 도와줬다구…. 그게 다야. 그런데… 재수 없
게… 임신이래."

객석 여기저기서 숨죽인 한숨소리가 새나왔다. 눈썹을 치뜨
고 연지를 바라보던 용민의 낯빛이 차츰 일그러졌다. 막막한 얼
굴로 마주보고 서 있는 두 사람 위로 조명이 붉게 비쳤다가 서
서히 사위어갔다.

마침내 무대가 완전히 어두워지고 다시금 무대장치를 하는
소리가 어둠 속에서 불규칙하게 들려왔다. 객석을 짓누르고 있
던 긴장감이 풀어지며 사람들이 속닥거리고, 간간이 의자가 삐
걱거렸다. 식은땀이 축축하게 관자놀이를 적셨다. 연지의 절규
가 귓전에서 바람개비처럼 돌아갔다. 바람개비의 날개가 파편
처럼 나를 뚫고 들어와 몸속을 마주 휘저었다. 그 때문이었을
까? 연지가 피를 흘리며 내게로 걸어오는 환상을 본 것은. 연지
의 가느다란 가랑이 사이에서 끊임없이 피가 흘러내렸다. 분홍
빛 원피스의 밑자락이 금세 붉게 물들었다.

나는 놀라서 외마디 비명을 질렀다. 옆에 앉은 학생이 놀라서
나를 돌아보고, 앞뒤 좌석에서 수런거리는 소리가 들려왔다. 나
른한 휴식이 깃들던 객석 사이로 불안한 움직임이 감돌다 서서
히 사라졌다. 내 의식 깊은 곳에서 붉은 심연이 서서히 아가리
를 벌리고 있었다. 나는 감히 일어설 생각을 하지 못하고 집요

하게 아랫배를 공격하는 통증을 견디며 그 속을 속절없이 들여
다보았다. 축축하고 불길하고 고통스런 느낌을…. 현실 같기도
하고 꿈인 것도 같은, 내 것 같기도 하고 아닌 듯도 한 옛 기억
을 다시 떠올리는 것은 고통스러웠다. 아직도 나는 그것과 마
주할 용기가 없었다. 그런데도 남희는 내 뒷덜미를 틀어쥔 채
그 속으로 나를 들이밀고 있었다. 남희는 오래전에 내가 했던
고백을, 나는 잊었다고 믿었던 그 일을, 잊지 않고 있었던 것이
다. 그날 나는 너무나 어리석었다. 자책감과 함께 남희를 향한
원망이 치솟았다. 나쁜 년. 나는 마치 남희가 앞에 있기라도 한
듯 낮게 읊조렸다.

　내 오랜 비밀을 아는 사람은 남희뿐이었다. 수년 전, 그녀와
함께 갔던 남미여행에서 이국의 술맛에 몽롱해진 의식 사이로
오랜 기억이 슬그머니 떠오른 게 화근이었다. 그때까지 그 일
은 내 기억 속에서 단 한 번도 되새겨진 적이 없었다. 그런데 그
날은 어쩐 일인지 그 오랜 일이 부러진 푯대처럼 기우뚱거리며
떠올랐다. 그제야 나는 그동안 내 삶의 한 부분을 깡그리 지우
고 있었다는 걸 깨달았다. 나는 갑자기 모습을 드러낸 옛 기억
을 멀뚱하게 들여다보았다. 마치 낡은 액자 속에 든, 감동 없는
풍경화를 바라보는 기분이었다. 나는 마치 최면에 걸린 것처럼,
오래된 나의 얘기를 아무 자각도 없이 주절주절 늘어놓기 시작
했다. 마치 세상 풍파를 다 겪은 여자처럼, 좀은 냉소적으로, 그
런 일들도 이젠 아무것도 아니네. 어쩜 이렇게 말짱할 수가 있

지? 시간이란 건 삶의 마취젠가 봐, 라고 키득거리며 그 얘기를 다 털어놓았다. 남희는 뜻밖의 얘기에 눈을 반짝이며 귀를 기울였다.

자정이 가까운 주택가의 밤길은 언제나 괴괴한 적막에 휩싸여 있었다. 달빛조차 없는 밤이면 마치 검은 터널을 지나는 것 같았다. 그래도 나는 그 길을 무서워해본 적이 없었다. 어릴 때부터 다니던 길이어서 눈 감고도 그 길을 빠져나갈 수 있는 익숙함과 자신감 때문이었다. 그래서 가끔씩 아는 이웃과 마주쳐 인사를 하고, 친구를 만나 수다를 떨며 지나기도 하던 골목에서 무슨 일이 생길 수도 있다는 것은 생각조차 할 수 없었다.

그날도 나는 야간자습을 마치고 혼자 터덜터덜 그 골목길을 걸었다. 머릿속에는 대학진학에 대한 압박감이 가득했다. 얼마나 열심히 공부해야 소위 말하는 일류대학에 갈 수 있을지 막막한 심정이었다. 만약 그러지 않았다면 그날, 어슴푸레한 가로등 불빛이 비치는 골목으로 들어섰을 때 차가운 바람처럼 등골을 스치던 오싹함을 느꼈을지도 모른다. 어쩌면 소리 죽여 뒤따르는 발자국 소리도. 그런데 그날 나는 아무것도 감지하지 못했다.

꼼짝 마! 등 뒤에서 갑자기 남자의 목소리가 들려왔을 때는 너무 갑작스러워 얼떨떨할 지경이었다. 놀라서 엄마야! 소리를 지르자 억센 손이 잽싸게 내 입을 틀어막았다. 하지만 날카로운

칼끝이 목덜미를 스쳐 눈앞에서 날 위협하지만 않았어도 필사
적으로 소리를 질렀을 것이다. 그런데 금방이라도 목을 그어버
릴 것 같은 날카로운 커터칼이 희미한 가로등 아래서 날을 세
우고 있었다. 말 안 들으면 죽여버릴 거야. 눈 감고 시키는 대로
해. 괴한의 말소리는 숨소리와 뒤섞여 낮게 으르렁거리는 짐승
의 소리 같았다. 괴한은 벗어나기 위해 꿈틀거리는 나를 뒤에서
바싹 끌어안은 채 지린내가 감도는 후미진 막다른 골목 깊이
끌고 들어갔다. 뜨뜻미지근한 오줌이 사타구니를 타고 흘러 운
동화 속으로 기어들었다. 남자가 내 목에 칼을 겨눈 채 벽에 밀
어붙인 후 내 아랫도리를 움켜쥐며 입술을 핥았다. 썩은 오징어
냄새가 코끝을 찔렀다. 나는 머리를 마구 내흔들며 헛구역질을
했다. 이게 어디서…. 괴한이 머리로 나의 이마를 받았다. 뒤통
수가 벽에 부딪쳤다. 뒷머리가 깨졌는지 창으로 찌르는 것 같은
통증이 뇌수를 찔렀다. 죽고 싶으면 까불어라. 괴한이 이빨 사
이로 말을 짓씹어 뱉으며 다시 한 번 칼끝으로 나를 위협했다.
비명이 터져 나오지 못하고 미친 듯이 몸속을 휘돌았다. 나는
썩은 오징어 냄새를 견디지 못하고 다시 구역질을 했다. 남자가
사정없이 내 뒷머리를 벽에다 찧었다. 머릿속이 하얘지며 발을
헛디딘 것 같은 아찔함이 나를 집어삼켰다. 나는 어딘가로 아득
히, 하염없이 떨어져 내렸다.

뭔가 어수선한 소리에 깨어났을 때는 내 방이었다. 가시덤불
에 갇힌 듯 온몸이 아프고 아랫도리가 뻐근했다. 머리에는 붕대

가 감겨 있었다. 엄마가 훌쩍거리고 있다가 눈물을 훔치며 나를 돌아보았다. 윗목에 앉아 담배를 피우고 있던 아버지도 얼른 담배를 비벼 끈 후 내 쪽으로 다가왔다. 나는 내게 무슨 일이 생겼는지 정확히 알지도 못한 채 두 사람을 마주 볼 수가 없었다. 그저 눈을 감고 고개를 돌리고 싶을 뿐이었다. 아버지가 내 두 손을 그러쥐더니 쉰 목소리로 다짐하듯 말했다.

"지연아, 아무 일도 없었어. 그냥 악몽을 꾼 거라고 생각해. 이 일은 앞으로도 절대 돌이킬 필요가 없다. 단지 재수가 없었을 뿐인 거야. 그러니 하루빨리 잊어버려라."

"그래, 아빠 말이 맞아. 신고해 봐야 범인을 잡지도 못할 거고, 설사 잡았다 해도 온 동네에 소문만 퍼질 거고…. 다행히 아무도 본 사람이 없으니… 이만한 것도 다행이라 생각하자. … 알겠지? 그때, 아버지가 널 마중 나가지 않았으면 정말 더 끔찍한 일이 생겼을지도 모르는 거니까… 그리 생각하고 가슴에 묻어버리자."

엄마는 단호한 말투로 자신에게 다짐하듯 내게 말했다. 그럴 수만 있다면 누구보다도 내가 그러고 싶었다. 코끝에 감도는 썩은 오징어 냄새만 아니라면 그럴 수도 있을 것 같았다. 그러나 냄새가 머리를 짓누르고 머리와 목에 붕대가 번연히 감겨 있는데 아무 일도 없었던 것처럼 하자고 서두르는 아버지와 엄마의 태도는 오히려 내가 당한 일이 얼마나 심각한 것인지 말해주었다. 나는 또다시 구역질을 했다. 엄마가 얼른 휴지

통을 받쳐주었다. 그 속에는 내가 쏟아놓은 토사물이 한가득 들어 있었다.

그 후, 악취는 예고 없이 나를 괴롭혔다. 나는 시시때때로 양치질을 하고, 샤워를 하고, 온몸을 박박 문질러댔다. 시도 때도 없이 뒷머리를 벽에 부딪던 통증과 가랑이 사이를 찢는 듯한 아픔이 생생하게 되살아났다. 그러나 나는 영악했다. 아무리 내게 일어난 일이라고 해도 내가 기억하지 않으면 없었던 일이라는 생각을 어느새 하기 시작했다. 그것은 내 부모님의 간절한 주문이기도 했다. 다행히 나는 남자가 나를 유린하던 때의 기억을 갖고 있지 않았다. 나는 나의 음모를 완성하기 위해 오직 공부만 했다. 그런데 생의 갈퀴는 나를 그악스레 붙잡고 쉬 놓아주지 않았다.

겨드랑이에 땀이 끈끈하게 배어나오던 초여름 어느 날, 나는 학교 화장실에 앉아 느닷없이 치미는 구역질에 식은땀을 흘렸다. 그것이 무엇을 의미하는지 알아챈 것은 잠시 후였다. 순간, 나락으로 떨어지는 듯한 공포가 나를 휘감았다. 그때야 이런 날이 올까 봐 줄곧 마음을 죄고 있었다는 생각이 칼끝처럼 나를 헤집었다. 나는 교실로 돌아갈 수가 없었다. 학교를 빠져나와 무작정 걸었다. 정신을 차리고 보니 이모 집 앞이었다.

이모는 엄마가 수치스러워하는 동생이었지만 내겐 더없이 다정한 사람이었다. 엄마는 한 남자 곁에서 행복해하며 살았지만, 이모는 많은 남자와 사랑을 나누고 떠나보냈다. 이모의 방 서

랍장 위에는 그 남자들이 모두 작은 액자 속에 들어앉아 웃고 있었다. 엄마는 바로 그 때문에 이모를 경멸했지만, 나는 이모의 정염 어린 눈빛과 희고 기다란 손가락의 나른한 손놀림, 희미하게 풍기는 담배 냄새를 좋아했다. 나는 방학이면 엄마 몰래 이모에게 가서 한두 시간씩 뒹굴다 오곤 했다.

이모는 갑자기 찾아온 나를 반가워하기보다 뜨악해하며 안색부터 살폈다. 너, 무슨 일 있는 거지? 이모는 단도직입적으로 물었다. 나도 모르게 눈물이 주르르 흘러내렸다. 이모가 이마 깊이 주름을 잡으며 나를 방으로 이끌었다. 이모는 대답을 재촉하지 않았다. 담배에 불을 붙인 채 물끄러미 나를 바라볼 뿐이었다. 이윽고 내가 울음을 그치자, 벽에 기대앉아 있던 이모가 덤덤하게 물었다. 무슨 일이야? 대체. 어느 놈이 널 찼어? 아니면…? 다짜고짜 들이대는 질문에 어째선지 안도감이 밀려왔다. 나는 아무런 흔적도 없는 내 배를 무심코 내려다보았다. 너, 혹시? 이모는 담뱃불을 얼른 재떨이에 비벼 끄며 목소리를 낮춰 물었다. 나는 고개를 끄덕였다. 이모가 놀란 눈으로 나를 쳐다보더니 다시 담배에 불을 붙였다. 이모의 손이 눈에 띌 정도로 떨리고 있었다.

나는 이모의 손가락 사이에서 피어오르는 담배연기를 보면서 그동안 일어난 일을 다 털어놓았다. 겨우 얘기를 끝내자 이모가 필터만 남은 담배를 재떨이에 비벼 끄더니 매조지듯 말했다.

"그깟 거 얼른 잊어버려야지. 사람을 망치는 건 늘 몹쓸 기억들이니까. 난 그걸 너무 늦게 깨달아서 요 꼴이 됐지만, 넌 그러지 마. … 잊어야 할 일을 잊지 못하는 것만큼 바보짓은 없어."

나는 놀라서 이모를 쳐다보았다. 그제야 이모 주위에 감돌던 묘한 기류가 무엇이었는지 알 것 같았다. 그동안 집안의 누구도 이모의 불운에 대해 입에 올리지 않았던 것이다.

"중 3때였어. … 그 일로 나는 하루아침에 집안의 수치가 되어 버렸지. 그때만 해도 그랬으니까. … 이젠, 날 똥 닦은 걸레 보듯 하던 세월도 다 지나갔어. … 지연아, 이런 일은 하루 빨리 잊어버리는 게 좋아. 넌 나처럼 되지 말고 보란 듯이 잊고 사는 거야. 알겠지?"

이모가 내 눈을 깊이 들여다보며 내 두 손을 꼭 쥐었다. 그 눈 속에는 나에 대한 염려와 애정이 담뿍 깃들어 있었다. 나는 이모 품에 와락 안겼다. 이모의 품에서 나는 담배냄새가 향기로웠다. 나는 그 품에 안겨 비로소 깊은 숨을 쉬었다. 지금 바로 병원에 가자. 엄마보다는 나하고 가는 게 편할 거야. 지금은 엄마 한숨소리도 널 괴롭힐 때니까. 이모는 나를 안은 채 엄마에게 전화를 걸었다. 그리고 내 손을 잡아 일으켰다.

수술을 마치고 온 내 얼굴은 방금 수골된 뼈처럼 새하얬다. 이모는 나를 눕혀놓고 하얀 쌀밥과 기름이 둥둥 떠다니는 미역국을 끓여와 한사코 고개를 젓는 내게 억지로 떠먹였다.

"잘 먹지 않으면, 회복이 늦어. 악착같이 먹어야 돼. 그래도 너, 잘 버틴다. 앞으로도 그 마음만 갖고 사는 거다, 알았지?"

이모는 나와 눈이 마주칠 때마다 웃으며 다짐을 받았다. 그러나 상을 들고 나갈 때면 미간에 주름이 깊이 잡히는 것을 몇 번이나 보았다. 이틀 후, 나는 집으로 돌아왔다. 부모님은 마치 여행 다녀온 딸을 대하듯 심상한 얼굴로 날 맞았다. 하지만 엄마는 이내 돌아서서 눈물을 훔쳤다. 그 모습을 나는 오랫동안 잊을 수가 없었다.

그 후, 나는 이모를 만나지 않았다. 이모도 나를 찾지 않았다. 나는 내가 살던 도시를 떠나기 위해 공부만 파고들었다. 이따금 골목길의 음험함과 생경한 고통이 생생하게 살아났지만 재빨리 지워버렸다. 마침내 나는 대학에 입학했고, 태어나 열아홉 해를 살던 도시를 떠났다. 떠날 때 이모를 한 번 보고 싶었지만 이모는 또 다른 남자를 만나 페루로 떠나고 없었다.

이야기를 끝내고 나니, 가슴속으로 녹슨 기차 한 대가 무너져가는 철로 위를 철커덕거리며 지나간 것 같았다. 지금 생각하면 그 위험한 교만은 쿠바에서 마신 '모히또'라는, 헤밍웨이가 즐겨 마셨다는 술 때문이었다. 달착지근하면서도 허브향이 알싸하게 풍기는 술맛에 빠져버린 나는 그것을 몇 잔이나 거푸 마셨던 것이다.

얘기를 다 듣고 난 남희는 들고 있던 빈 잔을 테이블에 내려놓고 한참 동안 말이 없었다. 이윽고 입을 열었을 때는 꽤나 심각한 얼굴이었다.

"넌, 네 얘기를 마치 남의 얘기처럼 하고 있어. 건방진 말인지는 모르지만, 그래선 네 고통과 진정으로 결별할 수 없는 거 아닐까? 주머니 속에 든 먼지를 떨어버리려면 주머니를 까뒤집어야 하는 것처럼, 고통과 결별하는 방법도 같은 거라고 생각해. 근데, 넌 그런 시간을 갖지 못한 것 같아. 언제나 외면하려고만 했지. 넌 울고 싶을 때도 울지 않고, 소리치고 싶을 때도 그러질 않아. 난, 지금이라도 니가 그것을 잊으려고만 하지 말고 직면해야 한다고 생각해. 물론, 그게 니 잘못만은 아냐. 오래전 그때, 니 부모님도, 이모도 네게 빨리 잊으라고만 할 게 아니라, 네게 일어난 일을 담담하게 바라볼 수 있도록 도와줘야만 했어. 그건 결코 니 잘못이 아니었으니까. … 물론 쉽지 않았겠지. 하지만… 그랬다면 지금보다 좀 더 행복하게 살 수 있었을 거라고 생각해."

나는 더 이상 말하지 말라고 소리쳤다. 카페 안의 사람들이 우리를 흘깃거렸다. 나는 남희를 혼자 두고 밖으로 나왔다. 누구보다 이모가 남희에게 모욕당하는 것을 견딜 수가 없었다. 별안간 이모가 그리웠다. 물론 그때까지도 이모를 만날 생각 같은 건 하지 않았다. 나는 여전히 옛 기억과 마주할 용기가 없었다. 그것이 남미에 와서도 페루에 들르지 않은 이유였다. 그런데 남희의 말이 맞을지도 모른다는 생각이 들기 시작하자 마추픽추의 가장 높은 곳에서라면 이모를 만날 수도 있겠다는 생각이 들었다. 아득한 시간이 박제된 옛 신전에서라면, 이모도 나도 하얗게 탈색된 빨래처럼 순결하던 때로 돌아가 서로를 웃으며 바라볼 수도 있을 것 같았다. 하지만 나는 끝내 용기를 내지 못했다.

다시 막이 올랐다. 내 의식의 밑동을 흔들어대던 기억도 좀 다소곳해졌다. 복통은 물러서지 않는 적병처럼 끈질기게 날 괴롭혔지만 나는 허리를 곧바로 펴고 무대에 눈길을 주었다.

무대 위에선 연지와 용민이 가로등 불빛이 흐릿한 벤치에 나란히 앉아 있었다. 일 막에서와는 달리 다정한 모습으로, 눈앞에 닥친 난관을 어떻게 헤쳐 나갈 것인지에 대해 한창 얘기 중이었다. 수술비는 어떻게 마련할 것인지, 병원은 어디가 좋을 것인지, 연지 혼자 갈 것인지 용민이가 함께 갈 것인지, 의사에게 뭐라고 둘러댈 것인지…. 연지가 얘기를 하다 말고 한숨을 내쉬었다. 용민이 염려 말라는 듯 연지의 야윈 어깨를 꼭 껴안았다. 객석 어디선가 누가 박수를 치다가 멈추었다. 내 손도 용민에게 박수를 쳐주고 싶어 꼼지락거렸다.

연극은 이제 결말을 향해 가는 중이었다. 곧 막이 내릴 것이고 질문은 객석으로 넘겨질 터였다. 나는 눈을 감았다. 이십삼 년 전, 열일곱 살의 내가 보였다. 그때로부터 참으로 많은 세월이 지났다. 그런데도 어디선가 수많은 연지들이 울고 있는 소리가 들려오는 듯했다. 나는 비로소 남희가 끈질기게 학생들을 주인공으로 하는 연극을 만드는 이유를 알 것 같았다. 지금까지 그것을 알지 못했던 것은, 남희의 말처럼, 내 속에 여전히 아물지 못한 커다란 고름주머니가 하나 들어 있기 때문이 아니었을까. 결국 이모도, 내 부모님도 내게 잘못 가르쳐준 것이다. 기억은 몸에 스밀지언정 결코 사라지는 건 아닌 것을…. 그것과 좀 더 일찍 직면하는 시간을 가졌다면, 그 일 후에도 이모를 보면서 살 수 있었을지 모르고, 내가 살던 도시에 돌아가지 않는 일도 없었을지 모른다. 무엇보다 진과의 결혼에 대해 그토록 망설이지 않아도 좋지 않았을까. 많은 것이 변했지만 실은 오래전 그날로부터 한 발자국도 나아가지 못한 생에 대해 나는 비듬처럼 일어나는 소름을 쓸어내렸다. 그러자 연지의 떨고 있는 손을 잡아주고 싶은 생각이 간절해졌다. 누군가 손을 내밀어야 한다면 나여야 한다는 생각이 바위에 새긴 맹세처럼 또렷해졌다.

나는 희미한 어둠 속에서 천천히 몸을 일으켰다. 저 아줌마, 진짜 가지가지 하네. 미치겠다, 정말. 등 뒤에서 누군가가 드디어 참지 못하고 드러내놓고 투덜거리는 소리가 들렸다. 나는 그쪽을 향해 겸연쩍게 웃어 보인 후 천천히 무대 쪽으로 걸음을 떼놓았다.

막이 서서히 내려가고 있었다. 실내등이 환하게 켜지고 박수가 쏟아졌다. 어둠에 잠겨 있던 실내가 이른 아침의 닭장처럼 활짝 깨어났다. 나는 무대 위로 올라가 인사를 하러 나오려는 학생들을 제지하고 사람들을 휘둘러보았다. 사람들이 박수를 멈추고 뜨악한 눈길로 나를 쳐다보았다. 어수선하던 장내가 일순 고요해졌다. 앞줄 구석에 앉아 있던 남희가 엉거주춤 일어서서 나를 쳐다보았다. 내가 뭘 할 것인지 알고 있다는 듯 입가에 미소가 감돌고 있었다. 동그란 안경 너머에서 나를 응시하는 눈빛이 유난히 반짝였다. 나는 가슴 깊이 숨을 들이마시며 마음을 가다듬었다. 무슨 말을 할지는 분명했다. 다만 용기가 필요했고, 오랫동안 가슴속에 묻어두었던 얘기를 어디서부터 어떻게 풀어나가야 할지 아직 알 수가 없었다. 숨을 죽인 채 내가 무슨 말을 할 것인지 지켜보고 있는 사람들의 눈길이 쏟아지는 햇살처럼 따가웠다. 나는 수많은 눈들을 한참 마주 보았다. 하고 싶은 말들이 가슴속에서 마구 소용돌이쳤다. 이윽고 나는 그것을 토해내기 시작했다.

"저는 '해바라기의 비명'을 연출한 이남희 선생의 친구입니다. 전 오늘, 이 연극을 보면서 그동안 간직했던 비밀을 고백해야겠다고 결심했습니다. … '해바라기의 비명'은 이십삼 년 전, 제가 여러분과 같은 나이일 때 겪은 이야기입니다. … 나도 연지처럼 견디기 힘든 시간을 보냈고, 그런 만큼 잊으려 노력했습니다. 드디어 잊었다고도 생각했습니다. 그런데…."

마침내 나의 얘기는 끝났다. 나는 마지막 말에 다시 한 번 힘을 주었다.

"여러분, 두려울 때는 누군가에게 손을 내미세요. 주변에 그럴 사람이 아무도 없다면 제게 오세요. 제가 기꺼이 그 손을 잡아드리겠습니다."

장내는 전원이 꺼진 TV 화면처럼 고요했다. 나를 바라보는 반짝이는 눈빛들만이 많은 말들을 쏟아내고 있었다. 나는 한 여자의 고백을 묵묵히 들어준 관객들을 향해 허리를 깊이 숙였다. 그때 어느 구석에선가 짝짝짝, 박수소리가 났다. 뒤이어 박수소리가 한여름의 소나기처럼 쏟아져 내렸다. 갑자기 내 양 겨드랑이 사이에 날개가 돋는 듯 간질거렸다. 나는 날아갈 듯 가벼운 걸음으로 사람들 사이를 천천히 걸어 나왔다.

　밖으로 나오자 시원한 밤바람이 격려하듯 내 뺨을 어루만졌다. 진이 그리웠다. 먼 불빛 속에서 그의 숨소리가 들려오는 듯했다. 이젠 어떤 얘기도 그에게 다 할 수 있을 것 같았다. 나는 핸드폰을 꺼내 진의 번호를 또박또박 눌렀다. 신호음이 내 마음처럼 간절하게 그에게로 달려갔다. 나는 그 소리에 가만히 귀를 기울였다.

　남희가 '해바라기의 비명'에 나를 초대한 것은 내게 준 가장 큰 선물이었다.

실버로드

오늘 아침 나는 자다 말고 전화를 한 통 받았다. 전화를 건 사람은 모래가 버석이는 듯한 목소리를 가진 남자였다. 그는 낮고 무뚝뚝한 말투로 무슨 지구대라고 말했다. 지구대요? 나는 커튼 사이로 기어드는 햇살에 미간을 찌푸리며 성가신 기분으로 되물었다. 지구대라니. 나는 그게 뭘 말하는 것인지 도통 알 수가 없었다. 얼핏 청소년 소설이나 어린이 만화에 나옴 직한, 지구를 수호하는 무슨 결사대를 말하는 것처럼 들렸지만 그런 데서 나를 찾을 리는 없었다. 공평지구대라고요! 내가 금세 못 알아듣는 게 갑갑했던지 남자가 목소리를 좀 더 높여 말했다. 모래바람이 귀로 쏟아져 들어오는 것 같았고, 무슨 말을 하는 것인지 역시 알아들을 수가 없었다. 아무래도 잘못 걸려온 전화 같았다. 나는 숙취에 지끈거리는 머리를 베개에 빨리 내려놓고만 싶었다. 전화를 끊으려 하자, 남자가 다급하게 나를 부르더니 귀 먹은 노인에게 하듯 커다랗고 또박또박한 소리로 다시 말했다.

"공, 평, 지, 구, 대요. 박, 미, 선, 씨, 가, 부, 인, 이, 시, 죠?"

그제야 나는 그것이 내게 온 전화가 틀림없다는 것을 알았다. 무엇보다 누군지 알 수 없는 남자가 아내의 이름을 들먹인 것에 정신이 번쩍 들었다. 그러자 몇 번의 시도 끝에 겨우 시동이 걸린 자동차처럼 굳어 있던 머리가 작동하기 시작했다. 몇 년 전, 파출소란 명칭이 지구대로 바뀌었다는 것, 우리 동네 이름이 공평동이란 것까지도 기억났다. 나는 별안간 불길한 느낌에 사로잡히며 수화기를 귀에 바싹 갖다 붙였다.

"제 아내에게 무슨 일이 생겼습니까?"

남자가 이제야 됐다는 듯 짧게 한숨을 내쉬었다. 그때, 수화기 너머에서 웬 남자가 고함을 지르는 소리가 들렸다. 그것은 지구대가 썩 유쾌한 장소는 아니란 선입견을 되살아나게 했다. 남자가 송화기를 막은 채 그쪽에다 대고 뭐라고 주의를 주었다. 그리고 나를 향해 마지못해 친절을 베푸는 듯 퉁명한 느낌이 묻어나는 어투로 재빨리 말했다.

"지금 바로, 좀 와주셔야겠습니다. 박미선 씨가 산책길에 시비가 붙어 여기까지 왔는데 좀 심각합니다."

남자가 말하는 사이에도 전화기 너머에서는 고성이 오갔다. 여자의 목소리도 들렸지만 아내인지는 알 수 없었다. 아니, 아내라고 생각할 수가 없었다. 아내는 누구에게든 그렇게 대거리를 하는 여자가 아니었다. 순경이 그쪽을 향해 소리를 지르는

가 싶더니 끊는다 말도 없이 전화를 끊어버렸다. 나는 뒤통수를 얻어맞은 듯 멍해져서 시계를 보았다. 아침산책을 나간 아내가 돌아올 시간이 한참이나 지나 있었다. 지난밤 동료들과 마신 술에 곯아떨어져 아내가 산책을 나가는 것도, 돌아올 시간을 넘긴 것도 알지 못한 채 잠에 빠져 있었던 것이다. 불현듯 한 번도 가본 적 없는 지구대 한구석에 상심한 얼굴로 앉아 있을 아내의 모습이 떠올랐다. 나는 서둘러 세수를 하고 바지를 꿰입으며 결국 일어날 일이 일어났다는 생각을 막연히 했다.

며칠 전부터 아내는 비등점을 향해 끓는 물처럼 위태로워 보였다. 그것은 이젠 '실버로드'라고 불러야 할 뒷산의 산책로 때문이었다. 나로선 솔직히 아내의 그런 태도가 좀 별쭝스러웠다. 아내는 대체로 다소곳하고 평범한 여자였다. 어떤 일이든지 그저 남의 뒤나 따라가는 편이었다. 바가지를 긁어대거나 사람을 성가시게 하는 일도 거의 없었다. 한창 번창하는 회사 업무로 바빠서 일 년 넘게 가족과 함께할 시간이 없을 때도 불평을 한 적이 없었다. 그런 아내가 뒷산 산책로 문제에 있어서만은 전혀 다른 모습을 보였다. 물론 사람은 누구나 그런 게 하나씩은 있기 마련이다. 다른 건 다 몰라도 이것만은 절대 양보할 수 없다 싶은 단 한 가지. 그것 때문에 세상에는 희비가 엇갈리는 수많은 사연들이 존재하는 것이다. 아내에게는 '실버로드'가 바로 그런 곳인 듯했다.

며칠 전, 산책에서 돌아온 아내는 밥 지을 생각은 않고 우황

든 소같이 분을 못 이기고 거실을 오락가락했다. 내가 왜 그러느냐고 묻자, 아내는 대뜸 '어느 미친놈이 한창 꽃이 핀 개여뀌를 마구잡이로 다 뽑아버렸어요!'라고, 마치 내가 그 짓을 한 것처럼 소리를 바락 질렀다. 이어서 아내는, 하는 걸로 봐선 산책로 가에 무성하게 핀 들꽃을 다 베어낼 작정인 것 같다며, 그 '미친놈'이 눈앞에 있다면 작살이라도 낼 기세였다.

"틀림없이 구청에서 그랬을 거예요. 그러지 않고선, 영산홍 주변에 핀 꽃들만 그렇게 잘라낼 리가 없어요. 지난봄에 쓸데없이 산길에다 영산홍을 갖다 심더니 그거 살리겠다고 개여뀌를 다 뽑아버린 거예요. 어쩜 그렇게 무자비하게 잘라놓았는지…. 한 이틀 더 두고 봐서 안 되면 직접 담당자를 만나러 가야겠어요. 해도 너무하잖아요? 왜 겨우 다시 핀 꽃을 베어내느냐고요. 개들은 하루해살이라, 이 철만 지나고 나면 저절로 죽어요. 그럼 내년 봄에 영산홍이 필 때는 아무 지장도 없는데, 그 영산홍 살리겠다고 한창 꽃이 매달린 개여뀌를 뽑아버리다니 미친 짓 아녜요? 그 인건비는 안 들어요? 도대체 주민들 세금을 얼마나 함부로 쓰는 거냐고요."

아내는 숨도 쉬지 않고 한꺼번에 말을 쏟아냈다. 나는 그런 일로 아침부터 목소리를 높이는 아내가 흥미로웠다. 그것은 지금까지 내가 알던 모습이 아니었다. 머리에 붉은 띠를 두르고 사람들이 오가는 대로에서 일인 시위도 할 수 있을 사람처럼 보였다. 나는 그런 아내가 낯설기도 했지만 신선하기도 해서 아내의 말에 연신 맞장구를 쳤다. 물론 마음에 없는 장단 맞추기는 아니었다. 나도 시간이 있었다면 아내와 함께 담당자를 만나러 갔을지도 몰랐다. 그만큼 그 공사는 애당초 하지 않아도 좋을 일이었다.

뒷산 산책로로 올라가는 초입에, 공사에 대한 안내 현수막이 붙은 것은 지난해 어느 봄날이었다. 공사의 명칭은 '실버로드 조성사업'이었고, 공사구간은 아내가 아침마다 산책을 다니는 오솔길이었다. 그 길은 나도 몇 번 가본 적이 있는데, 도심 가까이에 어쩜 이런 곳이 있나 싶게 맑은 시내가 흐르고, 계절이 바뀔 때마다 갖가지 야생화들이 번갈아 피어나 아름다운 곳이었다. 그 길에 새삼 무슨 조성사업? 귀가 중에 우연히 현수막을 본 나는 그런 생각을 하며 쓴웃음을 지었다. 아무리 노인인구가 늘고 있다지만 산길에까지 '실버로드'라는 이름을 붙인 게 못마땅했고, 있는 그대로 나무랄 데 없는 풍경인데 거기다 무엇을 더 잘해놓겠다는 것인지 공연히 불안했다. 무엇보다 실버로드가 노인들을 위한 것이라면 아예 시작할 필요가 없었다. 대로에서 몇 발자국만 올라가면 이어지는 산길은 긴 세월 동안 사람의 발길에 다져질 대로 다져져, 노인뿐 아니라 막 걸음을 떼기 시작한 아이도 걸을 수 있을 정도로 평탄했다. 그런 길을 어떻게 달리, 그 이름에 걸맞게 만들겠다는 것인지 알 수가 없었다.

그 후, 아내는 산책에서 돌아올 때마다 화가 나서 어쩔 줄 몰라 했다. 아무래도 실버로드가 근처에 새로 들어선 대규모 아파트 단지의 산책로처럼 될 것 같다는 것이었다.

며칠 동안 발을 동동거리며 궁리하던 아내는 마침내 구청 홈페이지에 사업의 불필요성을 조목조목 지적한 후, 당장 사업을 중지해달라고 요청했다. 그러나 구청의 답변은 아내의 기대와는 딴판이었다. 실버로드 조성사업은 이미 시행된 것이라 귀하의 요청을 들어줄 수가 없는 것이 유감인 만큼 다음 사업에는 꼭 참고로 하겠다는, 형식적인 것이었다.

구청으로부터 기대 밖의 냉정한 답변을 들은 아내는 분노와 허탈함으로 한동안 실의에 빠져 지냈다. 그러던 어느 날 아내는 현장에 가서 직접 사정을 해보겠다며 공사현장으로 올라갔다. 지금이라도 공사를 중단하여 옛 모습을 조금이나마 남겨달라는 부탁을 하고 싶어서였다. 되지도 않을 일이라 말렸지만 아내는 말을 듣지 않았다. 아니나 다를까, 아내는 곧 돌아왔다. 미처 말을 다 하기도 전에, 젊은 여편네가 뭐 할 짓이 없어 남의 밥벌이를 방해하러 다니느냐고, 공공근로자들에게 실컷 욕만 들었다고 했다. 아내는 내심 분하고 답답하여 한동안 입맛을 잃고 드러눕다시피 했다. 십여 년 동안 거의 매일 오르내리던 길이 훼손되는 걸 보고 있는 것이 첫애를 낳을 때만큼이나 고통스럽다고 했다. 길을 넓히느라 무참하게 베어져 나가는 어린 나무들과 야생화들이 애처로워 못 견디겠다고도 했다. 출산의 고통은 마침내 탄생의 기쁨을 누리는 행복한 결말이라도 있지만, 실버로드는 이 동네를 떠나지 않는 한 계속될 아픈 상처라고까지 말했다. 나는 아내가 느끼는 고통이 안쓰러워 함께 행정을 비난하며 위로했지만, 솔직히 아내의 마음을 다 이해하기란 쉽지 않았다.

아내가 자연과 생명에 대해 갖는 애정과 관심은 좀 유별났다. 도시에서만 줄곧 자란 나와 달리, 아내는 고향의 추억을 많이 갖고 있었다. 할머니가 시골에 혼자 계신 탓에 방학만 되면 기쁨조의 역할을 하기 위해 시골로 가곤 했다는 것이다. 그곳에서 아내는 아이들이 자연에서 할 수 있는 온갖 체험을 하면서 자연의 아름다움과 소중함에 본능적으로 감응하는 안테나가 생겼는지도 알 수 없었다. 그러지 않고선 자연에 대한 아내의 애착과, 죽어가던 생명들이 아내의 손에서 되살아나는 일을 이해하기는 어려웠다.

우리 집은 사람들이 가꾸다가 싫증 나 버리거나 고사 직전에 이른 식물들의 집합소였다. 버림받고 거리를 돌아다니는 개와 고양이도 자주 우리 집의 손님이 되었다. 이상한 것은, 올 때는 눈살을 찌푸릴 정도의 모습이던 것들이 얼마 안 가 살이 오르고 윤기가 흐르면서 제 모습을 갖추게 되는 것이었다. 꽃나무와 화초는 물론이고, 죽기 일보 직전의 유기견도 우리 집에 오면 건강을 되찾아 입양을 보낼 정도가 되었다. 그뿐 아니었다. 봄철이 되어 아이들이 병아리를 사 오면, 몇 달 후엔 어미닭이나 수탉이 되어 베란다를 날아다니는 일이 허다했다. 어떤 녀석은 알까지 낳아 우리의 식탁을 즐겁게 해주었다.

아내는 어떤 종류의 생명이든 관심을 가졌다 하면 정성을 다했다. 영양분이 좋은 사료나 비료를 마련하는 것은 물론이고, 때맞춰 물을 주거나 먹이를 주고, 시간에 맞춰 경쾌한 음악과 조용한 클래식 음악을 구분해가며 틀어주었다. 그리고 우리 아이들에게 하는 만큼이나 깊은 사랑과 정성으로 목숨이 위태로운 식물과 고양이와 개들을 한결같이 보살펴주었다. 아내는 생명 가진 모든 것들이 남루하고 가여워지는 것에 대해 병적일 정도로 못 견뎌 했다. 어떤 종류의 생명이든 이 세상에 태어난 것은 바퀴벌레조차도 제 수명대로 살 권리가 있다고 생각했다. 아내가 그런 마음을 갖게 된 것은 어이없게도 한 마리의 쥐 때문이었다.

아내는 어릴 적에 쥐가 많이 드나드는 집에 살았다. 오래된 한옥의 방 천장에는 큰방, 작은방, 건넌방 할 것 없이 쥐 오줌으로 얼룩져 있었고, 밤이면 천장을 부산하게 오가는 쥐들 때문에 깊은 잠을 잘 수가 없었다. 쥐약을 놓아 더러 그것을 먹고 죽은 쥐들을 보는 건 예사였다. 그래도 쥐들은 좀처럼 없어지지 않았다. 견디다 못한 장인은 어느 날, 쥐 소탕 작전을 철저하게 세웠다. 그때까지 하던 방법과는 다르게 쥐들이 좋아하는 밥에 설탕을 뿌려 쥐가 다니는 길목마다 놓아두었다. 처음에는 입질을 잘 않던 쥐들이 먹고도 아무 탈이 없자 차츰 먹어치우는 속도가 빨라졌다. 그렇게 몇 번 맛을 들인 쥐들은 쥐약과 설탕을 함께 버무린 밥을 겁 없이 먹어치웠다. 그 후, 천장에서는 한참동안 쥐들의 짧은 신음과 발버둥치는 소리가 애처롭게 들려왔다. 마침내 타는 듯한 고통을 견디지 못한 쥐들이 비칠거리며 밖으로 뛰쳐나와 한두 마리씩 차례차례 죽어나갔다. 밖에 나와 죽은 쥐도 많았지만, 장인은 천장에서 죽은 놈들도 많으리란 걸 알았다.

사나흘 뒤 청소를 하기 위해 천장으로 가는 계단을 오르는 장인을 따라 아내도 올라갔다. 이미 죽은 것도 많은데 천장에는 과연 몇 마리나 남아 있을까 하는 호기심 때문이었다. 그때, 아내는 의외의 광경에 평생 지워지지 않는 충격을 받았다고 했다.

"플래시 불빛 속에 여기저기 어미 쥐들이 널브러져 숨을 할딱이고 있었어요. 숨이 끊어지기 직전이었죠. 근데, 그 곁에 새끼 쥐들이 오글오글 붙어서 다 숨을 할딱이고 있는 거예요. 내가 놀란 것은, 다들 곧 죽게 생겼는데도 불빛이 비치니까, 찍찍거리며 어디엔가 숨어보려고 필사적으로 발버둥을 치는 거였어요. 그야말로 처절한 몸부림이었어요. 그 모습이 어린 마음에 어떻게나 불쌍하던지. 어째선지 징그럽다는 생각이 하나도 들지 않았어요. 난, 그때까지, 쥐 같은 것들은 이 세상에서 없어지는 게 당연하다고 생각했거든요. 그런데 살려고 그렇게 악착같이 버둥거리는 걸 보고는, 막연했지만, 생명 있는 모든 것들은 그렇게 살려고 발버둥 친다는 걸 알았던 거예요. 난 아버지의 옷깃을 잡고 바들바들 떨면서 물었어요. 아빠, 이젠 살릴 수가 없지? 하고요. 아빠가 어처구니없는 얼굴로 날 쳐다보더니, 그만 내려가라고 버럭 소릴 지르데요. 그 후, 그 장면은 나를 오래도록 괴롭혔어요. 그날, 아버지는 쥐를 모조리 쓸어내고는 흡족해하셨지만, 나는 그 쬐끄만 것들이 겁에 질려 있던 새까만 눈동자를 잊을 수가 없었어요. 지금도 제피 씨 같던 그 작고 까만 눈동자들이 생각나요. 사람도 아닌 것이, 어쩜 그렇게 가여운 눈빛을 할 수가 있는지… 안 보고는 정말 모를 거예요."

그때, 나는 그렇게 철학적인 경험을 하필 쥐를 통해 했느냐고, 쥐가 그런 눈빛을 가졌다면 누가 믿겠느냐면서, 나도 못 믿겠다고 농담처럼 대꾸했다. 그러나 사실이기도 했다. 시궁창 속을 재빠르게 드나드는 쥐를 먼발치에서나 겨우 본 사람이, 어떻게 그 목숨에 대한 연민을 짐작할 수 있단 말인가. 그러고 보면 사람은 자신이 경험한 것 외는 잘 믿지 못하는 나쁜 습성이 있는 게 분명했다. 무엇이든 경험을 한 후라야 비로소 타인을 이해할 수 있는 힘이 생기는 것이다. 여하간 아내는 그때의 경험으로, 생명과 자연에 대한 인식이 확고하게 형성된 듯했다.

마침내 공사가 끝났다는 소문이 들려왔다. 그 며칠 후, 아내는 기어이 나를 끌고 뒷산으로 향했다. 혼자선 도저히 갈 용기가 안 난다는 게 이유였다. 어느 날 팬스레 가서는 공공근로자들에게 안 들어도 좋을 말을 듣고 온 후부터 아내는 줄곧 산책을 쉬고 있었던 것이다.

실버로드는 예상했던 것보다 훨씬 더 낯선 모습으로 우리를 맞았다. 성형으로 미모를 갖추게 된 여인의 얼굴 같다고나 할까. 절로 한숨이 나왔다. 정겹던 오솔길은 온데간데없었다. 야생화들이 흐드러지게 피었던 자리엔 붉은 꽃을 가득 매단 영산홍이 개점을 알리는 백화점의 안내양처럼 줄 지어 서 있고, 아무렇게나 설치된 나무계단은 보폭을 헝클어놓아 걸음을 방해했다. 가장 큰 충격은, 조붓했던 오솔길이 쓸데없이 넓어지고 숲을 화려하게 수놓았던 야생화들이 다 사라졌는데도 그것을 아쉬워하는 사람이 없다는 것이었다. 두서넛씩 어울려 우리 곁을 지나가는 사람들은 하나같이 길이 넓어져서 좋다고, 붉은 꽃이 피어 있으니 생기가 넘친다며 만족감을 드러냈다. 어이없게도 실버로드를 걸으며 사라진 옛 풍경을 그리워하는 사람은 오직 아내와 나뿐인 듯했다.

아내는 얼마 걷지 않아 내 어깨에 머리를 기대더니 잔뜩 풀죽은 목소리로 중얼거렸다.

"사람들은 오솔길을 걸을 때 이슬에 바짓가랑이가 젖는 걸 싫어하나 봐. … 왜 사람들은, 길이라면 다 넓고 편리해야 한다고만 생각할까? … 여보, 난 왜 이렇게 다른 사람들처럼 무신경하지 못하고 괴로운 거야?"

아내는 끝내 울먹였다. 나는 아내의 어깨를 토닥이며 너무 낙심하지 말라고, 자연은 우리가 생각하는 것보다 복원력이 강하니까, 내년에는 아마 야생화들이 다시 뿌리를 내릴 것이라고, 확신도 없으면서 위로를 했다. 그런데 놀랍게도, 아니 다행스럽게도, 내가 했던 말은 올가을에 사실로 나타났다. 비록 다른 야생화는 자라지 못하고 개여뀌만 무성하게 돋아났지만, 그 풀꽃이 다시 길을 덮고 꽃을 피워서 옛 정취에 대한 그리움을 조금이나마 달래주었던 것이다.

아내가 그 기쁨을 계속 누릴 수 있었다면 자다 말고 지구대에 갈 일은 없었을지도 모른다. 모르긴 해도 아내는 오늘 아침 산책길에서 누군가가 개여뀌를 베어내는 현장을 목격했을 것이다. 구청장이 앞에 있으면 한 대 때릴 듯한 기세로 실버로드 사업을 비난했으니 현장을 봤다면 물불을 가리지 않고 덤벼들었을 것이다.

"애초에 이 산의 주인은 영산홍이 아니고, 저 들꽃들이에요. 우리 집 마당에서도 볼 수 있는 영산홍을 산길에다 심어놓은 것부터가 잘못된 거예요! 하면 안 될 짓을 해놓고는 왜 잘 자라고 있는 생명을 싹둑싹둑 잘라요! 그만하세요! 쓸데없는 짓 좀, 제발 그만하라고요!"

새파랗게 날이 선 아내의 목소리가 들려오는 듯했다. 누군지 모르지만 좀처럼 물러서지 않는 젊은 여자의 분노를 감당하는 게 쉽지는 않았을 것이다. 나는 공연히 실실거리며 지구대를 향해 걸음을 재게 놀렸다.

일요일 아침의 거리는 등산 가는 사람들로 여느 때와 다른 활기를 띠고 있었다. 우리가 뒷산이라 부르는 산이 이 지역에서는 꽤 유명한 산이어서 전철역 주변은 언제나 등산객들로 붐볐다. 여기저기서 방금 만난 사람들이 반갑게 인사를 나누는 소리가 선선한 가을공기 속으로 경쾌하게 퍼져 나갔다. 그들은 산책이 아니라 산행을 즐길 것이기에 실버로드를 거치지 않고 곧장 산으로 올라갈 것이다. 나는 그들에게 실버로드에 한 번 가보라고 말하고 싶었다. 남에게 싫은 소리라고는 해본 적이 없는 한 여자가 그 길 때문에 아침부터 싸운 모양이라고, 당신들은 실버로드에 대해 어떻게 생각하느냐고 물어보고 싶었다. 하지만 괜한 생각이었다. 그들 역시, 삼삼오오 짝을 지어 걸으며 평평한 게 널찍해서 좋구만, 따위의 말을 늘어놓을 거라는 생각이 왠지 들었다.

지구대의 출입문은 마치 날 기다렸다는 듯 활짝 열려 있었다. 나는 창문 너머로 안쪽을 슬쩍 훔쳐보았다. 어째선지 실내에는 컴퓨터 앞에 앉아 마우스를 움직이고 있는 순경과 아내뿐이었다. 아내는 지구대의 낡은 소파에, 링에 올랐다가 주먹도 한번 뻗어보지 못하고 케이오 당한 권투선수 같은 얼굴로 앉아 있었다. 예상과 다른 모습에 나는 의아해하며 지구대 안으로 들어갔다. 아내도, 순경도 내가 들어서는 것을 알지 못했다. 나는 아내의 곁으로 다가가 살그머니 어깨에 손을 얹었다. 아내가 놀라 날 쳐다보았다. 마치 나쁜 짓을 하다 들킨 아이처럼 얼굴이 살짝 붉어졌다. 나는 아내 곁에 털썩 주저앉으며 대체 무슨 일이냐고 대수롭잖은 듯 물었다. 아내가 미안한 얼굴로 아침부터 놀랐죠? 라며 내 손을 끌어다 쥐었다. 아내의 손은 평소와 다르게 차갑고 축축했다. 아무래도 내가 추측했던 것과 다른 사태가 발생한 것 같았다. 아내는 나의 물음에 답하려다 말고 어딘가 결리는 듯이 얼굴을 찡그렸다. 나는 무슨 일인가 싶어 아내 쪽으로 돌아앉았다. 그때, 컴퓨터에서 눈을 뗀 순경이 얼른 의자를 밀치고 일어났다.

"아이구, 실례했습니다. 언제 오셨습니까? … 인기척이라도 좀 하시지요."

전화에서 들었던 목소리였다. 통화를 할 때보다 친절한 말투여서 다른 사람인가 싶을 정도였다. 그는 아내 쪽을 흘금 쳐다보더니 목소리를 낮춰 말했다.

"사모님이 많이 놀라셨을 겁니다. 그러니까…."

그가 막 뭔가 설명을 하려고 하는데 한구석에 있는 문이 열리더니 한 노인이 나타났다. 먹다 남긴 고기조각처럼 뻣뻣한 얼굴을 한 노인이었다. 검은 털이라고는 한 오라기도 없는 백발에 단장을 짚고 있었다. 검은 뿔테 안경 속에서 흘깃 나를 쳐다보는 눈길에는 오랫동안 권위를 누렸던 사람들이 갖는 거만함이 어려 있었다.

노인은 손을 닦은 손수건을 반듯하게 접어 뒷주머니에 넣고는 곧장 내 쪽으로 걸어왔다. 단장에 의지해 떼는 걸음이 느렸지만 건강이 나쁜 것 같지는 않았다. 아내가 갑자기 콧방귀를 끼며 내 곁으로 바싹 당겨 앉았다. 설마 저 노인과 무슨 일이 있었을까 하던 나는 뜨악해서 아내를 쳐다보았다. 노인을 쳐다보는 아내의 눈길이 당장이라도 멱살을 잡아 힘껏 흔들고 싶은 듯 적의에 차 있었다. 나는 내심 고개를 갸웃했다. 아내가 노인과 악다구니를 하는 모습은 아무리 해도 상상이 되지 않았다.

노인은 곧장 내 앞으로 왔다. 그리고는 다짜고짜 댁이 이 여자의 남편이냐고 물었다. 내가 미처 대꾸할 새도 없이 아내가 먼저 앙칼지게 쏘아붙였다.

"제발 좀 그만하세요! 치료비 주겠다는 게 뭐 대단한 혜택이라도 되는 것처럼 그러시는데요, 자꾸 그러면 정말 병원에 드러누울 수도 있어요. 저, 합의 같은 거 안 할 테니까 공연히 헛수고하지 마세요!"

아내의 말투는 야멸찼다. 여차하면 팔이라도 걷어붙일 기세였다. 나는 놀라서 아내의 팔을 잡아당겼다. 아내가 아얏, 하고 짧은 비명을 지르며 내 손을 걷어냈다. 찌푸린 얼굴이 금방이라도 울 상이었다. 아무래도 어딘가를 다친 모양이었다. 그제야 나는 아내와 노인 사이에 몸싸움이 있었구나 하는 생각을 했다. 어딜 어떻게 다쳤는지 기색을 살펴보았지만 보기에 말짱하니 알 수가 없었다.

아내의 악다구니에 놀랐는지 노인이 얼굴을 붉힌 채 아내를 쏘아보았다. 그 얼굴에 어린 경멸과 조소에 나까지 불쾌해질 지경이었다. 아내는 관심도 없다는 듯 눈길을 돌려버렸다. 노인이 단장에 몸을 의지하고 기우뚱하게 선 채 말했다.

"젊은 여편네가 아침부터 손윗사람 하는 일에 간섭하고 덤벼서, 내가 지팡이로 몇 대 때렸어. 어깻죽지에 멍이 들었을 거야. 치료비는 얼마든지 줄 테니 청구하시게."

노인은 남의 아내를 때렸다는 말을 지나가는 개에게 한 일처럼 덤덤하게 말했다. 치료비를 청구하라는 말도 마치 시혜라도 베푸는 듯한 어투로 하는 데는 더욱 기가 찼다. 노인은 내 대답은 들을 생각도 않고 맞은편 소파에 주저앉아 눈을 감았다. 그동안 창가에 서서 누군가와 계속 통화를 하고 있던 순경이 우리에게로 왔다. 그는 어째선지 난처한 기색으로 웃음을 빼물었다.

"진단서를 끊을 수도 있겠지만… 노인장께서 치료비는 얼마든지 주시겠다 하니, 뭐 그럴 필요까지야 있겠습니까? 더구나 같은 동네 사는 주민들끼리 의견 차이로 생긴 일을 가지고 말입니다. 연세도 많으신 양반인데… 저쪽에서도 가족이 올 테니까, 서로 잘 얘기해서 적당한 선에서 마무리하시죠?"

아내를 돌아다보았다. 어림도 없다는 듯 싸늘한 얼굴이었다. 나는 아침의 괴괴한 산속에서 아내가 백발의 노인에게 매찜질을 당하는 장면을 그려보았다. 이유야 어쨌든 한 사람은 남자인 데다 무기를 들고 있고, 한 사람은 여자이며 무방비 상태였다. 생각할수록 무섭고도 어처구니없는 일이었다. 나는 화가 치밀기도 하고 안쓰럽기도 하여 공연히 역정이 났다.

"대체 무슨 일이 있었던 거야? 왜 아침부터 노인네랑 시비가 붙었어?"

아내가 눈물이 글썽한 채 노인을 흘겨보았다. 그 눈에 어린 적의가 오싹하리만큼 깊었다. 아내는 노인과 한 공간에 있다는 것이 치욕이기라도 한 듯 진저리를 치며 말했다.

"저 영감이 범인이었어요! 저 노인네가 그 아름다운 산길을 다 망쳐놨다구요! 꽃들이 다시는 살아날 수 없게, 무지막지하게 다 파헤쳐버렸다고요!"

아내는 간신히 울음을 참고 있었다. 노인은 눈을 감은 채 미동도 없었다. 무심하다 싶을 정도로 태연한 모습이었다. 그것이 더욱 아내를 못 견디게 했던가. 아내가 갑자기 울음을 터뜨렸다. 나는 아내를 가슴에 안았다. 저 사람이, 그 여리디여린 꽃들을, 다 뽑아서 길바닥에 내팽개쳤다고요! 아내의 목소리는 울음에 잠겨 잘 나오지 않았다.

누가 죽어간 꽃들을 위해 이렇게 슬피 울 수 있을까. 누가 산 속에 피었다 죽어간 들꽃 때문에 이렇게 가슴 아파하는 여자를 이해할 수 있을까.

아내의 눈물이 따뜻하게 내 가슴을 적셨다. 할 수 있다면 그 눈물이 노인의 가슴으로 흘러들게 하고 싶었다. 그러면 노인도 죽어간 꽃들에 잠시나마 조의를 표하게 될까? 아내의 마음을 조금이라도 헤아릴 수 있을까? 나는 아내의 등을 가만가만 토닥였다. 잠시 후, 눈을 감고 있던 노인이 늘어진 눈까풀을 힘겹게 밀어 올렸다. 검은 뿔테 안경 너머에서 우리를 바라보는 눈동자가 무슨 생각을 하는지 알 수 없게 흐릿했다. 노인은 그 눈으로 아내를 흘겨보며 말했다.

"참 지겹구만. 대체 얼마나 더 울 거야? … 그건 망친 게 아니라 정돈을 한 거라고 몇 번을 말해야 알아들을 거야? 한심한 여편네 같으니라구."

뇌까리듯 조용한 말투인데 번뜩이는 칼날처럼 소름이 끼쳤다. 더 이상 노인을 견딜 수가 없었다. 나는 주먹을 부르쥐고 일어섰다. 더는 노인이라는 이유만으로 참고 있을 수가 없었다. 그에게로 걸음을 내디뎠다. 내 행동을 눈치 챈 순경이 급히 다가오더니 팔을 붙잡고 목소리를 한껏 낮춰 말했다.

"참으세요. 저쪽에서도 곧 가족이 올 텐데 이러다가는 패싸움 납니다. 서로 망신이에요. 더구나 노인이잖아요? 그냥, 미친개한테 물렸다 생각하세요."

마지막 말은 너무 작아서 잘 들리지 않았지만 어쨌든 그의 말은 도움이 되었다. 나는 가까스로 마음을 가라앉혔다. 일단 아내를 데리고 집에 가야겠다고 생각했다. 집에 가서 얼마나 다친 것인지 확인한 후 대책을 세워야 할 것 같았다. 나는 순경에게 내 뜻을 말했다. 만약 무슨 일이 있을 경우엔 사태가 이대로 끝나지 않을 수 있다는 말도 덧붙였다. 순경은 고개를 갸우뚱한 채 그래도 될 것인지 생각하는 듯 잠자코 있었다. 내 말에 귀를 기울이고 있던 노인이 소파에 몸을 깊이 파묻은 채 소리를 질렀다.

"여기서 해결해! 뒤에 가서 무슨 소릴 할지 모르는 게 인간이란 종자야! 내가 없는 곳에서 나온 말들은 믿을 수가 없어."

지구대 안이 쩌렁 울릴 정도로 큰 소리였다. 순경이 두어 번 머리를 내흔들더니 여기가 댁의 안방이냐고, 조용히 안 할 거냐고 마주 소리를 질렀다. 그러나 노인은 그만두기는커녕 단장을 들어 내게 겨누며 다시 한 번 외쳤다.

"여기서 자네 마누라의 어깻죽지를 살펴 봐! 사기 칠 생각은 하지 말고. 나, 늙었지만 그렇게 호락호락한 사람 아니야. 얼마든지 주겠다 했다고 한 밑천 챙길 생각 말고, 받을 것만 말하라구!"

노인의 말은 지금까지 가슴속에 누적된 분노를 한꺼번에 터뜨릴 수 있을 만큼 무례하고 포악했다. 나는 노인을 향해 뻗으려는 손을 간신히 점퍼 주머니에 찔러 넣으며 노인을 쩌려보았다. 대꾸할 필요는 느끼지 않았다. 그가 제대로 나이 든 노인이라면 아침부터 젊은 여자와 시비를 할 리도 없고, 내게 그렇게 말할 턱도 없었다. 소중한 휴일을 더 이상 지구대 안에서 노인과 보내고 싶지 않았다. 아내에게 손을 내밀었다. 아내가 눈물을 닦고 내 손을 잡으려다가 다시 한 번 아얏! 하고 짧게 비명을 내질렀다. 주머니 속에 든 주먹이 단단해졌지만 순경의 말을 생각하며 지그시 어금니를 깨물었다.

그때, 노인을 닮은 내 또래의 사내가 지구대 안으로 허둥지둥 들어섰다. 예식장에라도 가는 길인지 감색 양복에 화려한 문양의 넥타이를 매고 있었다. 노인이 그를 반가운 눈길로 쳐다보았지만 사내는 우리 중 아무와도 눈을 마주치지 않고 곧장 순경에게로 갔다.

"가서 현장을 보고 왔습니다. … 제 아버지가 잘못한 건 아니더군요. 길은 오히려 정돈이 잘되어 있었습니다. 영산홍 꽃길이라 이름 붙여도 좋겠더군요. 유감스럽게도 아주머니의 간섭이 지나쳤다는 생각이 듭니다. 어쨌거나 어깨에 타박상을 입으셨다니, 도의적으로 치료비는 드리겠습니다. 그렇다고 너무 많이 청구하시는 건 곤란합니다."

나는 모르는 일의 시작과 끝을 사내는 이미 알고 있는 듯했다. 중요한 말에 밑줄을 치듯이 강조해가며 말하는 사내의 태도에는 빈틈이라곤 없었다. 노인과 짜 맞춰 하는 짓이란 생각이 들었다. 말은 순경에게 하고 있었지만 우리에게 들으라고 하는 소리란 것도 알 수 있었다. 그런데 나는 실버로드에서 아내에게 무슨 일이 있었는지 알지도 못하고 있었다. 나는 사내에게, 나도 아내에게 자초지종을 들어봐야겠다고 말했다. 사내가 얼마든지 그래보라는 뜻인지 말도 없이 한구석으로 가 소파에 털썩 주저앉았다. 나는 아내에게 얘기를 처음부터 자세히 해보라고 다그쳤다. 아내는 잠시 망설이더니 차분하게 가라앉은 목소리로, 그러나 우리가 다 들을 수 있게 알맞은 크기로 이야기를 시작했다.

 난 오늘, 다른 날보다 일찍 산책에 나섰어요. 산책로는 전날보다 더 휑해져 있었어요. 누군가 벌써 작업을 시작했다는 걸 알 수 있었죠. 드디어 꽃들을 망가뜨리는 현장을 잡았다는 게 다행스러워 난 부리나케 걸었어요. 그가 누구든지 만나기만 하면, 남은 구간만이라도 제발 그대로 두라고 사정할 참이었거든요. 그래서 안 통하면 구청으로 직접 가서 말할 생각이었어요. 난 지금까지 구청에서 하는 일이라고 생각했지, 한 개인이 이렇게 무모한 짓을 하리라고는 생각지 않았으니까요. 얼마 안 가서 한 노인이 눈에 들어왔어요. 난 설마 저 노인일까 했어요. 근데 바로 그 노인이 그런 짓을 하고 있더라고요. 행색으로 보아 구청에서 고용한 사람이 아니란 건 단번에 알 수 있었어요. 나는 너무나 혼란스러워서 잠시 서 있었어요. 노인이란 것 땜에 말하기가 곤란했던 거지요. 노인은 여기기 짝이 없는 개여뀌의 밑둥 깊숙이 지팡이를 찔러 넣어 거침없이 뽑아 올렸어요. 연보랏빛 꽃을 매단 개여뀌들이 뿌리째 뽑히며 으드드드, 비명을 질러댔어요. 네, 난 분명히 비명소리를 들었어요. 내 뼈가 으스러지는 것 같았어요. 노인의 손은 커다란 불도저 같았어요. 그 손으로 인정사정없이 풀꽃들을 막 밀어냈어요. 나는 당장 노인의 지팡이를 뺏고 싶은 충동을 간신히 억누르고 인기척부터 냈어요. 하지만 노인은 자기가 하는 일에 얼마나 깊이 빠져 있었던지 몇 번을 불러도 모르더군요. 참다 못해서 더 큰소리로, 할아버지, 라고 불렀을 때야 겨우 고개를 들었어요. 노인은 어이없게도 빙그레 웃더군요. 자기가 하는 일을 무척 자랑스러워하는 얼굴이었어요. 누군가 자신의 노고를 기억해주기를 바라는 그런 표정이었지요. 난 그 얼굴을 쳐다보기도 싫었지만, 가능하면 노인의 감정을 건드리지 않으려고 조심스럽게 말했어요.

"할아버지, 왜 그러시는지는 알겠는데요, 한창 꽃이 피고 있는 걸 그렇게 뜯어내는 일은 안 했으면 좋겠어요. 힘드실 텐데 남은 건 그냥 두시지 그러세요?"

노인의 얼굴에선 금세 웃음이 사라졌어요. 기대와 달리, 내가 훼방꾼이란 걸 안 거죠. 노인은 대꾸도 하지 않고 고개를 돌려버리더군요. 한 번 더 간곡하게 말했지만 들은 척도 하지 않았어요. 이제쯤 그만두려나 싶어 기다려보았지만 노인은 마치 누가 쫓아오기라도 하는 듯 더욱 바쁘게 손을 놀렸어요. 노인은, 마치 노인의 탈을 쓴 청년이 아닌가 싶을 정도로 기운이 좋았어요. 조바심이 나데요. 남아 있는 꽃들마저 그 손에서 금세 다 뽑혀나갈 것만 같았으니까요. 그래서 난 또 사정했어요.

"할아버지, 제발 그만 좀 하세요. 그냥 두는 게 훨씬 나아요. 풀꽃들은 찬바람이 불면 저절로 죽어요. 그러면 내년 봄에 또 붉은 영산홍을 볼 수 있어요. 그러니까 제발….."

그제야 무슨 시덥잖은 소리냐는 듯 노인이 고개를 획 들더니 나를 뚫어지게 노려봤어요. 나도 눈싸움에서 지면 안 되겠다 싶어 마주 보았어요. 그랬더니 노인이 숲이 떠나가도록 소리를 지르는 거예요.

"무슨 말도 안 되는 소리야! 구청에서 돈 들여서 해놓은 사업이야! 이 꽃들이 잘 자라야지. 그래야 내년 봄에 꽃을 더 잘 피울 거 아냐. 이런 잡풀들은 꽃을 피워봤자 볼 것도 없어!"

나는 어떻게든 노인의 마음을 돌려놔야겠다 싶어 가까이 갔어요. 이젠 엎드려서라도 사정을 하고 싶었으니까요. 나는 노인의 옷깃을 부여잡았어요.

"그건 잡풀이 아니에요. 개여뀌라는 우리 꽃이에요. 둘 중 하나만 살지 않고, 둘 다 살 수 있으면 더 좋잖아요? 여긴, 원래 할아버지께서 뽑아버린 저 야생화들의 자리예요. 저도, 영산홍을 죽이자는 게 아녜요. 가만두면 둘 다 어우러지게 되어 있다는 말씀을 드리는 거예요. 그러니까 제발 그만 좀…."

내가 말을 채 끝맺기도 전에 노인이 지팡이를 쳐들더니 내 어깨를 내리쳤어요. 눈 깜짝할 새였어요. 난 놀라서 그 자리에 주저앉고 말았어요. 설마 그런 일이 있으리라곤 생각지도 못했으니까요. 노인의 눈빛은 먹이를 놓치지 않으려는 들짐승 같았어요. 노인이 단장을 더욱 높이 쳐들더군요. 나는 비명을 질렀어요. 마침 아주머니들이 그쪽으로 오고 있었거든요. 아주머니들이 놀라서 허둥지둥 되돌아갔어요. 난, 그들이 가능하면 빨리, 신고해주기만 바랐어요. 순경이 달려온 것은, 내가 겨우 노인의 손아귀에서 벗어나 가쁜 숨을 몰아쉬고 있을 때였어요. 그때, 순경이 오지 않았음, 그 자리에 쓰러졌을지도 몰라요.

"얼마나 요령껏 때렸는지 아세요? 겉으로는 누구도 눈치채지 못하게 어깻죽지만 때렸어요. 아주 많이 해본 솜씨였어요. 난, 지금 몹시 아파요. 겨우 참고 있는 거예요. 저렇게 점잖은 모습을 한 노인이, 그렇게 용의주도하고, 난폭하고, 무자비하다니 누가 믿겠어요?"

아내가 새삼 진저리를 치며 노인을 노려보았다. 노인은 눈을 지그시 감은 채 무표정한 얼굴을 하고 있었다. 사내가 일어서더니 좀 답답하다는 듯이 아내 앞으로 두어 발짝 다가서서 손을 맞비비며 입을 뗐다.

"아주머니, 이런 일들이 왜 생기느냐 하면, 사람마다 다 자기 견해란 게 있어서 그렇습니다. 아주머니가 풀꽃인가, 들꽃인가를 사랑하시는 것처럼, 제 아버지 역시 그렇다는 겁니다. 제 아버지께서는 오로지 영산홍을 잘 살려야겠다는 생각으로 그 길을 오르내리셨습니다. 아버지가 그 일을 하고 계실 때, 어떤 사람들은 수고한다고, 구청에서 할 일을 그렇게 하고 계시냐고 격려를 했다는 것이 중요합니다. 제 아버지께서는 고급 공무원으로 퇴임하셨습니다. 뭐, 어떤 직책이었는지는 말씀드리지 않겠습니다. 그러니 여러 사람을 위한 일에 대한 판단은 누구보다 명철하십니다. 그러니까, 아주머니는 지금 대중 앞에선 별로 먹히지 않는 주장을 하고 계신다는 거지요. 하지만 제 부친께서 감정을 주체하지 못해 아주머니에게 타박상을 입힌 것은 아주 잘못하신 겁니다. 그래서 치료비를 드리겠다는 겁니다. 그러니

병원에 가서서 진단서를 첨부해 치료비를 청구해주십시오. 그렇다고 아까 말했듯이 과다청구는 받아들일 수 없습니다. 우리는 두 분의 협박에 속을 만큼 어리석은 사람들이 아닙니다."

노인이 그제야 실눈을 뜨고 사내를 지그시 쳐다보며 만족스러운 웃음을 지었다. 순경이 난감한 눈길로 우리 쪽을 흘깃 쳐다보았다. 우리는 어느새 아내의 부상을 앞세워 치료비나 뜯어내려는 파렴치한으로 취급받고 있었다. 나는 사내의 턱을 날려버리고 싶은 충동을 다시 한 번 어금니로 깨물고 말했다.

"당신이 우리에게 그런 식으로 말한다면, 정말 당신이 말하는 대로 행동해줄 수도 있어."

사내가 무슨 말인지 알아듣지 못한 척 어리둥절한 표정을 지었다. 잠자코 앉아 있던 아내가 조용히 일어서더니 사내 앞으로 다가갔다. 사내가 의아한 눈길로 아내를 바라보았다. 도대체 무슨 말을 또 하고 싶으냐는, 성가셔하는 기색이 역력한 눈길이었다. 그 눈길을 피하지 않고 쏘아보던 아내가 갑자기 사내의 뺨을 호되게 후려갈겼다. 얼마나 세게 때렸던지 사내가 끼고 있던 금테 안경이 떨어져 코끝에서 덜렁거렸다. 나는 놀라서 아내를 쳐다보았다. 물론, 순경도, 노인도 뜻밖의 사태에 놀라서 입을 다물지 못했다. 노인은 묘하게 앓는 소리를 내며 소파에 더욱 깊이 몸을 파묻어버렸다.

사내가 씨발, 이 예편네가, 하면서 안경을 고쳐 쓰더니 주먹을 불끈 쥐었다. 나는 얼른 아내 앞을 막아섰다. 아내가 사내를 노려보며 싸늘하게 내뱉었다.

"난, 도의적인 치료비가 필요한 게 아니라 부상에 대한 치료비가 필요해. 사람을 어떻게 보는 거야? 그래, 사람마다 다 나름의 견해가 있지. 그게 바로 인간성의 깊이인지도 몰라. 껍데기는 멀쩡하게 생겨갖고는 어디서 속고만 살다 왔어? 뭐 어째? 협박? 원인 제공자가 누군데 우리를 부부 공갈단으로 취급하는 거야! 정신 똑바로 차리고 할 말, 안 할 말 구분해가면서 살아."

아내가 찬바람이 일게 돌아서더니 지구대 밖으로 나가버렸다. 나는 어쩔 줄 모르고 서 있는 순경에게 급히 목례를 하고는 밖으로 따라 나왔다. 아내가 어깨를 어루만지며 우두커니 서 있었다. 나는 얼른 아내 곁으로 다가갔다.

"많이 아파?"

아내는 고개를 끄덕이며 나를 돌아보았다. 아직 적의가 사라지지 않은 붉은 눈빛이었다.

"오늘 내가 다른 사람 같죠? 나도 내가 낯설어요. … 도저히 참을 수가 없었어요. 그들이 날, 당신을, 그런 식으로 모욕하는 걸 견딜 수 없었어요. … 무엇보다 이제… 그 길에서 다시 꽃들을 볼 수 없다는 게…."

아내의 눈에서 굵은 눈물방울이 꽃잎 지듯 투둑 떨어졌다. 나는 죽어버린 꽃들 때문에 눈물을 흘리는 아내의 아픈 어깨를 살포시 감싸 안았다. 아직 아내를 다 이해하기는 어려웠다. 그런데도 어째선지 붉은 영산홍에 떠밀려 제자리를 잃은 개여뀌를 구하려고 이른 아침부터 노인과 맞장을 뜬 아내가 사랑스러웠다. 아내의 눈물이 가슴을 적셨다. 축축하게 젖어드는 옷깃 사이로 아내의 체온이 따뜻하게 스며들었다. 아내가 무안한 낯빛으로 나를 올려다보았다. 나는 싱그레 웃으며 아내의 두 손을 맞잡았다. 우리는 손을 꼭 잡고, 태엽이 덜 감긴 두 개의 인형처럼 기우뚱거리며 집을 향해 걸음을 떼놓았다.

호 수 근처

기억 속의 풍경은 사라졌다. 마치 다른 곳에 와 있는 듯했다. 나는 사방을 휘둘러보았다. 분명 숲이 무성했던 것 같은데 수양버들 몇 그루가 구부정하니 물을 들여다보고 있을 뿐이었다. 물은 흐르기를 멈춘 것처럼 고요하고 예전보다 훨씬 흐린 빛이었다. 호수로 가는 입구에서부터 무언가 달라진 것 같긴 했지만 이렇게 변했으리라곤 생각지 못했다. 워낙 오랜만이라 기억이 잘못되었나 싶었다. 도저히 물고기가 살 것 같지 않았다. 나는 들고 있던 낚시도구함을 팽개치듯 내려놓고 우중충한 물속을 맥없이 들여다보았다.

"아저씨, 오줌 마려워."

느닷없다 싶게 들려온 아이의 목소리에 퍼뜩 정신이 들었다. 성가신 기분으로 뒤돌아보았다. 아이는 내가 세워둔 그대로 상수리나무 아래에 서 있었다. 손에는 입구 가게에서 사 준 빵이 뜯지도 않은 채 들려 있었다. 아이는 거의 울 듯한 얼굴로 나를 쳐다보았다. 눈을 질끈 감았다 떴다. 도대체 어쩌자고 아이를 데려온 것인지 후회스럽기 짝이 없었다.

"안 볼 테니까 거기서 싸."

나는 공연히 목청을 높였다. 아이가 놀랐는지 눈이 동그래지더니 빵을 입에 물고 엉덩이를 까 내렸다. 나는 고개를 돌렸다. 멀리 알록달록하게 지붕을 인 공장들이 눈에 들어왔다. 예전엔 없던 것들이었다. 몇 년 사이에 이리도 풍경이 변한 것은, 그동안 내게 좋은 일이라곤 일어나지 않은 것만큼이나 충격적이었다. 나는 갈 길을 잃어버린 나그네처럼 어떡해야 할지 알 수가 없었다. 엉겁결에 남의 아이까지 달고 나와 더욱 암담했다.

"오줌 다 쌌어."

아이가 등 뒤에서 기어드는 소리로 말했다. 처음과 달리 눈치를 보는 듯한 말투였다. 나는 아이를 돌아보지 않은 채 대답했다.

"빵이나 먹어."

"배 안 고파."

"안 고파도 먹을 수 있을 때 먹어둬."

"나, 아저씨 따라갈 거야. 나 두고 가지 마."

아이는 마치 내 마음의 밑바닥을 훔쳐본 듯 울먹이며 말했다. 나는 괜스레 찔끔하여 목구멍까지 치미는 말을 겨우 삼켰다. 야! 내가 왜 널…. 그 말을 입 밖에 내지 않은 것은 다행이었다. 돌아본 아이의 눈빛에는 지푸라기보다 더 못한 것이라도 잡을 수만 있다면 잡고 싶어 하는 간절함이 어려 있었다. 아이에게서 내 모습을 보는 건 그다지 유쾌한 일이 아니었다. 갑자기 숨통이 죄는 듯하더니 기침이 쏟아졌다. 아이가 종종거리며 다가와 조막만 한 손으로 내 등을 두들겼다. 아저씨, 괜찮아? 괜찮아? 나를 기웃이 들여다보며 연방 물어보는 아이의 목소리에 밴 염려가 어이없게도 위안이 되었다. 나는 아이의 손을 그러쥐고 물가에 앉았다. 작고 따뜻한 손이 손 안에서 연신 꼼지락거렸다. 아이도 나만큼이나 불안한 모양이었다. 다시 한 번 후회가 밀려들었다. 그때 허겁지겁 집을 나서지만 않았더라도 아이를 데려나오는 실수 같은 건 결코 하지 않았을 터였다.

아이는 땅에서 솟은 듯 불쑥 나타나 내 옷자락을 움켜쥐었다. 나는 너무 놀라서 비명을 질렀다. 아이도 놀랐는지 더럭 겁에 질린 눈길로 나를 쳐다보았다. 그 눈길이 아이답지 않게 집요했다. 마치 네가 조금 전에 한 일을 다 안다는 듯한 눈빛이었다. 그 눈빛에 지레 놀라 어서 이 자리를 벗어나야겠다는 조바심이 치밀었다. 나는 아이의 손을 맵차게 걷어냈다. 그러자 아이가 잽싸게 내 옷자락을 다시 거머쥐고 사정하듯 말했다.

아빠가 안 와.

나는 얼른 아이를 떼놓을 작정으로 재빨리 대답했다.

기다려. 놀고 있으면 오실 거야.

아이는 대답 대신 고개를 돌려 금방이라도 쓰러질 듯 기우뚱하게 서 있는 철대문 쪽을 쳐다보았다. 그 눈길이 노파의 눈길처럼 질척했다. 엄마도 이렇게 안 왔어. 아이는 뜬금없이 말했다. 하지만 나는 그 말의 의미를 알 것 같았다. 그러고 보니 아이는 사흘째 혼자였다. 집 뒤꼍에 있는 변소에 갔다 오다가 널빤지만 한 쪽마루에 힘없이 앉아 있는 걸 여러 번 보았다. 그래도 나는 신경 쓰지 않았다. 내 사정이 워낙 다급하기도 했지만, 언제나 어둠이 깊어져야 아이의 아빠가 돌아오는 걸 알았기 때문이다. 그런데 늘어지는 듯한 남자의 말소리를 들은 지가 꽤 오래된 것 같았다.

그동안 '열두 방'의 집에는 나와 노파, 8호의 남자와 딸이 남아 있었다. 사는 동안 참으로 지겹던 집이었다. 언제쯤 이곳을 벗어날 수 있을까 그 궁리만 하며 지냈다 해도 과언이 아니었다. 그래선지 사람들은 의외로 재바르게 움직였다. 얇은 벽 하나를 사이에 두고 서로 무슨 짓을 하는지 환하게 알고 지낼 정도였지만 떠날 때는 누구도 작별인사를 하지 않았다. 주인이 마음을 바꾸어 밀린 집세를 다 내놓으랄까 봐 겁먹었는지도 알 수 없었다. 1호의 중년부부만이 노파에게 인사를 하고 떠났다. 그 후, 노파는 날마다 눈물바람이었다.

아빠 전화번호 몰라?

전화 없어.

순간, 어째선지 아이가 버림받았다는 생각이 들었다. 나는 속으로 안도의 한숨을 내쉬며 바로 아이의 손을 끄잡고 나왔다. 실수인지도 알 수 없었다. 가난 앞에선 부성애도 타인보다 나을 게 없다고 생각했지만 아닐 수 있었다. 어쩌면 남자는 일하다 사고를 당해 부득이하게 연락을 못할 수도, 뺑소니차에 치어 비명횡사한 것일 수도 있었다. 남자는 지금 발을 구르며 마음을 졸이거나, 혼자 남겨둔 딸을 생각하며 고통스럽게 눈을 감았을 수도 있었다. 세상엔 해명되지 못한 죽음과 실종이 얼마나 많은가. 그게 아니라면 지금쯤 돌아온 남자가 아이를 찾아 나섰을 수도 있었다. 혹시나 하고 '열두 방'의 문을 열고 하나하나 들여다봤을 수도 있다. 그랬다면…. 그렇다면 내가 지금 무슨 짓을 한 것인가. 나는 별안간 두려워져 아이의 손을 슬그머니 놓아버렸다.

"아저씨, 배고파. 어서 고기 잡아."

아이가 기다렸다는 듯 발딱 일어서며 말했다. 나를 바라보는 아이의 눈에는 기대감이 가득했다. 여기서 물고기를 잡을 수가 없다고 하면 금방이라도 울음을 터뜨릴 것 같은 표정이었다. 어린애가 그렇게 부담스러워보기는 처음이었다. 나는 짐짓 퉁명스럽게 내뱉었다.

"빵이나 먹어. 웬 재촉이야. 성가시게…."

아이가 잠시 나를 바라보다가 손에 든 빵을 물끄러미 내려다보았다. 그리고는 무덤덤하게 말했다.

"빵은 너무 많이 먹었어. … 고기가 먹고 싶어."

집을 나서면서 어디 가는 거냐고 묻는 아이에게, 낚시를 간다고, 물고기를 잡아 매운탕을 끓일 거란 말은 하지 않아야 했다.

그때, 나는 제정신이 아니었다. 제정신일 수가 없었다. 후회스러
웠지만 이미 소용없는 일이었다. 그 사실에 화가 나서 나는 불
퉁스럽게 쏘아붙였다.

"빵 먹겠달 때는 언제고…. 고긴, 니 아빠한테나 사달래야지
왜 나한테 졸라?"

아이는 억울한지 금세 울상이 되어 손에 쥔 빵 봉지를 뜯기
시작했다. 바람이 아이의 귀밑에서 깡뚱하게 잘라진 머리카락
을 흩뜨리고 지나갔다. 목이 늘어진 티셔츠 속에서 비죽이 솟
은, 때가 긴 가느다란 목덜미가 애처로웠다. 그제야 나는 아이
가 일곱 살이라 말한 것을 기억해내고 부드럽게 덧붙였다.

"먹고 싶지 않으면 먹지 마. 고기 잡아 줄게."

아이는 마치 날 용서하겠다는 듯 방싯 웃었다. 도무지 미워할
수가 없는 아이였다. 나는 남자가 결코 아이를 버리고 갔을 리
없다는 생각을 막연히 했다. 혹 버리고 갔다면 돌아올 수밖에
없으리라는 생각도 들었다. 아이는 어딘가 그런 데가 있었다.

나는 앉을 데를 찾아 물가를 살펴보았다. 무성하게 솟은 잡
풀들 사이로 듬성듬성 애기부들이 자라고, 새하얀 구절초 몇 송
이가 엉뚱한 장소에 내린 이방인처럼 멀뚱하니 서 있었다. 그
풍경 속에 남아 있는 옛 느낌이 그나마 날 선 마음을 좀 가라앉
혔다. 그새 아이는 낚싯대와 도구함을 내 앞에 끌어다 놓고 뚜
껑을 열었다. 나는 그 앞에 쭈그리고 앉아 상자 안을 물끄러미
들여다보았다. 상자 안에선 물비린내가 풍기는 듯했다. 후각에

스민 옛 기억은 견딜 수 없이 쓸쓸하고 서글픈 느낌을 몰고 왔다. 나는 코를 벌름거리며 낚시 바늘과 루어들을 뒤적거렸다. 지렁이와 꼴뚜기, 물고기 모양을 한 가짜 미끼들이 좁은 통 속에서 지겹다는 듯 마구 뒤엉켜 있었다. 어떤 것들은 오랫동안 짓눌려 모양이 찌그러져 있기도 했다. 하지만 물에 닿기만 하면 생생하게 살아나 물고기를 유혹할 것이고, 끝내 미늘에 주둥이를 꿰게 만들고야 말 것이다. 나는 입 언저리에 미늘이 박힌 듯한 통증을 느끼고 잇새로 새어나오는 신음을 지그시 깨물었다.

아이는 갖가지 모양의 루어를 들여다보다가 반짝이가 촘촘히 박힌 탑워터루어를 꺼내 들고 나를 쳐다보았다.

"물고기가 이런 걸 어떻게 먹어? 색깔이 왜 이래?"

"이건 진짜가 아니고, 물에 떠다니는 먹이처럼 만든 플라스틱 먹이야. 물고기는 잘 속거든."

아이는 감탄스런 눈길로 나를 쳐다보았다. 나는 그 눈길을 가만히 되받았다. 호기심이 가득한 아이의 맑고 검은 눈동자는 꾀죄죄한 아이의 얼굴조차 잊게 만들었다. 그럼에도 아이의 눈동자는 많은 사연을 담고 있었다. 도무지 아이의 눈 같지가 않았다. 불현듯 아이가 내가 한 짓을 알고 있을지도 모른다는 생각이 들었다. 등줄기 사이로 얼음기둥이 솟아나는 듯했다. 나는 으스스하게 엄습하는 한기를 견디며 아이가 건네준 루어를 내려놓고, 바닥공격용 미끼인 크랭크베이트를 집어 들었다. 그것은 언젠가, 장마가 지난 후 낚시를 갔다가 루어를 물에 떠내려

보내고 재중에게서 얻은 것이었다.

재중은 내게 참 많은 것을 베풀어준 친구였다. 군에 다녀와 펑크 난 교양수업을 함께 들으며 알게 된 사이였다. 지금까지 재중만큼 내게 잘한 사람은 엄마와 누나 외는 없었다. 밥과 술을 사준 것은 물론이고, 한 번이지만 등록금도 빌려주었고, 갈데 없는 나를 그의 방에서 서너 달 지내게도 해주었다. 그러면서도 내 자존심을 건드린 적은 단 한 번도 없었다. 루어낚시를 시작한 것도 재중 덕이었다. 그마저 없었다면 나는 더욱 한심하고 쓸쓸한 인간이었을 것이다. 하지만 졸업하고 취직을 하자 연락이 끊어졌다. 나로선 너무나 고달파서 그의 도움이 정말 필요할 때였다.

내 생은 그처럼 결정적인 순간에 꼭 중요한 것들이 빠졌다. 취업시험 때는 면접관들마다 빠뜨리지 않고 물어보는 아버지가 없었다. 돈도 없고, 직장도 얻지 못했다. 여자 친구는 내가 숨 가쁜 인생 궤도에서 벗어나기 쉽지 않다는 걸 눈치채고 일찌감치 떠났다. 그때 나는 아무 배경도 없는 젊음은 더는 희망의 조건이 될 수 없다는 걸 깨달았다. 젊음이 삶의 가장 훌륭한 밑천이라고 믿었던 나로선 어이없는 일이지만 그게 현실이었다. 이젠 갈 데조차 없었다. 누나는 나를 더 이상 반기지 않았다. 돈을 좀 빌려달라 한 것이 문제라고 생각했지만 누나는 다른 이유를 댔다. 몇 년 동안 취직을 못하고 다니는 내가 생각할 때마다 가슴 아파 더는 못 보겠다고 했다. 취직 되면 와. 엄마한테는 잘 말할게. 이런 말 하는 내 심정이 어떤지 알지? 누나는 정말 괴로운지 눈시울이 붉어졌다. 나는 말없이 고개를 끄덕였지만 섭섭했다. 얼마나 필요한데 그러느냐고 좀 물어나 주었으면 싶었다. 그렇다고 누나를 탓할 수는 없었다.

　누나는 동네 마트의 계산대에서 일하면서도 이따금 내 용돈을 챙겨주었다. 내가 미안해서 고개를 저으면, 졸업하고 취직만 하면 내가 이자 붙여서 다 받아낼 거니까 넣어둬. 너한테 일찌감치 저금하는 거야라며 쭈뼛거리는 내 손을 잡아끌곤 했다. 하지만 누나가 내게 베푼 것을 갚을 기회는 좀처럼 오지 않았다. 아르바이트로 들어오는 수입은 일정치 않았고, 혼자 쓰기에도 빠듯했다. 딱 한 번 조카에게 운동화를 한 켤레 사주었을 뿐이었다. 제때 할 일을 하지 못한 나는, 산 채로 절벽에 매달려 나날이 말라가는 느낌이었다. 그런데 지금은 남의 아이를 데리고 물가에 앉아 있다. 도대체 어디로 흘러갈지 알 수 없는 생이었다.

　"빨리 좀 해봐, 아저씨. 어떻게 하는 건지 궁금해."

　아이가 내 팔을 잡아 흔들며 어리광 섞인 목소리로 말했다. 이런 상황에서도 근심이라곤 없어 보이는 아이가 부러웠다. 나는 아무런 기대감도 없이 낚싯줄 끝에 크랭크베이트를 꿰었다. 그리고는 호수 가운데를 향해 낚싯대를 멀리 던졌다. 피용, 소리와 함께 물고기 모양의 크랭크베이트가 허공을 가르며 멀어져갔다. 그 날렵하고 경쾌한 소리에 나는 참고 있던 오줌을 눈

것처럼 시원해졌다.

　나는 늘 그랬다. 루어를 꿴 낚시 바늘이 허공을 가르고 멀어져갈 때마다 버거운 삶의 무게를 함께 날려 보내는 기분이었다. 그것이 곧 깨어날 최면이란 걸 모르지 않았지만, 돌아올 때는 버릴 것을 다 쏟아버린 쓰레기통처럼 가벼워져 가슴 가득 희망의 씨앗을 품을 수가 있었다. 며칠 전, 뜻밖에 먼지 쌓인 낚시도구를 발견했을 때도 나는 벌써 히죽이 웃고 있었다. 호수나 강을 찾아가 낚싯대를 드리우기만 해도 나를 무겁게 휘감고 있는 먹구름을 다 걷어낼 수 있을 것 같은 기대감이 싹텄던 것이다.

　낚시장비는 먼지를 뒤집어쓴 채 부엌 구석에서 발견되었다. 원래 연탄을 쌓던 곳이지만 연탄을 쓴 적이 없어 들여다볼 이유가 없던 곳이었다. 그런데 집을 떠나게 되면서 정리가 좀 필요했다. 무너지는 집터에 내 흔적이 함께 깔리는 것은 못 견딜 일이었다. 나는 방과 부엌을 휘둘러보면서 당장 쓸모가 없는 물건들을 한곳으로 모았다. 모두 오래되고 낡은 것들뿐이었다. 그마저도 많지 않았다. 마지막으로 나는, 이사할 때 외는 한 번도 들여다본 적이 없는 커튼 뒤쪽을 살펴보았다. 거기에 낚시장비가 우두커니 들어앉아 있었다.

　까마득히 잊고 있던, 어느덧 나와 거리가 멀어져버린 물건을 발견한 기분은 꽤나 복잡했다. 아연하기도 하고, 씁쓸하기도 하고, 한심하기도 했다. 뒤이어 너도 나처럼 잊혀져 있었구나 하는 생각에 콧잔등이 싸해졌다. 살 때는 큰맘 먹고 열흘 동안 아르바이트한 돈을 들여 산 것이었다. 물론 내가 산 것은 낚시장비 중 가장 싼 것이었지만 내가 가진 물건 중엔 유일하게 비싼 것이었다. 그것을 이토록 잊고 살 수밖에 없었다는 생각이 들자 회한이 스쳤다. 그것도 제 능력을 다시 한 번 발휘해봐야 하지 않겠나 하는 생각이 든 것은 그 순간이었다. 나는 다시 한 번 예전처럼, 그 날아갈 듯한 후련함, 미래를 향한 낙관적인 기대감에 젖어보고 싶었다. 그러면 절벽에 매달린 것 같은 절망감에서 힘차게 용솟음쳐 오를 수도 있을 것 같았다. 나는 마음을 설레며 낚시장비를 들고 나와 먼지를 털고 마른걸레로 깨끗이 닦았다.

그런데 지난밤 노파의 울음이 모든 걸 앗아가 버렸다. 그것을 생각하자 커다란 기중기가 내 갈비뼈를 길 삼아 덜컥덜컥 지나가는 것 같다. 나는 고개를 내흔들며 하늘을 올려다보았다. 비질한 듯 결 고운 구름들이 푸른 하늘을 엷게 뒤덮고 있었다. 나무 끝을 간질이던 바람이 귓불을 핥고 지나갔다. 문득 여기서 이대로 잠들고 싶었다. 그러면 들판에 버려져 풍화되는 시체처럼 근심 없이 지상을 떠날 수 있을 것 같았다. 나는 겨우 서른셋의 나이에 사는 게 너무 고달프고 또 고단했다.

"아저씨, 이렇게 더러운 물에도 고기가 살아?"

아이는 물을 들여다보다 말고 또 내 상념 속으로 뛰어들었다. 도대체 이런 델 왜 왔는지 모르겠다는 투였다. 나는 아무 대답도 하지 않았다. 나 역시 이럴 줄 알았다면 오지 않았어야 했다는 생각을 했다. 아이는 대답을 기다리는 듯 잠자코 있다가 시들먹하게 말했다.

"아저씨. … 나… 불쌍한 찬밥이야. … 찬밥."

나는 뜻밖에 자조 섞인 아이의 말에 뜨악한 눈길로 돌아보았다. 아이의 얼굴엔 아무 표정도 담겨 있지 않았다.

"아빠가 그랬어. 엄마도, 아빠도 안 데려가는 아이는… 불쌍한 찬밥이래. … 아빠는, 안 그런다 했지만… 가버린 거야. 난, 갈 데도 없는데…."

아이의 목소리에는 눈물이 촘촘히 배어 있었다. 하지만 연방 눈을 끔벅이면서 울지 않으려 애를 썼다. 아이는 때때로 아이 같지 않은 모습으로 나를 놀라게 했다. 나는 목구멍까지 치민, 나도 찬밥이야란 말을 겨우 삼켰다. 그 말을 뱉으면 다시는 아이와 헤어질 수 없을 것 같았다. 나는 부디 아이가 울지 않기를 바랐다. 나는 이제 누구의 울음소리도 견딜 수가 없었다. 다행히 아이는 울지 않았다.

"갈 데가 없어?"

"집주인 할아버지가 집 뭉갠다 했어. 아저씨도 알지?"

알아. 나는 짧게 대꾸했다. 그러니까 아이와 나의 뜻하지 않은 만남은, 번화한 도심의 한 귀퉁이에 초라하게 엎디어 있다가 사라지는 집 때문이었다.

두 달 전 저녁 무렵, 갑자기 들이닥친 집주인은 '열두 방'을 허물고 원룸을 짓기로 했다며, 기한 내에 한 사람도 빠짐없이 방을 빼라고 통고했다. 보증금이 남아 있는 사람은 아무도 없고, 집세는 거의 다 밀려 있다고도 했다. 하지만 받지 않을 테니 제발 애먹이지 말고 두 달 안에 나가기만 해달라는 것이었다. 영문도 모르고 마당에 모였던 사람들의 얼굴에 그늘이 깊게 드리웠다. 모두 막막한 얼굴이었다. 우리가 '열두 방'이라 불렀던 집에는 더는 물러설 데가 없는 사람들이 대부분이었다. 방 한 개와 부엌 한 개로 이어진 열두 개의 거처는 얇은 벽을 사이에 둔 허술한 구조물에 불과했다. 그럼에도 끊임없이 사람들이 드나들었고, 부박하지만 사람 사는 냄새도 풍겼다. 집주인은 그것을 한 줌 흔적도 없이 허물어버리겠다는 것이었다.

마침 하루 치의 폐품을 수집해 오다가 대문간에 서서 통고를 들은 4호 방의 중늙은이가 쉰 목소리로 외쳤다.

그래도 이건 너무하잖소. 아무리 당신 집이라고 이렇게까지 급하게….

아, 그게 불만이라면 밀린 집세를 다 내놓을 때까지 기다릴 수도 있어. 자, 누가 그럴 수 있는 사람 한 번 나와봐요. 거 봐, 아무도 그럴 사람 없지? 사람들이 염치가 있어야지, 지금까지 나처럼 사정 봐준 사람이 어디 있을 거라고… 암말들 말고 방들 빼. 두 달 뒤에는 무조건 밀어버릴 거니까 알아서들 하라구.

세입자들은 아무도 대꾸하지 못했다. 주인의 말처럼, 돌려받을 보증금을 가진 사람은 아무도 없었다. 십오만 원의 월세도 서너 달에서부터 일 년 넘게 미뤄둔 사람이 대부분이었다. 집주인은 매달 집세를 받으러 왔지만 한 번도 제대로 받아 간 적이 없었다. 그래서 열두 방에 사는 사람들에 대한 집주인의 인식은 '믿을 수 없는 것들'이었다. 집주인은 새삼 그 기억이 솟구치는지 백발의 머리를 두어 번 세차게 가로젓고는 시멘트로 뒤덮인 바닥에 침을 퉤 뱉었다. 그러자 누군가 구시렁거렸다. 그러잖아도 재수 없는 집에 침은 왜 뱉아쌓누. 그 말끝에 살가죽만 겨우 남은 몸을 문설주에 기대고 있던 6호 방 노파가 가래 끓는 소리로 집주인을 불렀다.

여보, 주인 양반. 나처럼 죽지 못해 사는 목숨은 그냥 이 자리에 파묻어 주슈. 제발 부탁이오. 오갈 데 없는 늙은이 더 살아 뭐하겠소. 자비를 베푼다 생각하고 제발 좀 그래 주슈.

집주인이 주름 깊은 이마를 더욱 일그러뜨리며 노파를 흘겨보았다. 순간, 포클레인으로 짓뭉개진 집터에 넝마처럼 쓰러져 있는 노파의 모습이 떠올랐다. 생각만으로도 소름이 끼쳤다. 집주인 역시 그랬는지 진저리를 치더니 거듭 두 달 후를 강조하고는 뒤도 돌아보지 않고 대문을 빠져나갔다.

집주인이 떠나자, 모두들 약속이나 한 듯 한숨을 내쉬었다. 그래도 나는 별로 염려하지 않았다. 그 며칠 전 본 면접이 상당히 희망적이었다. 두 명의 면접관은 내게 꽤 호의적이었다. 그동안 직장을 구하느라 수고가 많았겠다는 위로와 함께 집이 어딘지, 출퇴근하기는 괜찮겠느냐고도 물었고, 회사가 원하는 것보다 나이는 들었지만 그만큼 일처리를 잘할 걸로 본다는 격려의 말도 해주었다. 나는 부디 그 회사가 나를 선택해주기를, 먹이를 기다리는 배고픈 강아지처럼 바랐다. 내 상처를 건드리지 않고 흔쾌히 호의를 보인 회사에서 일할 수만 있다면 평생 날 알아주지 않더라도 열심히 일할 작정이었다.

그동안 원서를 냈던 많은 회사들은 어째선지 아버지의 직업을 꼭 물어보았다. 심지어 어떤 회사는 아버지와의 즐거운 기억을 한 가지만 떠올려보라고 주문하기도 했다. 그건 나로선 참 난감한 질문이고, 요청이었다. 아버지 얘기만 나오면, 나는 누가 자동모터의 스위치를 누르기라도 한 것처럼 화가 치밀었다. 술만 마시면 어머니와 우리를 두들겨 패서 피를 봐야만 손을 놓던 아버지, 걸핏하면 사기죄로 교도소를 드나들어 우리를 한 동네서 오래 못 살게 만들던 아버지, 늘 빚쟁이들로 하여금 어머니의 머리끄덩이를 잡게 만들던 아버지, 그러다가 결국엔 취중에 무단횡단하여 보상금도 한 푼 남기지 않고 가버린 아버지….

나의 아버지에 대한 기억들은 온통 그런 것이었다. 그것은 나의 뇌리에 썩지 않는 너겁처럼 떠다니며 시도 때도 없이 튀어나왔다. 난 아버지의 죽음을 알고도 눈물 한 방울 흘리지 않았다. 오히려 앓던 이가 빠져나간 기분이었다. 그런 내게 아버지에 대해 말할 게 무어 있을까. 나는 번번이 면접관들의 질문에 답하지 못했다. 씨팔, 내가 취직하지. 아버지가 취직하나? 그 따위건 왜 자꾸 물어봐? 난 속으로 뇌까렸다. 면접관들은 놀랍게도 내 말과 표정을 귀신같이 읽어냈다. 잠시 후에는 그만 나가보라는 말이 여지없이 날아왔다. 친절한 어투였지만 경멸감이 깃들어 있었다. 그런데 그 회사는 그렇지 않았다. 아버지에 대한 얘기는 일절 꺼내지 않았고, 졸업하고 줄곧 구직활동에 시달린 나를 오히려 위로했다. 모름지기 회사란 그 정도의 예의는 있어야 하는 게 아닌가. 다만, 내가 해야 할 일이 무엇인지 분명하게 말해주지 않는 것은 좀 찜찜했다.

나는 소위 신입교육이란 걸 받으면서야 내가 하는 일이 누군가에게 피해를 주지 않고는 결코 할 수 없는 일이란 걸 알았다. 그런데도 미련을 버릴 수가 없었다. 사업을 한다고 누구나 성공할 수 없는 것처럼, 다단계조직에 발을 들여놨다고 누구나 빚더미에 올라앉는 건 아니리라고 생각했다. 나는 그들이 내게 베풀어준 친절과 위로를 잊을 수가 없었다. 그때, 재중이 낚시터에서 가르쳐준 지혜를 떠올렸다면 이 지경이 되지는 않았을지도 모른다. 나는 재중처럼 되고 싶어 낚시장비를 사고, 재중을 따라 낚시터를 그렇게 들락거리고도 결국 그러질 못했다. 오히려 가짜 미끼에 주둥이를 꿴 한 마리 물고기 신세가 돼버린 것이다.

물고기들은 생각 외로 루어에 잘 걸려들었다. 정말 살아 있는 것이 아니라 단지 살아 있는 것처럼 보일 뿐인 화려한 미끼에 목숨을 걸고 덤볐다. 작은 물고기나 지렁이 모양에는 말할 것도 없고, 철사로 만든 와이어베이트나 스푼 모양의 미끼, 플라스틱

줄로 만든 러버지그 등의 전혀 엉뚱한 모양의 인조미끼들에도 곧잘 현혹당했다. 강준치나 쏘가리, 숭어 등이 그것을 물고 비늘을 번뜩이며 허공으로 튀어 오르는 모습은 처절하고도 우스꽝스러웠다.

이건 참 뜻밖인데. 어째 이렇게 잘 속지? 이런 것들일수록 본능이 더 발달돼 있지 않나? 적어도 제가 먹고 살 것과 아닌 걸 구분할 수는 있지 않냐고.

쏘가리나 강준치의 아가미에 걸린 미늘을 빼내면서, 난 어쩐지 그것들에게 미안해서 구시렁거렸다. 그러면 재중은 한참 빙글거리다가 확신 어린 투로 말했다.

진짜보다 더 진짜 같을 것. … 그게 루어낚시의 기술이야. 낚시를 던져놓고 이렇게 끊임없이 손동작을 하는 것도 다 물고기를 유인하기 위해서야. 가짜를 진짜로 착각하도록 만드는 거지. 사람도, 물고기도 그럴싸하기만 하면 덤벼들고 보거든. 내가 루어낚시를 즐기는 건 바로 그걸 터득하기 위해서야. 속지 않거나, 더 잘 속이기 위해서. 삶이란 어차피 그것을 씨줄과 날줄로 해서 엮어가는 거 아니겠어? 너, 생각해봐. 속고 사는 인생만큼 한심한 게 어딨겠어? 그럴 바엔 차라리 속여먹는 게 낫지. 그게 내 삶의 모토야. 워낙 그럴싸한 것들이 설치는 세상이라서 말야.

그때, 나는 입을 헤벌리다시피 하고 재중을 쳐다보았다. 나로선 해본 적이 없는 생각이었다. 공연히 심사가 뒤틀렸다. 내가 학비와 용돈을 벌기 위해 아등거릴 때 재중은 낚시터에 앉아서 미래를 준비하고 있었구나. 별안간 저만큼 앞서 달리고 있는 토끼를 바라보는 거북이가 된 심정이었다. 그때, 나도 루어낚시를 해봐야겠다는 생각이 들었다. 한 번 든 생각은 오직 그것만을 바랐던 것처럼 간절해져서 도무지 바뀔 줄을 몰랐다. 내가 그렇게 말하자, 재중은 철없는 막내 동생을 보는 것 같은 눈빛으로 날 쳐다보았다. 돌아오는 길에 재중은 나를 단골 낚시가게로 데리고 갔다. 거기서 나는 루어낚시에 필요한 기본적인 것들만 구입했다. 낚싯대와 릴, 낚싯줄, 루어. 그것만으로도 여러 종류의 물고기를 잡을 수 있다는 건 생각만 해도 즐거운 일이었다. 나는 난생처음 나를 위해 부린 사치에 기분 좋게 돌아왔다. 그러나 실은 참으로 어리석고 무모한 짓이었다. 무엇보다 난 재중처럼 낚시나 하고 다닐 시간이 없었다. 그 사실을 잊었던 것은 결코 아니었다. 다만 나도 한 번쯤은, 내가 원하는 것을 해보고 싶었다. 스물다섯 청춘을, 어찌 하고 싶은 것도 한 번 못 해보고 지날까 보냐고 감히 허세를 부린 것이다.

허세를 부린 대가는 컸다. 나는 제때 졸업하지 못했다. 재중은 그렇게 강과 바다를 싸돌아다니고도 졸업하자마자 취직을 했다. 그 후, 다시는 보지 못했다. 내가 한 번쯤인가 연락한 적이 있긴 했다. 재중이 다니는 회사가 재중의 아버지 회사란 걸 뒤늦게 알고 취직을 좀 부탁해볼까 해서였다. 하지만 재중은 약속장소에 나오지 않았고, 나도 더는 전화하지 않았다. 그걸로 우리 사이는 끝이었다. 우리가 보낸 시간은 짧지 않았지만 함께 밥을 먹고, 술을 먹고, 낚시를 하며 웃었던 시간들은 강물처럼 흘러가버린 것이다. 그렇다고 원망할 수는 없었다. 다만 재중에게 얻어먹었던 밥과 국을 떠올리면 아무것도 삼킬 수 없을 때가 있었다.

"아저씨, 왜 저게 자꾸 물 위로 떠올라? 정신 좀 차려봐."

아이가 내 팔을 거칠게 잡아 흔들었다. 나는 손놀림을 잊고 빠져 있던 상념에서 깨어나 습관적으로 낚싯대를 잡아챘다. 허공으로 솟아오른 낚싯대 끝에서 송사리 모양의 크랭크베이트가 볼품없이 대롱거렸다.

먹이로든, 침입자로든, 물고기의 호기심을 건드리는 것으로든, 필요한 용도로 선택되지 못한 루어는 조악한 플라스틱 모형에 지나지 않았다. 나는 그것들의 역할을 내 뜻대로 선택할 수 있었지만, 정작 나를 위해서는 아무것도 할 수 없었다. 그나마 날 위로하는 건 점퍼 주머니 깊숙이 들어있는 한 묶음의 돈이었다. 그건 내가 지불해야 할 돈의 극히 일부분이었다. 하지만 내겐 전부였고, 내 비굴한 목숨을 위해 급조된 것이었다.

그것을 떠올리자 가슴이 답답해지며 통증이 밀려왔다. 나는 입을 벌리고 숨을 크게 내쉬었다. 곁에 앉아 있던 아이가 의아한 눈길로 쳐다보았다. 날 제 아빠로나 여기는 듯 친근한 눈길이었다. 아이는 이제 내 곁에 붙어 앉아 함께 물속을 들여다보기도 하고, 낚시도구함을 가지런히 정리도 하고, 슬그머니 일어나 하늘을 향해 기지개를 켜기도 했다. 그러다가 내가 하는 낚시란 게 별로 기대할 게 없다고 생각했는지 들고 있던 빵을 두어 입 베어 먹고는 팔랑거리며 돌아다니기 시작했다.

나는 아이가 그 길로 멀리 가버리든가, 길을 잃어버려 다시는 돌아오지 않기를 바랐다. 그러나 아이는 간간이 이쪽을 돌아보면서 내가 있는지 없는지를 살피고, 한 번씩 아저씨, 하고 불러 혼자가 아니란 사실을 확인하곤 했다. 그 눈길에 담긴 신뢰와 정겨움에 나는 가슴을 짓누르는 두려움과 근심을 잊고, 아이와 함께 소풍을 나온 것 같은 착각에 잠깐씩 빠져들었다.

얼마나 시간이 흘렀을까. 무언가 루어를 문 것 같은 느낌은 한참 후에 왔다. 무겁고 둔중한 느낌이었다. 뜻밖의 입질에 가슴이 설렜다. 계속 나를 짓누르던 죄의식도 살짝 잊을 정도였다. 나는 루어를 흔들던 손놀림을 멈추고 재빨리 낚싯대를 잡아챘다. 큰놈이 걸렸는지 초릿대가 활처럼 둥글게 휘어졌다. 먼 발치서 그 광경을 지켜본 아이가 부리나케 달려왔다. 나는 잠시 숨을 고른 후 보란 듯이 더욱 힘껏 잡아채 올렸다. 그러나 낚싯줄은 흐르지도, 떨리지도 않은 채 굳건히 버티고 있었다. 밑걸림인지도 모른다는 생각이 잠시 들었다. 그러나 기대에 부푼 아이의 골똘한 눈망울이 나를 포기할 수 없게 부추겼다. 나는 다시 한 번 힘을 모아 힘껏 낚싯대를 낚아챘다. 순간, 힘없이 뽑혀 나온 크랭크베이트가 날카로운 소리를 내며 허공으로 튕겨 올랐다. 푸른 하늘이 쏟아지는 듯 눈앞으로 다가온 것과 아이의 외마디 비명 소리가 들려온 것은 동시였다.

아이는 짧은 비명을 지르며 얼굴을 싸쥐고 고꾸라졌다. 얼굴을 가린 가느다란 손가락 사이로 피가 흘러내렸다. 나는 머릿속이 하얗게 비어 아이를 얼른 안아 일으켰다. 이마를 지나 눈썹까지 벌어진 상처에서 피가 연방 흘러내렸다. 아이의 얼굴은 금세 피투성이가 되었다. 아이는 눈을 감은 채 공포에 질려 부들부들 떨면서 내게 필사적으로 매달렸다. 그럼에도 겨우 아저씨, 아파, 라는 말을 뱉었을 뿐 입술을 옹그려 물고 울지 않으려 안간힘을 썼다.

나는 허둥지둥 점퍼와 셔츠를 벗어 던진 후, 런닝을 찢어 아이의 상처를 싸맸다. 이 아이는 왜 울지도 않고 내 마음을 이리도 아프게 하는가. 나는 가까스로 상처를 싸맨 후 뜨거워지는 눈두덩을 손으로 누르며 아이를 들여다보았다.

"많이 아프지? … 넌, 어째… 울지도 않냐?"

"으응, 순미는… 아파도… 안 울어. 아저씬… 우는 거… 싫어하잖아."

나는 아이의 목덜미에 묻은 피를 닦다가 멈칫했다. 역시 아이는 내가 한 짓을 알고 있었다. 회오리바람이 한바탕 가슴속을 휘돌고 나갔다. 나는 하얀 런닝 조각에 감싸인 아이의 머리를 살며시 가슴에 안았다. 부어오른 아이의 얼굴이 가슴으로 느껴졌다. 순미. 지금까지 이름도 물어보지 않았던, 이 어리고도 어른 같은 아이를 어찌해야 좋을지 여전히 알 수가 없었다.

"아저씨가 우는 걸 싫어하는 거… 어떻게 알았어?"

나는 막막한 심정으로 하릴없이 아이에게 질문을 던졌다.

"우는 건 다 싫어해. … 아빠도 싫어했어. … 나도, 할머니가 우는 거 싫었어."

나는 얼음통 속에 거꾸로 처박힌 듯한 기분으로 하얀 천 조각을 점차 붉게 물들이는 핏자국을 물끄러미 내려다보았다. 어디선가 마른 낙엽 몇 개가 나풀거리며 날아와 순미의 어깨 위에 앉았다. 나는 눈을 들어 멀리 서 있는 공장들을 바라보았다. 그 어디에라도 들어가 밥벌이를 할 수 있었다면 이런 일은 없었을까. 그랬다면, 틀림없이, 노파의 울음소리가 아무리 겁질겨도 견딜 수 있었을 것이다.

이따금 들려오던 노파의 울음은 1호의 중년부부가 떠나면서부터 심해졌다. 노파는 그날, 자식이라도 보낸 듯 종일 훌쩍였다. 도시락 배달이나 머리를 깎아주기 위해 찾는 자원봉사자들 외는 찾는 이가 없었던 노파에게 가끔씩 반찬을 넣어주고, 안부를 묻는 그들은 가족이나 다름없었을 것이다. 노파는 지겨울 정도로 그들이 떠난 후의 쓸쓸함에 대해 되풀이해 말했다. 난, 그동안 자네들 땜시 살았어. 이제 살아도 산 게 아니여. 응? 자네들 가면 난 어찌 살아야 혀? 끝없이 이어지는 노파의 울음 섞인 푸념에 나중엔 그들도 난처해하며 서둘러 떠나갔다.

나는 멍하니 앉아 그 소리를 다 들었다. 카드빚을 빨리 갚지 않으면 죽여버린다는 협박을 받은 후였다. 카드로 구매한 물건 값 오십만 원이 어째서 열 배로 불어났는지 이유도 가르쳐주지 않은 채, 그들은 더 이상 물건을 팔 능력이 안 되면 돈을 갚고 나가라고 말했다. 만약 그러지 않으면 아무도 모르게 죽여버리 든가, 병신으로 만들어놓겠다고 했다. 태어나 그렇게 무서워보 긴 처음이었다. 그들이 나를 위로하고 희망을 갖게 하던 바로 그 사람들이란 사실이 더욱 무서웠다. 노파는 여전히 나 같은 건 안중에도 없이 신세한탄을 하고 있었다. 에구, 에구. 이놈의 팔자는, 이날까지 남한테 못할 짓 하고 산 적 없는데, 늙어서 외 롭기가 헐벗은 산마루에 백 년 노송 같구나. 죽지 못해 사는 이 모진 목숨을 어쩌할꼬. 나는 끊임없이 들려오는 노파의 슬픔에 감염되지 않기 위해 이불을 뒤집어쓰고, 귀를 막았다. 아아악, 소리도 질러보았다. 그러나 노파는 날 조롱하려고 작정한 것처 럼 끝없이 구시렁대면서 울었다. 도저히 참을 수가 없었다. 나 는 벽을 마구 치며 소리를 질렀다.

"제발, 제발, 아가리 좀 닥쳐! 이 할망구야! 미치겠어! 미치겠 다구!"

어머니가 보았다면, 어쩌다 네가 이렇게까지 막말을 막 쏟아 놓는 놈이 되었느냐고 등짝을 후려칠 게 틀림없었다. 그러나 나 는 벽 속에서 츠르륵츠르륵 흙 떨어지는 소리가 날 때까지 멈 추지 않았다. 그 사이에 또 벨이 울렸다. 그들은 손가락 끝으로 쉴 새 없이 나의 목을 죄고 있었다. 나는 걷잡을 수 없는 두려움으로 핸드폰을 벽에다 힘껏 내동댕이쳐버렸다. 액정화면이 빠작, 깨어지는 소리가 났다. 겨우 사방이 고요해졌다.

어쩌다 이렇게까지 흘러왔는지 알 수가 없었다. 아무리 생각해봐도 내 잘못은 아니었다. 우선 내가 원해서 태어난 세상이 아니었다. 그래도 나는 언제나 내 삶에 충실하려고 노력했다. 고등학교 졸업까지는 어머니와 누나의 신세를 졌지만 대학에 가서는 학비도 용돈도 내가 벌어서 다 해결했다. 그러느라 나는 늘 시간이 쪼들렸고, 학우들이 취업 준비를 착실히 해나갈 때에도 마음을 죄면서 이리저리 뛰어다녀야만 했다. 물론 내 잘못도 있었다. 팽팽하게 당긴 활시위 같은 시간의 쳇바퀴를 견딜 수 없어 재중과 함께 한때나마 낚시를 다닌 것이었다. 그때, 나는 욕망을 누르고 나의 지루한 궤도를 벗어나지 않았어야 했다. 쉬지 않고 아르바이트를 해서 학비를 마련해야 했고, 제때 학점을 따야만 했고, 잠을 자지 않더라도 영어학원엘 가야만 했다. 그런데 잠깐 사이에 모든 것이 잘못 끼워진 톱니바퀴처럼 조금씩 어긋났다.

나는 창백한 불빛 아래 앉아 천장을 멀거니 올려다보았다. 쥐오줌으로 얼룩진 천장과 쓰고 남은 것들을 이어 붙인 벽지와 그마저 여기저기 찢어져 너풀거리는 모양새가 처량하기 짝이 없었다. 그나마 날 위로하는 건 방문 앞에 세워둔 낚싯대였다. 날만 밝으면 그것을 들고 오래전 재중과 함께 낚시를 하며 즐거웠던 호숫가로 갈 생각이었다.

잠을 깨운 것은 역시나 노파의 울음소리였다. 눈을 뜨자마자 나는 베이컨처럼 얇게 저며지는 기분으로 그 소리를 들어야만 했다. 게딱지만 한 창으로는 아침햇살이 게으르게 기어들고 있었다. 조금만 더 자고 싶었지만 노파는 나의 불운을 기원하는 주술사처럼 끈질기게 울음소리를 토해냈다. 나는 소리가 들려올 때마다, 벽을 두들기다, 이불을 뒤집어쓰다 하다가 끝내 벌떡 일어나 소리를 질러댔다. 제발 조용히 해! 이 할망구야. 제발 울지 마! 쫌 울지 말란 말야! 나는 미친 듯이 벽을 쳐댔다. 한번, 두 번, 세 번…. 그리고 정신을 차렸을 때, 어처구니없게도 나는 발 아래 쓰러져 있는 노파를 보았다.

노파는 피를 흘리며, 밤거리에 버려진 쓰레기봉투처럼 널브러져 있었다. 그 앞에는 나달나달한 만 원짜리 지폐를 묶은 돈다발이 팽개쳐져 있었다. 그제야 더는 견디지 못하고 노파의 방으로 뛰어들었던 기억이 어렴풋이 떠올랐다. 노파는 그때, 얼른 베개 밑에 있던 지폐뭉치를 꺼내주며 말했다. 살려줘!

노파는 더 이상 살아 있는 것 같지 않았다. 어서 여길 벗어나야겠다는 생각밖에 들지 않았다. 그 순간에도 한 다발의 낡은 지폐뭉치는 나를 사로잡았다. 그것으로나마 내 목숨을 구걸하고 싶었다. 나는 얼른 그것을 품에 넣고 내 방으로 돌아와 가방과 낚싯대를 챙겨 밖으로 나왔다. 그리고… 대문간에 서 있는 순미를 만난 것이다.

하늘 가운데 떠 있던 해가 살짝 기우듬해졌다. 나는 점퍼로 순미를 감싼 후 둘러업었다. 출혈과 두려움에 지친 순미는 봄옷처럼 가벼웠다. 순미가 내 등을 파고들며 매시근한 목소리로 물었다.

"아저씨, …이제… 고기는… 못 잡는 거지?"

"응. … 대신 사줄게. 일단 병원에 가서 치료부터 하고, 고기 먹으러 가자. 그 다음엔….."

그 다음엔… 지금쯤 무너졌거나, 무너져가고 있을 '열두 방' 집으로 갈 생각이었다. 그러면 떠났던 자리에 다시 나타난 나를 누군가 의심할 것이고, 마침내 노파의 죽음에 대해 말해야 할 시간이 올 것이다. 혹시 집이 아직 그대로 있다면 노파를 소원대로 그 땅에 묻어줄까? 경찰서에 연락부터 해야 할까? 두서없는 생각 끝에 눈만 뜨면 날 위해 기도하던 어머니가 떠올랐다. 어머니의 신은 결국 어머니의 기도를 들어주지 않았다. 그래도 어머니는 날 위한 기도를 멈추지 않을 것이다. 눈앞이 흐려졌다.

"아저씨…, 나… 두고… 가지… 마."

순미가 까무룩 잠속으로 빠져드는지 느릿하게 말했다. 나는 대답하지 못했다. 나를 따라와줘 고맙다는 말을 속으로 했을 뿐이었다. 등이 뜨뜻미지근하게 젖어왔다. 순미의 눈물인지, 핏물인지 알 수 없었다. 나는 앞만 보고 서둘러 걸었다. 멀리 보이는 공장 지붕의 선명한 색채들이 선선한 가을바람 속에서 자꾸

흐릿해졌다. 나는 아이가 너무 가벼워 바람에 쓸려 가버릴까 봐
두 손으로 힘껏 아이의 엉덩이를 받쳤다.

라
메르

1.

　'레 사블 돌론' 항이라고 했다. 난생처음 와보는 곳이었다. 나는 이국의 낯선 마리나 풍경에 주춤거리며 발을 떼놓았다. 그가 함께 오고 싶어 했지만 의사는 허락해주지 않았다. 그는 어쩔 수 없다는 듯 웃으며 나에게 하이파이브를 청했다. 그와 부딪쳤던 손의 느낌이 새삼 묵직하게 살아나 공연히 주먹을 쥐었다가 펴보았다.

　'샤먼'은 마리나의 C 구역 끝에 있었다. 나는 크고 작은 요트들을 양쪽으로 거느린 부교를 따라 천천히 걸었다. 물결은 바다에 성박한 요트들을 가만가만 흔들어대고 있었다. 하늘은 푸르고 날씨는 청명했다. 창백한 얼굴을 한 그를 잊을 수만 있다면 휘파람이라도 불고 싶은 날씨였다.

　마침내 샤먼 앞에 이르렀을 때 옆에 정박해 있던 요트에서 백인 사내가 펄쩍 뛰어내렸다. 나는 놀라서 그를 쳐다보았다. 사내는 주름이 가득한 얼굴에 웃음을 띠고 "쓰미마셍"이라며 맥주 캔을 하나 내밀었다. 나는 엉겁결에 그것을 받아들고 서툰 영어로 한국인이라고 말했다. 사내가 놀란 듯 눈썹을 치뜨더니 더욱 반가운 기색으로 악수를 청했다. 나는 또 얼떨결에 사내의 손을 맞잡았다. 사내가 손을 마구 잡아 흔들었다. 한국식 인사였다.

"유럽의 마리나에서 한국인을 만난 건 당신이 처음이오. 후쿠오카에서 딱 한 번 만난 적이 있어요. 그때 처음으로 한국과 일본이 가깝다는 걸 알고 당장 한국으로 가서는 6개월이나 머물렀지요. 한국 사람들은 아주 친절하고 다정하더군요. 떠날 때 얼마나 아쉬웠는지 몰라요. 아내는 지금도 그때 얘기를 해요. 한국은 언젠가 다시 한 번 가보고 싶은 나라예요."

사내는 오랜 지기를 만난 듯 거리낌 없이 자신의 얘기를 늘어놓았다. 쉰에 명예퇴직한 후 팔 년째 아내와 함께 세상을 돌아다니고 있다 했다. 벨기에 사람이었다. 집은 요트이고, 바다는 그의 정원이라고 했다. 나는 해풍에 보기 좋게 그을린 초로의 백인을 깊이 바라보았다. 녹색 눈빛이 물에서 방금 헹궈 온 것처럼 맑았다.

"다음 목적지는 어딥니까?"

사내의 스스럼없는 태도에 나는 오랫동안 알고 지낸 사람처럼 편한 기분으로 물어보았다. 사내가 '아틀라스'라는 이름이 적힌 자신의 요트 옆구리를 대견하다는 듯 두어 번 툭툭 치더니 짧게 대꾸했다.

"남극."

나는 놀라서 그를 쳐다보았다. 사내가 그럴 줄 알았다는 듯 어깨를 으쓱하며 싱긋 웃었다. 진작 가고 싶었지만 아내와 함께 갈 수 있는 데가 아니어서 미루다가 너무 늦어버렸다고, 어쨌든 지금은 준비 중이며 아내는 곧 본국으로 귀환할 것이라 했다. 진작 남극부터 가지 않은 것이 후회된다는 말도 했다. 나는 사내를 경이로운 눈으로 쳐다보았다. 남극은 가겠다고 마음먹은 것만으로도 대단한 일이었다.

나는 사내에게 데이빗 루이스를 아느냐고 물어보았다. 괜히 해보는 수작이었다. 남극에 가겠다는 사람이 그를 모를 리가 없었다. 사내가 물론, 이라고 짧게 대꾸했다. 그 눈빛이 나이답지 않게 강렬했다. 그가 남긴 기록을 읽은 적도 있다고 했다. 나도 그것을 읽은 적이 있었다. 그것은 인간이 어떤 극한에서도 살아남을 수 있는 존재라는 걸 보여주는 증거물이었다. 그렇다고 누구나 그런 상황에서 살아남을 수 있는 것은 아닐 것이다. 데이빗 루이스기에 가능했을지도….

데이빗 루이스는 1919년 뉴질랜드에서 태어난 의사였다. 그는 의과대학에 다닐 때 이미 그때까지 누구도 오르려 생각한 적이 없는 뉴질랜드의 열아홉 봉우리를 모두 탐험했다. 개업을 한 후에도 병원 문을 닫아걸고 3년이나 뗏목에 의지해 세계를 일주했고, 대서양도 단독 횡단했다. 나는 그를, 문명의 힘을 전혀 빌리지 않고 오로지 태양과 별이 가리키는 길을 따라 바다를 돌아다닌 최초의 현대인으로 기억하고 있었다.

그 얘기를 사내는 마치 자신의 경험담이기라도 한 양 신나서 떠벌렸다. 나는 사내의 녹색 눈을 똑바로 응시하고 남극은 적어도 그런 사람들이 가는 데가 아니겠느냐고 농담을 던졌다. 사내는 호탕하게 웃더니 데이빗은 데이빗의 방식으로, 나는 나의 방식으로 모험을 하고, 고난도 이겨내는 거라고 되받았다. 사내의 대답은 명쾌했다. 나는 그의 용기에 진심으로 찬사를 보내며 안녕과 행운을 빌었다. 그러자 사내가 당신도 더 큰 모험을 위해 용기를 내야 한다고 말했다. 내 두려움을 간파한 것 같은 말투였다. 나는 멋쩍게 웃었다. 사내가 내 웃음에 답하듯 손을 들어 보이고는 자신의 요트 위로 뛰어올라 선실로 들어가버렸다.

나는 사내의 뒷모습을 물끄러미 쳐다보았다. 자신만만해 뵈는 백인 남자의 넓고 탄탄한 등이 부러웠다. 출항을 앞두고 나는 긴장하고 있었다. 그에게는 염려하지 말라고 큰소리쳤지만 난생처음 하는 긴 항해는 오래된 체증처럼 날 불편하게 했다. 나는 그가 온 길을 되돌아가야만 했다. 거리상으로는 3만 3,000여 킬로미터, 항해시간은 무려 125일이었다. 그 길을 그는 혼자 왔고, 나 또한 혼자 가야 했다.

2.

"네가 여기 좀 와주면 싶어서…."

떠난 지 넉 달 만에 처음 전화해서 그가 한 말이었다. 그동안 두세 번, 항해가 순조롭다는 메일을 보내왔을 뿐 그는 일절 소식이 없었다. 한창 소식이 궁금했던 터라 그의 전화는 무척 반가웠다.

그는 프랑스에 도착해 있었다. 『80일간의 세계일주』를 쓴 쥘 베른의 고향 낭트이고, 레 사블 돌론 항이라고 했다. 발음이 혀 끝에서 녹는 것 같은 프랑스의 항구 이름은 나를 설레게 했다. 나는 낯선 땅과 바다가 늘 그리웠다. 그곳에서는 무엇이든 다 잊을 수 있을 것 같았다.

나는 그가 서 있는 바다의 해풍을 맞은 듯 감격해서 목소리가 턱없이 크고 높아졌다.

"선배, 왜 그렇게 연락이 없었어요? 전, 또, 고래 밥이라도 된 줄 알았잖아요. 하하하. 항해는 어때요? 체력은 감당할 만해요? 하, 생각할수록 선배는 대단한 사람이에요. 하하하하, 정말 대단해요."

자꾸 웃음이 나왔다. 그가 더없이 자랑스러웠다. 그의 요트 샤먼은 내가 직접 구입해 그에게 넘겨준 것이었다. 나는 샤먼을 구입한 후 도쿄에서 출발해 대한해협을 거쳐 수영만에 들여왔다. '요트 딜리버리'란 이름의 직업으로 처음 올린 성과였다.

대한해협을 건너는 일은 더할 수 없이 고달팠다. 닷새간의 고
투 끝에 수영만에 도착하자 어금니가 금방이라도 빠질 듯 욱신
거렸다. 그 요트와 함께 그가 이국의 낯선 항구에 보란 듯이 닻
을 내린 것이다.

나는 그 일을 마치 내가 해낸 것처럼 뿌듯했다. 그런데 그는
이상하리만치 차분했다. 내가 무안하지 않을 정도로 간간이 희
미한 웃음소리로 응수할 뿐 떠날 때와는 사뭇 다른 태도였다.
나는 뜨악한 기분인 채 웃음을 그쳤다. 그가 기다렸다는 듯 나
직하게 내 이름을 불렀다.

"지섭아."

무언가 문제가 생겼을 때 이름을 부르는 것은 그의 버릇이었
다. 나는 돌연 긴장했다.

"뭐, 문제가 생겼습니까?"

나는 목소리를 낮추었다. 알 수 없는 불안감이 욕지기처럼 치
밀었다. 그는 잠시 숨을 고른 후 느릿하게 말했다.

"네가… 여기 좀… 와주었으면 해서… 어쩌면, 나… 못 갈지
도 모르니까."

뜻밖의 말이었다. 나는 대꾸할 말을 잊고 잠시 가만있었다.
그가 출항하던 날, 곁에 서서 훌쩍이던 그의 딸 혜진이가 생각
났다. 그의 아내는 차라리 이혼을 하고 가라며 말렸지만 기어이
그가 듣지 않자 배웅도 나오지 않았다. 그들에게 바다는 죽음
을 향한 장소였고, 그는 죽음을 향해 돌진하는 돈키호테였다.

나는 혜진에게 바다를 무조건 위험하게만 생각하는 건 잘못이라고 말해주었다. 샤먼은 어떤 요트보다 항해에 필요한 첨단 장비가 잘 갖춰져 있고, 기상이 안 좋을 때는 어느 항구에든 바로 피항할 수 있으며, 그가 한때 대학 요트선수였던 것도 상기시켜주었다. 그 말이 조금이나마 위로가 되기를 바랐는데 정작 혜진은 다른 말을 했다.

"이 항해가, 아빠가 평생 꿈꾸던 일이라면 어쩔 수 없다고 생각해요. 그래도 저렇게 갑자기 떠나시는 건 아닌 것 같아요. … 전, 우리가 그동안 아빠에게 그토록 짐스러운 존재였나 하는 생각까지 했어요. 그게 아니라면… 엄마가 그렇게 말리시는데… 마치 무거운 짐을 떨쳐버리듯 우리를 남겨놓고 떠날 수는 없잖아요? 한두 달도 아니고 몇 년씩이라니… 엄마도, 나도 갑자기 버려진 기분이라고요."

그때야 남겨진 사람은 그런 생각을 할 수도 있겠다는 생각이 들었다. 그는 매사에 설명을 길게 하는 사람이 아니었다. 끝내 동의를 구할 수 없다는 것을 알고 난 뒤에는 오히려 냉정해졌을 것이다. 나는 남겨진 자의 슬픔을 잘 알고 있었다. 그로선 떠나는 이유가 분명하지만, 남겨진 사람은 그의 뒷모습에서 알 수 없는 배반감을 느끼기도 하는 것이다. 그렇다고 떠나는 사람을 어찌 잡을 수 있을 것인가. 내 말에 혜진이 가만히 나를 쳐다보았다. 무엇을 생각하는지 알 수 없이 아득하고 모호한 눈빛이었다. 그의 가라앉은 목소리는 어쩐지 그때 혜진의 눈빛을 생각나게 했다.

"갑자기 무슨 말씀이에요? 설마, 거기서 눌러살 작정을 하는 건 아니시죠?"

나는 자못 가볍게 응수했다. 그가 작은 소리로 웃었다. 초겨울 바람에 서걱거리는 갈대 같은 웃음소리였다. 나는 어쩐지 서늘해지는 가슴을 하릴없이 쓸어내렸다.

"여긴, 열흘 전에 도착했어. 그동안 병원에 있었지. 몇 가지 검사가 필요했거든. 여기까지 오는데 거의 죽을 것 같은 통증을 여러 번 겪었어. … 망망대해에서 아프니까 정말 죽을 맛이더구만. … 다행히 파리에 친구가 있어 도움을 청할 수 있었어. 오늘, 결과가 나왔는데… 더 이상 항해는 안 된다는군. … 어떻게 여기까지 왔는지 모를 만큼 지금은 기력이 없어. 당분간 쉬어야 할 것 같아."

"대체 어디가, 어찌 됐다는 거예요?"

나는 다그쳐 물었다. 조바심 때문인지 손바닥에 땀이 끈끈하게 배어 나왔다. 그는 대답하지 않았다. 여전히 낮은 소리로 하고 싶은 말만 했다.

"난, 샤먼을 수영만에 갖다놓고 싶어. … 부탁이야. 네가 좀 해줘. … 언젠가 다시 기회가 오면 … 또 떠날 거니까. … 이것만이 진정 내가 원하는 일이야. … 너도 한 번은 긴 항해를 해봐야지? … 대한해협이나 건너고선 널 극복했다고 생각하는 건 아니겠지, 그렇지? … 그러니까, 샤먼을 수영만에 갖다놓는 일은, 우리 둘을 위해서 다 의미 있는 일이야. 응? 그렇지 않겠어?"

그는 현지에서 처분하는 게 어떠냐는 말을 들을까 두려운 듯 간곡하게 말했다. 목소리에는 그의 영혼이 울먹이는 소리가 묻어 있었다. 거절할 수 없을 만큼 간절했지만, 거절하고 싶기도 한 부탁이었다. 그러나 감히 그의 부탁을 거절할 수는 없었다. 같은 고향, 같은 대학 출신에 요트부의 후배라는 이유만으로 그보다 더 호의적일 수 없는 사람의 부탁을 들어주지 않으면 나쁜 인간이란 생각이 들었다. 무엇보다 그는 나를, 가장 고독한 순간에 기억해내고 전화를 한 것이다. 또한 나는 그를 좋아했고, 그가 내게 한 부탁이라고는 처음이었다. 나는 그러겠다고 대답하고 말았다. 그는 안도한 듯, 고맙다는 말을 가슴이 저릿할 정도로 절절하게 했다. 그럴 줄 알았다는 말도 덧붙였다.

그는 그럴 줄 알았다는 말을, 내가 '얀세일 대표 이지섭'이란 명함을 갖고 갔을 때도 했다. 그는 명함을 보자마자 대뜸 그럴 줄 알았다고 했다. 그때까지 그렇게 말한 사람은 아무도 없었다. 하나같이 뜻밖이라는 반응들이었다. 지금이라도 당장 맘 돌리라고 충고하는 사람도 있었다. 십 년 가까이 사귀던 여자는 기어이 작별을 고했다. 그만큼 나는 바다 가까이 있었지만 그 주변을 맴도는 사람이기도 했다.

"고생할지도 모를 일을 시작한 건데 자신 있어?"

그는 걱정스러운 눈길로 나를 기웃이 들여다보며 물었다.

"그냥 해보는 거죠. 돈 벌려고 하는 일은 아니니까요."

그는 말없이 고개를 주억거렸다. 그만이 유일하게 내가 왜 잘 다니던 직장을 나와 그 직업을 택했는지 물어보지 않았다. 그는 이미 알고 있었다. 늘 바다와 맞서 있는 듯하지만 사실은 도망 다닐 궁리만 한 나, 이기지도 못하면서 결코 놓지도 않았던 나를…. 그가 굳이 하고 싶은 말이 있었다면 이번엔 제대로 하라는 것일 터였다. 그런데 그는 뜻밖의 말을 했다.

"쓸 만한 요트 하나 찾아봐."

놀라서 그를 쳐다보았다. 농담이라곤 섞이지 않은 따뜻한 눈빛이 나를 바라보고 있었다. 나는 얼굴까지 붉혀가며 손사래를 쳤다.

"그렇게까지 마음 안 써주셔도 됩니다. 요트를 무슨, 개업한 집에 물건 팔아주듯 사려고 그러세요?"

"흠, 내가 그저 인심 쓰는 걸로 보여? 나, 그런 사람 아닌데?"

"그래도 요트가 일이백 하는 것도 아닌데 그렇게 쉽게…."

"쉽게 마음먹는다고? 아닌 줄 알 텐데? 여러 말 할 것 없고, 적당한 가격으로 관리 잘된 거 하나 찾아봐. 이삼 년 나하고 돌아다녀도 문제가 없을 것으로 말야."

그때, 나는 드디어 그가 마각을 드러낸다고 생각했다. 그의 가족은 틀림없이 그렇게 느꼈을 것이다. 평생 안온한 요람에 든 것 같은 생활을 하게 해준 그가 갑자기 바다를 떠돌겠다니 누가 흔쾌히 그 통고를 받아들일 것인가. 한창 끓어오르던 모험심도 한풀 꺾일 나이가 아닌가.

나는 그의 아내와 혜잔이 안쓰럽기도 하고, 내게 돌아올 원망이 염려되기도 하여 그의 주문이 반갑지만은 않았다. 물론 나는 알고 있었다. 내가 나의 상처와 현실 사이에서 안절부절하고 있을 때, 그는 현실과 꿈 사이에서 오랫동안 외로웠다는 것을…. 그는 저 젊은 날부터 줄곧 먼 대양을 향한 그리움에 시달려온 것이다. 그럼에도 그의 두 다리는 너무나 굳건히 땅을 딛고 있었다.

결국 그 얼마 후, 결국 그가 원하는 요트를 하나 찾았다. 36피트 크기에 10년 된 중고였다. 관리가 잘되어 새것이나 다름없었다. 선주는 도쿄에 있었다. 내가 할 일은 도쿄에 가서 요트의 국적을 바꾸고 세관을 통관하여 수영만으로 들여오는 것이었다.

출국 전날 밤, 도무지 잠이 오지 않았다. 그동안 무역회사에 있었기에 업무에는 문제가 없었지만 사오 일간의 항해를 혼자서 잘할 수 있을지가 염려스러웠다. 그렇게 긴 항해는 난생처음이었다.

학창 시절, 나는 꽤 유망한 요트선수였지만 정작 대회에 나가선 코스를 다 못 돌고 들어오기 일쑤였다. 잘 달리다가도 갑자기 가슴을 치밀고 올라온 죄의식과 두려움에 사로잡히면 어찌할 바를 모르고 그 자리를 맴돌기만 했다. 기복이 심한 나의 성적은 모두를 불안하게 했다. 결국 나의 이름은 선수 명단에서 빠지고 말았다. 그런데도 나는 요트부를 떠나지 못하고 그 언저리를 맴돌았다. 그런 나를 사람들은 이해하지 못했다. 그저 불운한 이력을 가진 재자(才子)로만 보았다.

그로부터 어느새 십오 년이 흘렀다. 나는 여전히 그때의 습관을 갖고 있다. 이따금 요트부 후배들과 어울리고, 가끔씩 세일링을 하러 나가기도 했지만 여전히 근해만 맴돌고 있었다.

밤새 회한으로 뒤척이다가 겨우 잠이 들자, 아버지와 어머니가 번갈아 꿈에 나타났다. 아버지는 늘 그렇듯 기억 속의 모습과 달랐다. 기억 속의 아버지는 마냥 행복한 얼굴이었지만 꿈에서는 무표정했다. 아버지는 물끄러미 나를 쳐다보기만 하다가 슬그머니 사라졌다. 어머니는 물에 흠씬 젖은 물옷 차림으로 나타났다. 물개처럼 탄탄한 몸을 하고 머리에는 흰 수건을 감은 모습이었다. 어머니는 눈을 동그랗게 뜨고 뭔가 할 얘기가 있는 듯 입을 조그맣게 벌리고 있었다. 꿈에서도 어머니를 마주 볼 수가 없었다. 그러면서도 입으로는 원망을 쏟아놓았다. 어머니는 나를 물끄러미 쳐다보기만 했다. 뭐 하러 왔어요? 참다못해 버럭 내지르는 소리에 어머니가 미간을 찡그렸다. 생시의 모습 그대로였다. 생시에도 어머니는 못마땅한 게 있으면 미간부터 찌푸렸다. 뭐가 그리 무섭노? 어머니가 입술을 움직이지도 않고 말했다. 나는 눈을 부라리며 소리쳤다. 몰라서 물어요? 꿈인데도 나는 생전에 했던 것처럼 못되게 굴고 있었다. 마음은 그러고 싶지 않았다. 잘못했다고 빌고 싶었다. 한참 나를 쳐다보던 어머니가 나지막이 말했다. 내, 다 안다. 난, 괘안타. 그 말은 천둥처럼 고막을 때렸다. 꿈에서 깨어나자, 다 안다, 난 괜안타던 어머니의 말이 징소리처럼 뇌리를 맴돌았다. 어머니의 말은 짧지만 따뜻했다. 가슴이 저미는 듯했다. 꿈에서도 용서를 빌지 못하는 나란 인간이 한심했다.

나는 어머니의 말을 출항에 대한 격려로 생각하며 두려움을 떨쳐내고 샤먼의 돛을 올렸다. 대한해협은 내게 친절하지 않았다. 연일 높은 파도에 강풍이 몰아쳤다. 조류(潮流)를 잘못 만나 몇 시간 동안 한자리를 맴돌았는가 하면, 출국수속지인 후쿠오카로 미처 피하기도 전에 강풍에 휘말려 고생을 하기도 했다. 잠시도 안심할 수 없는 시간들이 몰아치듯 흘러갔다. 그야말로 고난의 항해였다. 다행인 것은 계속되는 긴장과 조바심 속에서 다른 상념에 빠져들 시간이 없었다는 것이다.

결국 예상보다 하루 늦어 오 일 만에 수영만 마리나에 들어서는데 콧날이 시큰했다. 막 퍼지기 시작한 아침 햇살이 오로지 날 위해 비치는 것만 같았다. 그가 기다리고 있다가 나를 얼싸안았다. 지섭아, 해냈구나! 해냈어! 이젠 됐다, 됐어! 마치 부모나 되는 듯이 날 기특해하고 기뻐하는 그의 모습에 울음이 터질 듯 목줄이 아팠다. 그의 가슴에 안기어 엉엉 소리 내어 울고 싶었다. 그가 눈치를 채고 내 등을 토닥이며 말했다. 한번 울어버려라. 참지 말고…. 그럼 편해질 거다. 그러나 나는 끝내 울음을 뱉어내지 못했다.

3.

　바다는 내게 상처고, 요트는 꿈이다. 그 모순 사이에서 나는 생계를 이어가고 있다. 이국의 마리나에서 나는 모순된 나의 삶을 떠올렸다. 생각하면 당의정이 벗겨진 약을 잘못 삼킨 것처럼 씁쓸하고 우울한 일이었다. 선배는 그것을 알고 있었다. 나를 이 먼 땅까지 부른 것은 그래서였고, 더없이 고마운 일이었다.

　바다에 서면 물개처럼 반들거리는 검은 몸을 털면서 막 뭍으로 올라서던 어머니가 생각났다. 어떨 땐 동삼중리의 바닷가에 오글오글 모여 좌판을 벌여놓은 해녀들 틈에 잘못 설치된 조형물처럼 홀로 아름답던 젊은 어머니가 떠올랐다. 그럴 때면 앙가슴 사이에 못을 박은 듯 통증이 밀려왔다.

　내가 엉뚱하다 싶게 대학 요트부에 가입한 것은 그것에서 벗어나고 싶어서였다. 나름 생각한 이이제이(以夷制夷)의 방식이었다고나 할까. 나는 바다로부터 받은 상처를 바다를 통해 치유하고 싶었다. 바다를 보아 아무렇지 않게 아버지, 어머니를 떠올리고 싶었다. 바다에 서면 어느새 어머니가 따라와 내가 저질렀던 패악을 돌이키게 했다. 아버지도 이따금 날 원망하는 듯 찾아왔다. 그 고통을 겪으면서도 여전히 바다를 떠나지 못하는 나를 그녀는 이해하지 못했다. 나도 나를 알 수가 없었다. 바닷가에서 나고 자란 부모님의 피가 내 속에 그대로 흐르는 것인가 했을 뿐이었다.

그런 어느 날, 그를 만났다. '선후배 한자리'라는 모임에서였다. 그는 후배들의 요청으로 사양하던 끝에 결국 '한 말씀'을 하게 되었다. 도저히 내키지 않는 낯빛이었지만 막상 일어난 그는 요트의 미래에 대해 확신에 차서 말했다.

지금까지는 바다가 삶의 현장이었지만, 앞으로는 다양한 방식으로 접근이 가능한 꿈의 장소가 될 것이다. 우리에겐 산을 정복할 꿈을 가진 사람은 있는데, 요트를 타고 바다를 일주하고 남극을 탐험할 꿈을 가진 사람은 아직 없다. 이제 시대가 바뀌고 경제가 발전한 만큼 그런 꿈을 가진 사람도 나와야 한다. 미래 산업에서는 해양 레저와 관광, 스포츠가 큰 몫을 할 것이다. 그 중심에 요트가 있다. 여러분이 요트를 탈 수 있는 도시에 사는 것은 축복이다. 모두들 요트인인 것에 긍지를 가져라.

조용하면서도 강한 어투, 설득력 있는 그의 말에 모두들 박수를 치며 환호했다. 나는 그의 말에 고개를 끄덕이면서도 어쩐지 밸이 꼬였다. 그가 당시 잘나가는 변호사가 아니었다면 그런 생각까지는 들지 않았을 것이다. 그는 우리 지역에서 유명한 법조계 집안의 한 사람이었다. 우리에게는 늘 든든한 물주였고 전설 같은 존재였다. 그는 아마도 삼면이 바다인 나라에선 바다에서 누릴 수 있는 모든 걸 할 수 있어야 한다고 생각한 최초의 대학생이었을 것이다.

그가 요트에 대한 정보를 처음 접한 것은 미국에서 유학을 마치고 온 어느 교수의 연구실에서였다. 그곳에는 교수가 손수

만든 요트 모형이 새하얀 돛을 펼치고 금방이라도 바다를 향해 나아갈 듯 날렵한 자태로 서 있었다. 그것을 본 순간, 그는 그만 마음을 빼앗기고 말았다. 그것을 타고 세계일주도 할 수 있다는 말에는 더욱 가슴이 설레었다.

그는 교수의 얘기를 통해 요트에도 여러 종류가 있다는 것을 알았다. 영화에서 본, 동력을 이용하는 '크루즈요트'만이 아니라 '딩기'라고 불리는 무동력 요트도 있다는 것을 알게 된 것이다. 스나이프, 470, 레이저, 토네이도 등, '딩기요트'라고 불리는 이름도 다양한 그것들로 항해도 하고 시합도 한다는 것도 알았다. 그는 교수의 도움으로 당장 요트부를 만들었다. 그 후, 그는 요트에 관한 전문서적을 구해 읽고, 세일링하는 법을 익히고, 배 만드는 공장에 딩기요트를 주문하여 바다에 갖다놓고 미친 듯이 빠져들었다. 그는 그렇게나마 자신을 옥죄는 가문의 영광에서 자유롭고 싶었다고 나중에 고백했다. 그때까지만 해도 그는 법대에 다니고 있었지만 사법고시에는 관심도 없었다. 군에 다녀오고 졸업을 한 후에야 요트에 빠져들었듯 고시공부에 몰입하여 집안의 염려를 단번에 가라앉혔다.

그런 그가 바다를 두고 펼친 청사진이어서인지 고깝기 짝이 없었다. 연거푸 마신 술에 일찌감치 취해버린 나는 결국 그 앞으로 가서 혀 꼬부라진 소리로 어깃장을 놓기 시작했다.

"선배님 같은 분들이야… 바다가 삶의 터전이든, 또 다른 개척지든… 무슨 상관이 있습니까? 낭만을 말할 수도 있고, 미래

산업의 가치를 얘기할 수도 있겠죠. … 근데… 어떤 사람들은…
바다만 생각하면 상처에 소금을 뿌린 듯하다는 거… 모르시죠?
… 그런 사람들은 아무리 해도… 아무리… 그런 꿈을 갖고 싶
어도 안 되는데… 어떡해야 합니까? 어떡해야 하냐고요!"

그가 날 홀깃 쳐다보더니 슬그머니 웃었다. 묘한 웃음이었다.
비웃는 것 같기도 하고 자조하는 것 같기도 했다. 그래선지 그
는 뜻밖에 좀 쓸쓸해 보였다.

"내 말이 뭔가 거슬리는 모양인데… 그럴 의도는 아니었어.
난, 그저 바다의 특별함과 소중함에 대해서 말하고 싶었을 뿐이
야. … 저 넓은 바다를 혼자 주유할 생각을 하면… 생각만으로
도 이렇게 전율이 일거든."

그는 우습게도 와이셔츠 소매를 걷어붙이고 닭살처럼 소름
이 돋아난 팔을 보여주었다. 그 모습이 아직 세상에 대한 동경
을 떨치지 못한 소년 같았다. 나는 더욱 입술을 비죽였다.

"흥, 그 바다가… 얼마나 무서운지 정말… 모르는 것처럼 말
씀하시는군요. 하긴, 어찌 알겠습니까? … 모든 현상은 아는 만
큼만 보이는 법이니까요."

얌마, 어디서 건방을 떨어! 그만두지 못해! 건너편에 앉아 있
던 또 다른 선배가 목청을 더럭 높여 나를 꾸짖었다. 여기저기
서 날 힐난하는 소리가 들려왔다. 그가 그러지들 말라는 듯 손
을 들어 보이고는 내게 조용히 말했다.

"자넨 그런 마음가짐으로 어떻게 요트부에 들어왔나? 무슨

이유지 모르지만, 그런 식으로 타인의 생각을 매도하는 건 나쁜 버릇이야. 요트는 신사적인 스포츠야. 요트부에 있으려면 신사답지는 못해도 기본 매너는 있어야지."

술이 확 깨는 기분이었다. 나도, 내가 왜 요트부에 들어와 마음고생을 하는 것인지 알 수가 없었다. 나는 잠시 그를 쳐다보다가 일어나 허리를 깊이 숙였다. 술김이었지만 더는 실례하면 안 되겠다는 생각이 들었다. 여기저기서 어이없어하는 웃음소리가 터져 나왔다. 나를 지그시 바라보던 그가 흔쾌히 내뱉었다. 됐어! 다음에 밥이나 한번 같이 먹자구. 그 얼마 후, 그는 약속대로 나를 불러 밥을 사주었다. 그날, 나는 아버지와 어머니의 죽음에 대해 횡설수설 늘어놓았다. 술에 취했다고는 해도 전에 없던 일이었다. 그 후, 그는 고맙게도 나를 버릇없는 막내아우 정도로 생각해주었다.

그때로부터 얼마나 시간이 흘렀나. 어느덧 그는 초로를 지났고, 나는 장년이 되었다. 그 사이에 우리의 마음은 서로 깊어졌지만 삶은 늘 제자리를 맴돌았다. 바다는 이따금 콩팥에 박힌 돌처럼 날 아프게 했고, 그는 놀랄 정도로 일상에 충실해서 요트로 세계를 일주하리라던 젊은 날의 꿈을 완전히 접은 것처럼 보였다.

변화는 결국 내가 중소기업의 샐러리맨 생활을 접고 요트 딜리버리를 하겠다고 나서면서 찾아온 셈이었다.

4.

샤먼은 고요한 물결에 전신을 내맡긴 채 조용히 흔들리고 있었다. 샤먼의 날렵하고도 강인한 몸체를 가만히 어루만져보았다. 주인과 함께 먼 길을 달려와 홀로 주인을 남겨놓고 왔던 길을 되돌아가야만 하는 이 얄궂은 운명의 배 앞에서 나는 숙연해졌다.

그가 수영만을 떠나던 날이 생각났다. 그날, 하늘은 유난히 푸르고 1월의 햇살은 모처럼 따사로웠다. 떠나는 것을 굳이 알리지 않았는데도 그가 항해를 떠난다는 소문은 소리 없이 퍼져나가서 지인들이 모두 모였다.

해풍이 넘실거리는 마리나에는 가벼운 웃음소리와 그를 화제로 삼은 대화들이 끊임없이 오갔다. 그는 선물을 한 아름 받은 아이처럼 마냥 싱글거렸고, 몸속 어딘가에 등불을 밝힌 것처럼 환한 모습이었다. 그러나 예순을 바라보는 한 사내가 멀리 떠나는 것을 지켜보는 사람들의 감정과 표정은 복잡했다. 사람들은 삼삼오오 모여 서서 경탄과 부러움, 불안과 질타의 말들을 수군거렸다. 참, 기분 묘하군. 부럽기도 하고, 무모하다 싶기도 하고…. 우리 중에 떠나고 싶다고 떠날 수 있는 놈이 몇이나 돼? 복이 많은 거지. 난, 저 사람이 여태 저런 열정을 간직한 줄 몰랐네. 대단해…나라도 저 정도 되면 가겠다. 왜 못 가? 아니지. 이 나이에 앉은자리 박차는 게 어디 쉬운가. 말은 쉬워도 언제나 실천이 어려운 법이지. 그 무성한 말들을 모른 척하고 그는 샤먼에 몸을 싣고 유유히 멀어져갔다. 내 곁에서 홀쩍이고 있던 혜진이 양손을 높이 쳐들고 커다랗게 외쳤다. 아빠― 잘 다녀오세요. 빨리 돌아오셔야 해요―. 혜진의 목소리에는 벌써 그리움이 배어 있었다. 멀리서 그가 뭐라고 화답했지만 무슨 말인지 들리지 않았다. 높다랗게 쳐들고 흔들어대는 손만이 그의 마음을 전하고 있었다.

나도 아버지와 그렇게 작별하던 때가 있었다. 어머니의 손을 잡고 뒤꿈치를 한껏 쳐들고 멀어져가는 배를 향해 외쳤다. 아빠, 잘 다녀 오세요―. 그러면 아버지가 고물에 서서, 엄마 말 잘 들으래이. 고기 마이 잡아갖고 오께, 하면서 손을 흔들어주었다. 그 장면이 새삼 떠올라 눈시울이 뜨거워졌다. 고개를 드니 어느새 그의 모습이 아득했다. 마침내 그의 모습이 완전히 멀어지자 세상이 갑자기 적막해진 느낌이었다. 혜진이 눈물이 덜 마른 얼굴로 내게 작별인사를 고하고는 황황히 멀어져 갔다. 사람들도 저마다 갈 길로 떠났다.

나는 마리나를 빠져나오며 행복해 뵈던 그의 얼굴을 떠올렸다. 평생 그날만을 기다린 사람처럼 그의 얼굴은 빛났다. 그는 정말 그날만을 기다린 것인지도 알 수 없었다.

그 얼굴이 뇌리에 선명한데 그는 지금 병원에 있었다. 의사인 친구 덕분에 휴식을 취하고 있다고 했지만 믿을 수가 없었다. 무언가 심각한 일이 생긴 것 같은데 그는 말해주지 않았다.

가족들에게도 여전히 항해 중인 것으로 했다. 그는 내가 수영
만에 도착할 때쯤 자신도 귀국할 것이라는 말만 되풀이했다.
우리 넉 달 후에, 수영만에서 멋지게 도킹하자구. 그땐, 너도
아마 너 자신을 사랑하게 될 거야. 그의 말투는 사뭇 활기찼
다. 그래서 더욱 그에 대한 염려가 그물처럼 두텁게 가슴에 드
리워졌다.

　샤먼은 금방이라도 떠날 수 있게 모든 것이 준비되어 있었
다. 물과 기름은 말할 것도 없고 식료품도 넉넉하게 갖춰져
있었다. 지친 몸을 끌고 날 위해 준비했을 그를 생각하자 가
슴이 아팠다. 나는 울적한 기분으로 가야 할 항로를 되새겨
보았다. 그는 자신의 이동항로를 기록해놓은 USB를 내게 주
었다. 거기엔 그가 달려왔고, 내가 돌아가야 할 길이 자세히
기록되어 있었다. 수영만에서 출발하여 일본, 괌, 포나페, 사
모아, 타히티, 갈라파고스, 태평양, 파나마 운하, 아루바, 과
달루페, 카리브 해, 포르토산토, 대서양, 포르투갈, 스페인을
거쳐 프랑스의 레 사블 돌론 항에 이른 길은 아득하고 낯설
지만 설레기도 했다. 그의 말처럼 긴 항해를 끝내고 나면 오
랫동안 버리고 싶었던 나를 껴안고 싶을지도 몰랐다. 그 후
에는 백인 남자처럼 남극에도 가고 싶을지 알 수 없는 일이
었다.
　그의 일정은 치밀했다. 삼사 일 간격으로 마리나에 들러

휴식을 취하게끔 짜여 있었다. 문제는 마데이라 섬의 포르토 산토에서 과달루페까지였다. 그는 십팔 일간 바다에 떠 있었다. 무풍상태에서 며칠간 꼼짝 못하기도 하고, 폭풍도 만났다. 나 또한 그가 겪었던 과정을 똑같이 거쳐야 할지도 모르고, 더 심한 고난을 겪어야 할 수도 있었다. 바다는 굴곡이 심한 인생의 축약도 같았다. 마냥 편하고 즐거울 때가 있는가 하면 목숨을 담보로 높은 파고와 싸워야 할 때도 있었다. 어떨 땐 당장이라도 목숨을 빼앗을 듯 바다와 하늘이 함께 뒤집혀 덤벼들기도 했다. 그러나 어떤 상황도 지나고 나면 다 과거의 일이 되어버렸다. 그것만이 유일하게 삶의 위안이었다.

세상에는 과거의 고통을 쉬 잊는 사람도 있고, 오래도록 그 질곡에서 헤어나지 못하는 사람이 있다. 한심하게도 나는 후자였다. 고통을 스스로 봉인하는 것은 쉽지 않았다. 그렇다고 누가 대신 그 일을 해줄 수는 없었다. 직업을 바꾼 것은 그 때문이었다. 당장은 더한 고통이 나의 숨통을 죌지라도 언젠가는 그것에서 벗어날 수 있으리라 믿고 싶었다. 생(生)이 뒷모습을 보이는 자에게는 어떤 손길도 내밀지 않는다는 것을 늦게나마 알게 된 것은 다행이었다. 그러나 십 년 가까이 연인이던 여자는 가버렸다. 나는 그녀를 붙잡지 않았다. 붙잡을 수가 없었다. 줄곧 안정을 바라던 여자에게, 이젠 갈기까지 세우고 바다를 향해 달려가기로 작정한 나를 더 기다려달라고 할 염치가 없었다. 그

녀는 헤어지는 날, 한 조각 미련도 남지 않은 얼굴로 담담하게
말했다.

"넌 바다에 사로잡혔어. 불어에 '라 메르(La Mer)'란 단어가 있
어. '바다'란 뜻이지만, '어머니'란 의미를 갖고 있기도 해. 난, 널
보면서 자주 그 단어를 생각했어. 다른 나라의 언어가 어쩜 그
렇게 널 잘 나타내는가 싶어서…. 지금까지 널 붙들고 있는 건
바다인 것 같지만 실은 어머니가 아닐까? 그 자리는 어떤 여자
도 메울 수가 없어. 네가 스스로 그 심연에 뚜껑을 닫지 않는
한…."

나는 돌아서는 그녀에게, 그럼에도 그동안 곁에 있어줘서 고
맙다고 말했다. 그녀는 바랜 종이꽃 같은 미소를 남기고 돌아
섰다. 그 미소가 이따금 생각났다. 그때마다 가슴이 저리고 미
안했다.

마지막으로 그의 USB에서 읽은 것은 데이빗 루이스의 항해
기록이었다. 그는 지루한 시간의 어느 한 때, 한 모험가의 남극
탐험 기록을 읽으며 극한상황에 대한 마음의 준비를 한 것인지
기록이 잘 요약되어 있었다. 나는 그것을 서둘러 읽기 시작했
다. 그가 그랬듯 내게도 그런 시간이 필요했다. 나는 아직도 완
전히 두려움을 떨치지 못하고 있었다.

5.

데이빗 루이스가 긴 항해 끝에 남위 60도를 넘어 남극반도의
북쪽 바다에 이른 것은 1972년 11월 중순 어느 날이었다. 그곳
에는 연일 인간의 한계를 시험하는 듯한 눈보라와 폭풍이 거세
게 몰아치고 있었다. 선내에서 털옷을 세 벌이나 껴입었지만 추
위는 여전히 송곳 같아서 나중엔 비행복과 파카까지 덧입어야
만 했다. 밖으로 나갈 때는 그 위에 방수복을 입고 몸을 요트
에 묶었다. 그러지 않으면 언제 선체 밖으로 내동댕이쳐질지 알
수 없었다. 전진은 느렸다. 그래도 11월 말에는 남위 60도, 서경
135도에 이르렀다. 더욱 거센 폭풍이 몰아쳤고 10미터가 넘는
거대한 파도가 연이어 요트를 때렸다. 거센 파고는 악마의 손길
처럼 끈질기게 그를 위협했다. 계속되는 충격에 끝내 돛대가 부
러졌다. 뒤이어 방향장치와 기어장치가 부서지고 삼각돛마저
찢어져버렸다.

요트는 등뼈가 부러진 짐승처럼 서서히 옆으로 드러누웠다.
살을 에는 바닷물이 연방 그를 삼켰다 토해놓았다. 데이빗은
거센 비바람 속에서 가까스로 찢어진 돛을 내려놓고 선실로 기
어들었다. 선내는 더욱 한심했다. 제자리에 있는 것이라곤 하나
도 없었다. 찢어진 요트의 옆구리로 차디찬 바닷물이 쉴 새 없
이 꾸역꾸역 새어들고 있었다. 마지막 희망이었던 무전기는 망
가져 있었다. 그는 어디에도 위급상황을 알릴 수가 없었다. 제

구실을 하는 것이라곤 그의 손목에서 재깍재깍 소리를 내며 움직이는 시계뿐이었다.

그는 연방 바닥에 들러붙는 몸을 간신히 곧추세워 선실에 괴는 물을 퍼내기 시작했다. 얼마쯤 지나자 겨우 선실 바닥이 드러났다. 순간, 거대한 파도가 동토의 바다에서 살아 나가려는 그를 결코 용서할 수 없다는 듯 또다시 덮쳤다. 그는 다시금 이를 악물었다. 몸도, 요트도 만신창이가 되었지만 희망을 버리지 않았다. 미처 날뛰던 폭풍도 언젠가는 잠든다는 것을, 그는 오랜 경험으로 알고 있었다.

마침내 악몽 같은 사투가 끝나고 날이 밝았다. 바람은 한결 숨이 죽었지만 그는 바닥에 널브러져버렸다. 부러진 돛대와 찢어진 돛을 고쳐야 했지만 눈조차 뜰 힘이 없었다. 돛을 기워놓지 않으면 바람이 불어와도 움직일 수가 없었다. 엔진은 바닷물에 젖어 무용지물이었다.

그는 죽을힘을 다해 몸을 일으켰다. 다행히 도르래의 버팀목으로 썼던 4미터 길이의 나무가 하나 남아 있었다. 그는 감각이다 죽어버린 손으로 나무를 깎기 시작했다. 종일 길이를 맞추고 고정해보기를 되풀이하다가 저녁 무렵에야 돛대가 완성되었다. 마침내 돛대를 세우자 요트가 기우뚱거리며 몸을 일으켰다. 순간, 그는 기쁨의 눈물을 흘리며 한 동강 남은 젖은 초에 불을 붙이고 기어코 살아남은 것을 자축했다. 남극의 잔인한 추위 속으로 자신을 내몬 알 수 없는 충동과 죽음에 대해 생각하면

서, 다시는 이 땅에 오지 않으리라는 결심도 하면서. 하지만 그
후에도 그는 몇 번이나 더 남극에 갔다. 시쳇말로 그것은 '미친'
충동이고, '미친' 존재감이었다. 나도 그것을 붙잡고 싶었다. 먼
기억의 아픔에서 벗어나 오로지 지금의 나를 위해 몰입하고 싶
었다.

나는 데이빗 루이스의 의지를 가슴에 새기며 각종 장비에 대
한 점검을 마쳤다. 모든 것이 완벽했다.

GPS에 첫 목적지인 스페인의 라 코루냐(La Coruna)를 설정했
다. 나의 첫 번째 과제는 비스케이 만의 악명 높은 파도를 뚫는
것이었다.

엔진에 시동을 걸어놓고 밖으로 나오자 햇살이 따갑게 눈을
찔렀다. 바람은 15노트 정도로 알맞게 불고 있었다. 나는 나의
길이 순탄하기를 바라며 먼 대양을 향해 메인 세일을 올렸다.
돛이 바람을 받아 둥글게 부풀어 올랐다. 마침 데크로 나온 백
인 남자가 눈을 휘둥그레 뜨고 벌써 떠나느냐며 작별인사를 했
다. 나는 그에게 한국에서 만나자는 말을 아무 책임감도 없이
했다. 사내가 웃으며 그러자고 답하는 소리를 등 뒤로 들으며
나는 이국의 항구를 천천히 빠져나왔다.

항구를 벗어나자 샤먼이 속도를 내기 시작했다. 샤먼은 어느
새 그를 잊은 듯 달려오는 파도를 넘나들며 힘차게 앞으로 나
아갔다.

6.

　레 사블 돌론 항을 떠난 지 십팔 일째, 포르투갈의 알칸타라 마리나를 떠나 과달루페로 가는 중이다. 지난밤엔 거의 잠을 이루지 못했다. 무풍상태가 며칠간 계속되자 불안했다.

　무풍상태를 만나기 전까지 항해는 비교적 순조로웠다. 바람은 알맞게 불었고 햇살도 기분 좋을 정도로 따가웠다. 가끔씩 파도가 높아지고 비를 뿌릴 듯 먹구름이 몰려왔지만 잠깐씩 흩뿌리는 정도였다. 나를 긴장시켰던 비스케이 만도 생각보다 얌전하게 나를 보내주었다. 5, 6미터 높이의 파도가 샤먼을 때려 부술 듯 위협하고 물보라가 거셌지만 그 정도는 대한해협에서 이미 겪은 후였다. 나는 조금씩 강해지고 있었다.

　알칸타라에서 과달루페까지는 중간 기항지가 없는 긴 여정이었다. 때문에 알칸타라 마리나에 하루 정박하면서 모자란 식료품을 구입하고 망가진 배턴(batten: 메인 세일을 지탱하는 장치)을 고쳤다. 그때만 해도 무풍지대를 만나 이렇게 마음을 죌 거라곤 생각지 않았다.

　어제 낮에는 언뜻 바람이 부는 듯해서 서둘러 제네카 세일을 펼치는데 로프가 끊어져버렸다. 잠을 새도 없었다. 바닷물로 미끄러지는 로프를 간신히 끌어올려 다시 도르래 사이로 끼워 넣는데 포기하고 싶을 정도였다. 그 일들을 혼자 감당하는 것은 쉬운 일이 아니었다. 그래도 나는 잘해내고 있었다. 간간이 지나가는 배를 향해 손을 흔들거나 소리를 질러 존재감을 확인하기도 하고, 낚시를 하여 이름 모를 생선으로 회를 쳐 먹기도 했다. 이따금 지난 시간들에 대한 회한이 해일처럼 밀어닥쳤지만 지난 시간도, 앞일도 생각하지 말자고 마음을 다잡았다.

바다 위에서 믿을 거라곤 샤먼과 나뿐이었다. 어떨 땐 대서양을 항해하는 요트에 몸을 싣고 있는 사람이 나라는 사실이 꿈만 같았다. 새삼 그가 고마웠다. 그는 내가 보낸 메일에 끝내 답을 하지 않았다. 못내 불안했지만 견뎌야만 했다. 그가 자신과의 싸움에서 언제나 이기는 사람이었던 것을 기억하면서.

7.

엔진을 끄고 데크에 길게 드러누웠다. 선글라스 너머로 보이는 것은 오로지 하늘과 구름뿐이었다. 해는 구름 속에서 옅은 빛줄기를 드리우고 있었다. 바람이 멎자 물결소리도 들려오지 않았다. 나는 적막 속에 홀로 갇혀 있었다. 그 속에서 나는 가끔 그녀를 떠올리고, 그에게 안부를 물었다. 잘 살지? 미안해. 선배, 괜찮으세요? 나는 마치 그들이 곁에 있는 듯 큰소리로 말했다. 놀랍게도 그녀의 얼굴은 벌써 희미해져 있었다.

그 사이로 어머니가 자주 떠올랐다. 곧잘 한숨을 내쉬던 어머니, 밤마다 앓던 어머니, 헤픈 웃음을 흘리며 교태를 부리던 어머니…. 시도 때도 없이 불쑥불쑥 찾아오는 기억들에 나는 꼬집힌 듯 놀라고 괴로웠다. 나는 여전히 봉인된 기억의 뚜껑을 활짝 열기가 두려웠다. 그것은 나와 맞서는 일이었고, 그만큼 용기가 필요했다. 차라리 대한해협을 건널 때처럼 짓궂은 날씨와 거친 파도가 날 몰아붙여 아무 생각도 나지 않았으면 싶기도 했다. 그러나 적막하게 흘러가는 시간 속에서 기억은 집요하게 날 잡아 흔들었다.

학교를 마친 후, 동삼동 중리의 바윗돌 많은 부락에 찾아가면 어머니는 해삼이나 멍게, 전복을 썰다가 혹은 손님의 술을 한 잔 받아먹다가 눈을 흘기며 날 쫓아냈다. 그 눈길, 그 몸짓이, 때로는 비 내리는 마당을 내다보며 담배를 피우고 있던 어머니의 쓸쓸하면서도 아름답던 얼굴이 선명하게 떠올랐다.

어머니는 아버지께 비할 데 없는 사랑을 받다가 졸지에 떠나보낸 후, 빠르게 황폐해져갔다. 그 어머니를 떠올리면 먼저 가슴이 뻐근해졌다.

어머니에게 아버지는 세상의 바람을 지켜주는 든든한 방풍림이었다. 어머니는 그 안에서 화초처럼 곱게 살았다. 동삼동 바닷가 동네에서 처음 아버지를 만나 구애를 받을 때만 해도 어머니는 큰 기대를 하지 않았다. 아버지는 어머니보다 열 살이나 많았고, 외모도 보통에 좀 못 미치는 편이었다. 그러나 일찌 감치 할아버지로부터 배를 한 척 물려받은 아버지는 그 동네서는 알부자에 성실하다고 소문난 사람이었다. 아버지는 어머니에게 줄기차게 구애했다. 할머니가 반대했지만 소용없었다. 할머니에게 어머니는 인물이 좀 반반할 뿐 본데라곤 없는 제주도 촌것이었다. 오직 잘살아보겠다는 일념으로 제주도를 떠난 해녀의 딸이었고, 역시 해녀의 삶을 살고 있는 보잘것없는 처녀였다.

두 사람은 할머니의 반대를 무릅쓰고 결혼했다. 아버지는 어머니가 해녀의 삶을 사는 것을 원치 않았다. 그저 편하고 예쁘게 살기만을 바랐다. 그랬던 아버지가 돌아가시자 우리는 뿌리가 뽑힌 채 뜨거운 길바닥에 팽개쳐진 잡초 같은 신세가 되었다. 어머니는 시댁으로부터는 서방 잡아먹은 년이 되고, 중리의 해녀촌에서는 외톨이였다. 외할머니가 어머니를 끼고돌았지만 어머니는 선천적으로 해녀의 몸을 갖추지 못한 여자였다. 수압에 약하여 물속에 오래 있을 수 없었고, 그런 만큼 요통과 관절염으로 밤마다 앓는 소리를 냈다. 수확량은 늘 적어서 외할머니의 도움을 받아야만 했다. 그러나 손님은 모두 어머니에게로 몰려들었다. 자신을 따돌리는 동료들에게 섭섭했던 어머니는 절대로 손님을 나눠주지 않았다. 어머니는 자주 사람들과 싸웠고, 술에 취해 돌아왔다. 나는 어머니의 악다구니 같은 삶의 대가로 학교를 다닌 셈이었다.

그때 현명하지 못했던 것이 지금까지 나를 괴롭힐 줄은 알지 못했다. 나는 어려서는 물론이지만 대학에 가서도 어머니의 외로움을 이해할 생각을 하지 않았다. 어릴 적부터 아무리 기다려도 오지 않는 어머니를 향한 원망들만 가슴속에 오래된 먼지처럼 더께 져 있었다. 나는 공부에는 별 관심도 없이 술에 취해 귀가하는 어머니에게 난동이나 부리기 일쑤였다. 그때마다 어머니는 미안해하거나 겁에 질리기는커녕 더욱 목청을 높였다. 야, 이 새끼야. 이게 엄마한테 할 짓이가? 죽을 동 살 동 해서 공부시키는 줄 모르고 뭐하는 기고. 니가 내 서방이가? 웬 간섭이고, 간섭이…. 도톰하고 윤기 나는 입술에서 흘러나오는 거친 말투는 나를 질리게 했다. 나는 차라리 나를 끌어안고 우는 어머니, 나의 보호를 필요로 하는 어머니를 원했지만 어머니는 여전사처럼 나날이 거칠어져갔다. 나는 조금씩 더 포악해졌고, 어머니 또한 만만치 않게 내 기를 채웠다.

아침이 되면 깨어진 채 집안 여기저기 뒹구는 살림도구들이 등교 준비를 하는 내 발에 챘다. 돌아오면 언제 그랬느냐는 듯 집안이 말끔하게 치워지고 맛난 해산물로 만든 반찬이 밥상 가득 놓여 있었다. 그 때문에 나는 더 혼란스러웠다. 나는 그것을 어머니의 이중성으로 생각했고 갈수록 역겨워졌다. 어머니께 손찌검을 한 것은 그 때문이었다.

그날도 어머니는 늦게 돌아왔다. 대학 입학 날이었다. 함께 저녁을 먹자 한 어머니는 좀처럼 귀가하지 않았다. 나는 내내 방구석에 앉아 아버지의 죽음 이후 뒤틀려버린 어머니와 나의 삶을 돌이켜보았다. 슬프기 짝이 없었다. 나는 혼자 소주를 한 병 홀짝거린 후 담배를 사러 나가다가 낯선 남자의 차에서 내리는 어머니를 보았다.

어머니는 차에서 내려 창밖으로 입을 내밀고 있는 남자에게 가볍게 입을 맞춘 후 돌아섰다. 다리는 풀려 비틀거렸고 머리는 흩어져 있었다. 차 안에 앉아 어머니의 뒷모습을 쳐다보는 남자의 음탕한 눈길은 게걸스럽기 짝이 없었다. 나는 분노를 이기지 못하고 남자가 보는 앞에서 낚아채듯 어머니를 끌고 들어와 방구석에 처박았다. 어머니는 벽에 기대어 배싯배싯 웃으며 같잖다는 듯 나를 흘겨보았다. 요염하고 도발적인 모습이었다. 그때 내 핏속을 흐르던 포악성이 한꺼번에 터져 나왔다. 나는 욕을 퍼부으며 어머니를 마구 두들겨 팼다. 어디를 어떻게 때렸는지도 모른다. 코피가 터져 피범벅이 된 얼굴을 쳐든 어머니가 제발, 그만해라. 너거 엄마 죽겠다라는 말을 했을 때야 정신을 차렸고, 그 길로 집을 뛰쳐나와 서너 달인가 친구의 집을 전전하다가 입대해버렸다.

어머니가 어망에 갇혀 헤어 나오지 못한 채 죽었다는 말을 전해 들은 건 자대배치를 받고 삼 개월이 지났을 때였다. 외할머니는 어머니의 시신을 거두지 않았다고 했다. 너무 늦게 찾아내는 바람에 물고기들이 다 뜯어 먹어 뼈만 앙상하게 남은 걸 아버지 곁에 가라는 뜻으로 수장했다는 것이었다. 나는 영원히 어머니와 화해할 기회를 빼앗아버린 운명을 저주했지만 소용없는 일이었다. 그 후, 외가의 도움으로 대학을 졸업하고 취직도 했다. 그동안 내게 행운이 있었다면 유일하게 그를 만난 것이었다.

무언가 고물에 세게 부딪치는 느낌이었다. 눈을 뜨자, 어느새 구름을 비껴난 햇살이 꼬챙이처럼 눈을 쪼았다. 데크에 누운 채 잠이 들었던가. 눈가에 눈물이 질척하게 괴어 있었다. 나는 누가 보기라도 하는 듯 얼른 눈물을 훔치고 일어나 앉았다.

고래 떼가 유유히 멀어져가고 있었다. 검푸른 등을 번뜩이며 무리 지어 멀어져가는 고래의 무리는 거대한 군단 같았다. 나는 여유만만한 녀석들의 자태를 물끄러미 지켜보았다. 녀석들은 번갈아가며 콧구멍으로 물을 뿜어냈다. 녀석들이 한꺼번에 뿜어내는 가느다란 물줄기가 망망대해의 허공으로 치솟는 장면은 몽환적이었다. 나는 별안간 멀어져가는 고래들을 향해 소리를 지르고픈 충동을 느꼈다. 이야— 고래들아— 여기, 나, 이지섭이 살아 있다—. 내 목소리는 망망대해의 적요를 잠시 흔들어놓고 여운도 없이 사라졌다. 어머니의 얼굴이 먼 수평선에 희미하게 떠오르다 지워졌다.

8.

북위 20도 09분, 서경 52도 36분. 목표지점인 과달루페까지는 아직 540마일이 남아 있다. 나흘째 배는커녕 고래도 한 마리

지나가지 않았다. 바다는 여전히 잠잠했다. 샤먼은 며칠째 풀죽은 삼베이불처럼 늘어진 돛을 매달고 지겹다는 듯 제자리에서 기우뚱거리고만 있었다.

무지개를 본 것은 강렬한 햇살에 잠깐 동안 눈을 감았다 떴을 때였다. 누군가 금세 붓질을 마친 것처럼 하늘 높이 일곱 빛깔의 무지개가 선명하게 걸려 있었다. 광막한 허공을 가로지르며 검푸른 바다를 굽어보고 있는 무지개는 그야말로 하늘의 약속 같았다. 하느님이 노아와 그의 아들들에게, 다시는 홍수로 생물을 쓸어버리지 않겠다고 약속하면서 무지개를 말했다. 내가 구름 사이로 무지개를 걸어둘 것이다. 바로 이 무지개가 내가 이 세상과 계약을 맺었다는 증거가 될 것이다. 처음 창세기를 읽다가 마주친 그 대목에서 나는 아버지를 떠올렸다.

아버지는 어쩌다 하늘에 무지개가 뜨면 그날의 항해가 어떨 것인가를 예측하곤 했다. 아버지에 의하면, 오후에 뜨는 무지개는 순조로운 항해를, 아침에 뜨는 무지개는 거친 바람을 예고하는 것이었다.

아버지는 아침 하늘에 무지개가 높다랗게 걸린 날이면 기다리기라도 했다는 듯 일을 나가지 않았다. 여우 같은 내 마누라, 토깽이 같은 새끼랑 놀기나 해야겠다며 나를 옆에 끼고 어머니의 무릎을 베고 누웠다. 아버지의 겨드랑이에선 늘 갯내가 났다. 나는 그 갯내에 얼굴을 묻고, 왜 무지개가 뜨면 고기를 잡으러 안 가느냐고 아버지에게 물었다. 그러면 아버지는 바다가 심술을 부려서라며 까칠한 수염을 내 얼굴에 비비대고 간지럼을 태우곤 했다.

아버지의 예측은 거의 들어맞았다. 그러나 결정적인 순간에 아버지는 그것을 놓쳐버렸다. 아니, 알았지만 요행을 바라고 외면했는지도 모른다. 모처럼 맞게 된 만선에 대한 미련 때문이었거나, 아버지보다 더 발 빠르게 움직인 운명의 장난 때문이었을지도.

어느 맑고 화창한 아침에 바다로 나간 아버지는 영영 돌아오지 않았다. 내가 막 초등학교 삼 학년이 되었을 때였다. 어머니는 나를 부여안고 시신도 없는 장례를 어떻게 치르느냐며 울부짖었다. 그 처절한 울음소리가 귓전에 생생하게 되살아났다. 나는 이제 그 기억에서 벗어나고 싶었다. 이 망망대해에 그 기억들을 다 부려놓고 싶었다. 하늘을 쳐다보았다. 무지개는 서서히 아름다운 흔적을 지워가고 있었다. 불현듯 어디선가 갯내가 풍겨왔다. 무지개가 더욱 빨리 희미해졌다. 아, 나도 모르게 신음이 새나왔다. 고개를 돌리는데 바람이 살랑 귓전을 스쳤다. 수평선 쪽을 바라보았다. 아득한 수평선에 두텁게 깔려 있던 구름이 느릿하게 하늘 가운데로 움직이고 있었다.

무지개는 이제 완전히 사라지고 없었다. 그 자리에 토깽이 같은 내 새끼라며 나를 번쩍 안아 올리던 아버지의 모습이 걸렸다. 아이 놀란다며 말리던 어머니의 붓꽃 같은 얼굴도 함께 떠올랐다. 가슴이 쪼개질 듯 뻐근해졌다. 바람이 좀 더 세게 불어왔다. 메인 세일이 바람을 먹고 서서히 부풀기 시작했다.

왠지 눈앞이 부옇게 흐려졌다. 나는 눈을 비비고 일어나 로프를 힘껏 잡아당겼다. 짚 세일이 활짝 펼쳐졌다. 샤먼이 반갑다는 듯 부르르 몸을 떨고는 속력을 내기 시작했다. 드디어, 또다시 항진이었다. 나는 대서양의 바람을 가슴에 받으며 아버지, 어머니를 함께 안고 달렸다. 그가 아득한 수평선 끝에서 구름에 실려 나를 따라오고 있었다.

새벽 산은 옅은 어둠과 짙은 안개에 휩싸여 있었다. 그 사이로 짙푸른 신록이 미명의 아침을 밝히고 있었다. 새벽어둠 속 곳곳에 자태를 드러낸 들꽃들은 점점이 흩뿌려놓은 누군가의 연서 같았다. 나는 그 연서를 가슴에 품고 허공에 매달렸다.

거꾸로 매달려 보는 산속의 풍경은 오늘도 경이로웠다. 겨우내 메말랐던 산에 생명이 아우성치며 움트는 모습이 엷어지는 어둠 사이로 또렷이 드러났다. 세상은 우울하고 혼탁하고 극악해져서 희망이 점점 사라지는 것 같아도 자연은 변함없이 제 역할을 수행하고 있는 것이다.

나는 소설도 그럴 수 있기를 늘 바랐다. 언젠가는 요만큼의 효용가치조차 없어질지 알 수 없고, 먼 훗날엔 소설가란 직업이 있었다는 과거형으로 기억될지 알 수 없지만, 존재하는 이 순간엔 누군가의 가슴에 연서처럼, 봄소식처럼 다가가기를 간절히 바란다. 그중에 내 소설이 끼어들 수 있다면 얼마나 행복한 일일는지.

여름이 절정인 이 계절에 또 한 권의 소설집을 묶는다.

쓸 때마다 시냇물 흐르듯 즐겁게 쓸 수 있기를 바랐고, 내 소설이 의미 있는 것이기를 원했지만 어찌 된 셈인지 그 모든 것들이 갈수록 더 어렵게 느껴진다. 때로는 제대로 가고 있는 것인가 하는 의문도 든다. 그래도 나는 결국 오랫동안 걸어가고 있으리라.

언제나 응원을 아끼지 않는 나의 가족과 책을 묶어 주신 산지니의 강수걸 사장님, 책이 나오기까지 수고가 많으셨을 산지니의 여러분들께 감사드린다.

2014년 7월

정인

만남의 방식

1판 1쇄 발행 2014년 7월 31일

지은이 정인
펴낸이 강수걸
펴낸곳 산지니
편집장 권경옥
편집 손수경 양아름 윤은미
등록 2005년 2월 7일 제14-49호
주소 부산광역시 연제구 법원남로 15번길 26 위너스빌딩 203호
전화 051-504-7070 | 팩스 051-507-7543
홈페이지 www.sanzinibook.com
전자우편 sanzini@sanzinibook.com
블로그 http://sanzinibook.tistory.com

©정인
ISBN 978-89-6545-248-5 03810